Alistair MacLean

John Denis

Höllenflug der Air Force One

Roman

Die englische Originalausgabe ist unter dem Titel *Air Force One Is Down* im Verlag Fontana/Collins, London, erschienen.
Die Übersetzung aus dem Englischen besorgte Leonore Germann

Alistair MacLean zu diesem Buch:

Der Höllenflug der Air Force One basiert auf der zweiten Folge einer Serie von Romanentwürfen, die ich 1977 geschrieben habe in der Absicht, daraus eine Reihe von Filmen zu machen. Ich war sehr glücklich, daß John Denis den Roman *Geiseldrama in Paris* schrieb, den ersten Stoff, der verfilmt werden sollte, weil ich zu der Zeit, in der der Verlag Fontana den Roman geschrieben haben wollte, meinen Roman *Athabasca* fertigzustellen hatte.

Ich glaube, daß John Denis seine Sache mit dem *Geiseldrama in Paris* so gut gemacht hat, daß er auch den Roman *Der Höllenflug der Air Force One* schreiben sollte. Übrigens stehen die einzelnen Folgen dieser Serie in einem inneren Zusammenhang, die Hauptpersonen der Handlung tauchen immer wieder auf, so ist die Kontinuität der Handlung gewahrt.

Ich hoffe, daß diese Erklärung verständlich macht, daß keines dieser Bücher ein Alistair-MacLean-Roman ist. Zwar orientiert sich John Denis an meinen ursprünglichen Entwürfen, geschrieben jedoch sind die Romane zur Gänze von ihm. Das *Geiseldrama in Paris* hat sich als ein sehr populärer Roman erwiesen: Ich bin sicher, daß *Der Höllenflug der Air Force One* ebensogut geraten ist.

Redaktion: Irene Rumler
Korrekturen: Rosemarie Eder
Umschlaggestaltung: Albert Kohlmeier
Satzherstellung: Bauer & Bökeler Filmsatz GmbH, Denkendorf
Druck- und Bindearbeit: Franz Spiegel, Ulm
Printed in Germany
8-1-10-3-2
ISBN 3-463-01502-1

I

Die Uhr hatten sie Mister Smith schon lange abgenommen, also registrierte er die dahingehenden Sekunden im Gedächtnis, nicht alle, aber doch soviele, daß er mit der Wirklichkeit in Verbindung blieb.

Kein Tageslicht fiel in die Zelle, denn Smith war ein Sträfling der Kategorie »A«, der im Hochsicherheitstrakt untergebracht war. Die soliden Mauern des Gefängnisses von Frèsnes ließen auch nicht einen einzigen Laut aus der Alltagswelt draußen an sein Ohr dringen.

Smith hatte in den drei Jahren, selbst während des zweimal täglich stattfindenden Dauerlaufs um den Übungsplatz, nicht ein einziges Mal einen Flugzeugmotor oder das Dröhnen eines Lastwagens gehört, geschweige denn das harmlose Zwitschern eines Spatzen.

Sein Gehör war unnatürlich scharf geworden und konnte genauestens zwischen den üblichen menschlichen und jenen merkwürdigen zufälligen Geräuschen unterscheiden, die das unbarmherzige Muster der Normalität durchdrangen. Aber deren gab es nur wenige, und sie glichen verwirrenden Trillern auf einer ansonsten langweiligen Partitur. Und dennoch lauschte er geradezu besessen auf jenes Stocken im Schritt seiner Bewacher, das eine brüchige Treppenstufe verriet, auf das Klirren eines fallenden Schlüssels und den unvermeidlichen Fluch, der darauf folgte, auf das Kratzen eines Streichholzes, wenn einer der Wärter ihm, ohne es zu wissen, das unbezahlbare Geschenk machte, vor *seiner* Zelle eine Zigarette anzuzünden.

Alle diese Geräusche, die sich seinem Bewußtsein nach und nach eingeprägt hatten, verstärkten Smiths Entschlossenheit,

jede geistige Stagnation in seiner Einzelhaft zu vermeiden. Er war ein Jahrhundertverbrecher mit einer wahrhaft kriminellen Veranlagung, und er hatte keineswegs die Absicht, diese mangels Gebrauchs einrosten zu lassen.
Unermüdlich trainierte er seinen Körper, um seinen Muskeln die Spannkraft zu erhalten, und nicht weniger fanatisch trainierte er seinen Geist, indem er im Kopf komplizierte Schach- und Bridge-Probleme löste. Dann rekonstruierte er bis ins Detail die größten Taten seiner langen Laufbahn und plante anschließend die, die erst noch geschehen sollten.
Und *daß* sie geschehen würden, daran zweifelte Smith nicht im geringsten. An dem Tag, als die Mannschaft der United Nations Anti-Crime Organisation am Eiffelturm seine Kommandotruppe besiegt hatte, hatte er mit kalter Entschiedenheit gewußt, daß kein Gefängnis der Welt ihn über die von ihm beschlossene Frist hinaus festhalten könne.
Und jetzt hatte er das Gefängnis von Frèsnes lange genug ertragen. Während seiner Gefangenschaft hatte Smith kaum gesprochen und noch weniger gelächelt. Als er aber jetzt auf seiner Pritsche saß und zu der nackten Glühbirne hochblinzelte, die ihm im Lauf der Zeit zum vertrauten Freund geworden war, lag der Anflug eines Grinsens auf seinen Lippen.
Während sein Hirn fieberhaft Pläne schmiedete, senkte er seine Augen und malte geistesabwesend mit einem Fingernagel die groben Umrisse eines Flugzeugs auf seine Handfläche. Und er flüsterte einen Namen.
»Dunkels.«
Dunkels war Smiths Geschöpf. Smith hatte ihn aus der Gosse von Berlin geholt, Smith hatte ihn reich gemacht, die Angst vor Smith hielt den Deutschen bei der Stange. Und jetzt war die Zeit reif. Dunkels mußte seinem Meister zurückzahlen, was er für ihn getan hatte. Er war bei Smiths Befreiung als Katalysator vorgesehen, sollte ein Verbrechen in Gang setzen, das Mister Smiths verbrecherisches Hirn ausgeheckt hatte und das die westliche Welt ins Wanken bringen würde.

»Dunkels«, hauchte Smith noch einmal, und der Klang tröstete ihn, denn Geräusche waren ihm teuer. Dunkels würde Mister Smith nicht im Stich lassen. Das tat keiner.

Die DC-9 der Swissair setzte zum langsamen Anflug auf den Flughafen Zürich an. In der Ersten Klasse leuchtete das Zeichen »No Smoking« auf, und folgsam drückte Dunkels mit seinen eleganten, kräftigen Fingern seine Zigarette aus.
Er schnippte ein Aschenflöckchen von der Bügelfalte seiner blauen Mohairhose und schaute aus dem Kabinenfenster. Auf den schneebedeckten Gipfeln der Alpen tanzten weiße Kumuluswolken unter einem ansonsten porzellanblauen Himmel. Seine dünnen Lippen kräuselten sich. Siegfried Dunkels verabscheute die geschniegelten Schweizer, zugleich aber beneidete und fürchtete er sie ihrer mühelosen Erfolge und ihres geschliffenen Brigantentums wegen. Schweizer Geldleute hatten ihn in früheren Zeiten bedrängt und betrogen, und er hatte sich geschworen, daß das nicht noch einmal geschehen würde.
Keiner der Gnome von Zürich hatte je Mister Smith hereingelegt, sinnierte Dunkels; und er war nun in der Schweiz in Mister Smiths Angelegenheiten unterwegs. Nichts durfte also schiefgehen.
Eine kecke Stewardeß, auf eine herausfordernde Art hübsch, blieb neben seinem Sitz stehen und schaute unter gesenkten Lidern bedeutungsvoll auf seinen Schoß. Sie vergewisserte sich lediglich, ob sein Sitzgurt festgezurrt war, ließ es aber wie eine Einladung aussehen.
»Ich nehme an«, sagte Dunkels auf deutsch, »daß eure Schweizer Doktoren verantwortungsvoller sind als eure Bankiers.«
»Wie bitte?« fragte das Mädchen.
»Sie haben's getroffen«, erwiderte Dunkels und verzog seinen Mund zu einem Lächeln.
Als der Pilot zur Landung ansetzte, flutete weiches Sonnenlicht ins Flugzeug. Ein Priester auf dem Fensterplatz kämpfte

mit der winzigen Jalousie, und Dunkels langte über ihn hinweg, um sie herunterzuziehen und die plötzliche Helligkeit zu dämpfen. Der Priester senkte dankbar den Kopf.

Gottesmänner, dachte Dunkels, sollten nicht Erster Klasse reisen. Das zeugte nicht von angemessener Demut, wenn er auch bezweifelte, daß jemand wie sein Mitreisender, eindeutig ein Bischof, sich jemals auch nur um den Anschein von Demut bemühen würde.

In der Kabine stieg, wie bei jeder Landung, die Anspannung. Routinierte Reisende wie Dunkels bereiteten sich auf die Ankunft vor. Dem Bischof entfloh ein Seufzer der Erleichterung, als die Räder der DC-9 sicher über die Rollbahn glitten. Der Prälat bekreuzigte sich und wollte irgend etwas zu Dunkels sagen, der aber mit einer übertriebenen Pantomime vorgab, nichts zu verstehen.

Im Flughafengebäude hob Dunkels mit geübtem Griff seine Krokotasche vom Förderband und schlenderte an den ehrerbietigen Schweizer Zollbeamten vorbei zu den automatischen Ausgangstüren. Ein uniformierter Chauffeur, der neben einem schwarzen Mercedes stand, gab ihm mit behandschuhter Hand einen Wink. Der Fahrer zeigte auf den Beifahrersitz vorne, aber Dunkels wartete demonstrativ, bis ihm eine der rückwärtigen Türen geöffnet wurde. Genauso demonstrativ entzog er sich jeder Möglichkeit zu einer Unterhaltung während der Fahrt, indem er die Trennscheibe aus Spiegelglas geschlossen ließ.

Dunkels betrachtete nicht etwa durch die getönten Fenster des Mercedes die atemberaubende Szenerie, sondern besah zufrieden sein eigenes Spiegelbild: ein kantiges Gesicht mit festem Fleisch und einer leicht eingeknickten Nase, die aggressiv unter trügerisch sanften braunen Augen vorsprang. Das Kinn war gespalten, die Stirn breit und sanft, Haare und Augenbrauen blond. Dunkels verdankte seinen Kurzhaarschnitt einem ausgezeichneten italienischen Friseur, der ein Künstler mit dem Messer war. Der Deutsche zog einen Kamm

aus der Tasche und fuhr sich damit über den Kopf. Die einzelnen Haare sprangen wieder zurück wie äußerst gut gedrillte Wachsoldaten.
Ein riesiger fließender Schatten durchbrach Dunkels' Selbstversunkenheit. Er fuhr zusammen, schaute näher hin und grinste. Es war ein Flugzeug, eine Boeing 707. Die stromlinienförmige Silhouette war der Form, die Smith im Gefängnis von Frèsnes auf seine Hand gezeichnet hatte, nicht unähnlich.

Auf dem Schild stand in kunstvollen Buchstaben »Edelweiss-Clinic«. Dunkels, der die englische Schreibweise sah, stellte sich für die Dauer seines hoffentlich kurzen Aufenthaltes auf Englisch ein.
Er war wie Smith ungeheuer sprachbegabt – ohne allerdings wie dieser auch die ausgefallensten Sprachen perfekt zu beherrschen. Dunkels hatte erlebt, wie Smith sich lustlos durch das gesamte Alphabet von Albanisch bis Xhosa arbeitete, um sich geistig in Form zu halten.
Kies knirschte unter den Rädern des Mercedes, der jetzt die Hauptstraße verließ und in die lange Zufahrt zur Klinik einbog. Endlich kam ein ziemlich neues Gebäude im Chalet-Stil in Sicht, das über die Bergsenke, in die es hineingebaut war, hinausragte und den schwindelerregenden Abhang eines felsübersäten Tals überschaute. Wer sich Dr. Richard Steins Behandlung nicht leisten konnte oder nicht mit ihr zufrieden war, überlegte Dunkels, konnte seine Probleme ohne weiteres lösen, indem er einfach über die Terrasse hinauslief. Er hatte seinen langen, mageren Körper im Rücksitz des Mercedes ausgestreckt und wartete, bis der Chauffeur ihm die Tür aufhielt.
Eine Gestalt in Weiß kam durch die Schwingtür und ging die Treppe hinab auf Dunkels zu. Dr. Stein wirkte alt für seine Jahre. Er war einer der bekanntesten Spezialisten für die rheumatisch-arthritischen Beschwerden älterer und reicher Patienten und außerdem ein begabter Psychiater. Nur wenige wußten, daß er gleichzeitig vermutlich der geschickteste pla-

stische Chirurg der Schweiz war. In einem Land, wo der geheimnisvolle Anstieg eines Vermögens oft nach einer ebenso geheimen Veränderung der äußeren Erscheinung verlangte, war das eine ausgesprochen vorteilhafte Begabung.

Mit derselben teilnahmslosen Geschicklichkeit ölte Richard Stein eingerostete Gelenke, reparierte angeknackste Seelen und gab unliebsamen Gesichtern ein neues Aussehen. Er war dunkel, klein, wirkte zerbrechlich und hatte eine hervorspringende, krumme Nase. Seine Schultern waren gebeugt, und Dunkels, der ihn turmhoch überragte, sah, wie sich die verkrümmte obere Körperhälfte aus der Hüfte drehte, als Stein ihm eine knochige Hand entgegenstreckte.

»Heile dich selbst, Arzt«, murmelte Dunkels taktlos.

»Herr Dunkels, vermute ich?« sagte der Arzt auf deutsch.

Dunkels fuhr sich mit der Zunge über die starken, eckigen Zähne und grinste. »Es gibt bestimmt eine Antwort darauf«, erwiderte er auf englisch, »wenn man mir auch nie beigebracht hat, wie sie lautet. Doktor Stein, schön, Sie endlich kennenzulernen.«

Unbekümmert ergriff er Steins Hand, ließ sie aber sofort wieder los, als der Arzt schmerzlich das Gesicht verzog. »Tut mir leid«, sagte Dunkels, »für alles Geld von Zürich würde ich Ihren Händen nichts antun.«

»Ich bezweifle, daß Sie selbst *mit* allem Geld von Zürich etwas Entsprechendes kaufen könnten«, sagte Stein in ausgezeichnetem Englisch mit leichtem Akzent. Er rieb sich die malträtierten Finger und fügte hinzu: »Ich werde Ihnen jetzt den Weg zeigen«, wobei er sich für einen Mann mit einer arthritischen Rückgratverkrümmung erstaunlich behende umdrehte.

Der Mercedes glitt davon, und Dunkels folgte dem kleinen Schweizer Doktor durch zwei kahle Korridore bis zu einer mit Eichenholz verkleideten Tür, auf der nur das Wort »Direktor« stand. Steins Büro war offenbar eine Generalstabsarbeit: Die Berge und Täler ringsum wurden von einem riesigen Bilderbuchfenster eingerahmt wie eine Kitschpostkarte. Stein ließ

sich hinter dem Schreibtisch nieder und schien nun, Herrscher im eigenen Territorium, an Statur zu gewinnen. Er ließ Dunkels in einem bequemen fellbezogenen Sessel Platz nehmen.
»Haben Sie die Fotos und die anatomischen Details?« fragte Stein in die Stille hinein.
Dunkels nickte. »Und Sie haben den Kandidaten?«
Stein nickte. Dunkels wartete auf eine Erklärung, aber es kam keine. Schließlich schniefte er laut und sagte: »Name?«
Stein verschränkte die Finger und legte sie auf die Schreibtischplatte. Er beugte sich vor und starrte Dunkels so durchdringend an, als sei er im Begriff, ein Staatsgeheimnis zu enthüllen. »Jagger. Cody Jagger.«
Dunkels verzog die Lippen. »Hört sich ziemlich theatralisch an«, sagte er nachdenklich.
»Das ist sein wirklicher Name«, setzte Stein vertraulich hinzu.
Nun richtete sich auch Dunkels auf und beugte sich hinüber zu Stein. »Und er ist hier?«
Stein neigte den eindrucksvollen Kopf. »Würden Sie gern sein Bild sehen?« fragte er. Dunkels nickte.
Das Bild, das ihm von der ersten Seite der Akte entgegenstarrte, die Stein ihm über die polierte Mahagoniplatte des Schreibtischs hinschob, war ziemlich durchschnittlich. Und diese Durchschnittlichkeit, das wußte Dunkels, war ein Vorteil. Es war außerdem ein merkwürdig diffuses Gesicht – nichts Auffallendes oder Interessantes, nichts, was ins Auge sprang; es hätte, bei aller Bildschärfe, aus Plastilin geformt sein können. Ein weiterer Vorteil. Dunkels starrte intensiv auf das Gesicht, dann schloß er die Augen und versuchte, sich dessen Konturen zu vergegenwärtigen; er konnte es nicht. Er grinste und schnalzte anerkennend mit der Zunge.
Stein lächelte und sagte: »Ich wußte, daß er Ihnen gefallen würde. Gutes Grundmaterial. Außerdem gibt es schon gewisse Ähnlichkeiten zwischen Jagger und dem Objekt, und für eine absolute Umwandlung bestehen bei Jaggers Physiognomie . . . nun, kaum Hindernisse, wie Sie bald sehen werden.«

»Die Gesichtsfarbe ist übrigens identisch, und Größe und Gewicht stimmen mit dem Objekt fast überein.«
»Fast?«
»Beide sind einen Meter achtundachtzig groß, aber Jagger ist acht Pfund schwerer als das Objekt. Aber das ist kein Problem, da meine Klinik auf Gewichtsreduktionen spezialisiert ist.«
»Unter anderem.«
»Genau«, bestätigte Stein, »unter anderem.«
Dunkels überflog die restlichen Seiten der Jagger-Akte und grunzte amüsiert. Fragend sah Stein ihn an. Dunkels klappte die Akte zu und bemerkte: »Nicht gerade ein Musterbürger, unser Cody, was?«
Stein erwiderte: »Sie haben mir nicht gesagt, daß Sie einen Wanderprediger wollten.« Dunkels grinste. »Was er ist, das ist völlig egal«, sagte er entschieden, »solange er der Mann ist, der er zu sein vorgibt. Und wenn er hier herauskommt, wird er funktionieren.«
»Das wird er.«
»Er wird schon müssen«, sagte Dunkels warnend.
Stein löste seine Finger und spreizte sie in offensichtlicher Bestürzung weit auseinander. »Habe ich Smith je im Stich gelassen, habe ich das?« fragte er.
»*Mister* Smith«, berichtigte Dunkels eisig.
»*Mister* Smith, tut mir leid«, entschuldigte sich Stein. »Dennoch, ich habe immer das Gewünschte geliefert. Selbst wenn es Mister Smiths eigenes Gesicht war. Ich habe ihn, wenn Sie sich entsinnen, javanisch aussehen lassen, und schwedisch – und peruanisch. Irgendwelche Beschwerden? Nein.«
»Ich habe ihm sein jetziges Gesicht gegeben«, ereiferte er sich, »das aristokratische Aussehen, das er wollte – englisch, oberste Schublade. Und genau das hat er bekommen. Man könnte ihn für einen Herzog aus dem Buckingham Palast halten.«
»Wurde er schon«, warf Dunkels trocken ein.
»Na also«, rief Stein aus, »wenngleich natürlich Mister Smiths

Gesicht unwahrscheinlich – eh – wandelbar ist. Und nicht sehr einprägsam dazu. Er sagte mir, daß er schon völlig vergessen habe, wie er ursprünglich aussah.«

Das sei wahr, gab Dunkels zu und erhob sich aus dem Sessel. »Okay, Stein«, sagte er brüsk, »ich werde Jagger durch den Fleischwolf drehen, und wenn er koscher herauskommt, dann ist er's.« Dunkels gratulierte sich selbst zu seinem gewandten Englisch.

Sie speisten ausgedehnt in Steins Penthouse, das einen noch verblüffenderen Ausblick auf die Schweizer Bilderbuchlandschaft bot. Als sie ihre Mahlzeit beendet hatten, versuchte Stein herauszubringen, ob Dunkels wirklich daran glaubte, daß man aus einer Persönlichkeit eine radikal neue machen könne.

»Was glauben Sie denn? fragte Dunkels. »Schließlich haben doch Sie den wichtigsten Part übernommen.«

Stein erklärte, die physische Identität eines Objektes auf ein anderes zu übertragen sei nicht sonderlich schwierig. Er habe schon zuvor aus Leuten andere Leute gemacht. »Natürlich werde ich Ihnen eine gezieltere Vorstellung von Jaggers Chancen geben können, wenn Sie mir ein wenig mehr über das Objekt erzählen. Bisher habe ich von Ihnen nicht mehr als sein Gesicht aus sechs verschiedenen Blickwinkeln erhalten – wofür ich Ihnen natürlich dankbar bin – und außerdem die Information, daß er den amerikanischen Streitkräften angehört, wenn ich auch nicht weiß, welcher Waffengattung.«

Dunkels ließ seine Fingerknöchel knacken und warf Stein einen drohenden Blick zu. »Sein Name ist Joe McCafferty«, sagte er bedächtig, als widerstrebe ihm jedes Wort. »Er war für einen Sonderauftrag von der United Nations Anti-Crime Organisation, der UNACO, zur Elitetruppe des Geheimdienstes, die die Leibwache des Präsidenten stellt, abkommandiert worden. Er soll als Hauptsicherheitsbeauftragter an Bord der Air Force One gehen, die, wie Sie wissen . . .«

»Ja«, unterbrach ihn Stein, »ich weiß, was Air Force One ist.

Die Boeing 707, nicht wahr, so etwas wie das fliegende Weiße Haus des Präsidenten. Dann . . .«, er dehnte das Wort bewundernd aus und pfiff durch die Zähne, »dann ist also McCafferty ein enorm wichtiger Mann.«

»Und ob.«

»Dann sollten Sie besser mit mir kommen und sich ihn ansehen.« Stein zwinkerte Dunkels zu. »Ich meine natürlich seinen potentiellen Doppelgänger, sein – anderes Ich.« Stein machte eine Pause und fügte, halb zu sich selbst, hinzu: »Das wird McCafferty aber äußerst unangenehm sein, wenn er entdeckt, daß er plötzlich aus zwei Persönlichkeiten besteht.«

Smiths Computer, dreißig Meilen nördlich der brasilianischen Stadt Sao Paolo untergebracht, arbeitete außerordentlich schnell und effektiv. Er lieferte schon die Bestätigung, daß mit Jaggers Papieren alles in Ordnung sei, als Dunkels noch auf seinen Kaffee wartete. Ein höflicher Bediensteter händigte ihm das Telex aus, und Dunkels überbrachte die gute Nachricht dem Patienten Jagger persönlich. Man hatte ihn in ein Zimmer eines anderen Flügels gelegt.

Dunkels stellte sich vor und erklärte Jagger: »Sie werden mich von jetzt an häufig sehen.« Der Doppelgänger erhob sich und ergriff Dunkels' Hand. Er grinste verschlagen und sagte: »Cody Jagger – und schauen Sie mich nur an. Es wird vermutlich der letzter Blick sein, den Sie auf das werfen, was ich jetzt bin.«

Vier Stunden später verließ Dunkels mit dem Mercedes, der ihn gebracht hatte, die Klinik. Er hatte Jagger in ein strenges Verhör genommen, das alles bestätigt hatte, was der Computer behauptete: Cody Jagger war wirklich Cody Jagger. Und Dunkels hatte zufrieden festgestellt, daß Jagger, der Smiths und seinen eigenen hohen Ansprüchen genügte, sowohl physisch als auch psychisch geeignet war, Joseph Eamonn Pearse McCafferty zu werden, Oberst der United States Air Force, zur Zeit Hauptsicherheitsbeauftragter von Air Force One, abkommandiert zum 89. Military Airlift Wing der Andrews Airforce Base in Maryland, USA.

Die Gipfel der Alpen färbten sich im schwindenden Licht fast purpurn, als Stein an Jaggers Tür klopfte und, ohne auf eine Einladung zu warten, eintrat. Der Doppelgänger, der vor einem angelehnten Rasierspiegel stand und seinem Gesicht Lebwohl sagte, bemerkte kurz: »Er zappelt im Netz.«
»Ausgezeichnet«, strahlte Stein. »Dann wird auch Smith bald zappeln. Moskau kann sehr zufrieden sein.«
»Allerdings«, erwiderte Jagger. »Dieses Ding könnte größer sein als wir oder Sie gedacht haben.« Er verstummte für eine Weile und fügte dann hinzu: »Sind Sie sicher, daß Smith uns das abkauft?«
»Ts, ts, ts«, sagte Stein und hob mahnend einen Finger: »*Mister* Smith, wenn es Ihnen nichts ausmacht. Das, Jagger, ist Ihre erste Lektion.«

Smith horchte den vorübergleitenden Tagen nach. Dunkels' letzte Botschaft hatte die Bestätigung gebracht: Der Doppelgänger war perfekt. Der Spaß konnte beginnen. In einer knappen Woche würde er in Freiheit sein. Dann würden die Geräusche und Gerüche wieder ihren normalen Stellenwert einnehmen.
Aber merkwürdigerweise zählte das angesichts der immer langsamer dahinfließenden Stunden immer weniger für Smith. Wichtig war einzig und allein das Verbrechen, das er geplant hatte, um seine Rückkehr ins Leben zu feiern – das ganz große Verbrechen, das die Glaubwürdigkeit der UNACO und ihres Commanders Malcolm Philpott zerstören würde. Smith haßte diesen Mann, der ihn zur kaum erträglichen Untätigkeit in der Haft verdammt hatte. Dieses Mal aber würde *er* triumphieren und die UNACO fallen.
Dunkels würde ihn nicht im Stich lassen. Auch Jagger nicht. Und auch Stein nicht. Ein Fehlschlag war, wie immer bei Mister Smith, nicht denkbar. Schon einmal hatte sich der Präsident Warren G. Wheeler in seinen Händen gewunden, und bald war es wieder soweit.

In Gedanken beschwor Smith erneut die Vision der verwandelten Boeing 707 herauf, die, für Warren G. Wheeler, Air Force One war. »Du liebe Zeit«, murmelte er, »hat der böse Mann dir dein Spielzeug weggenommen?«
Und zum ersten Mal seit drei Jahren, vier Monaten und achtzehn Tagen war die einsame Gefängniszelle, so nahe seinem geliebten Paris, daß man die Abwässer riechen konnte, von echtem, ungezwungenem Gelächter erfüllt.

II

Während der nächsten vier Tage erlebte Cody Jagger alle seelischen und körperlichen Qualen, die einer ausstehen muß, der seine Persönlichkeit verliert.
Dabei hätte er nicht in geschicktere und geduldigere Hände geraten können. Steins Operationssaal, wo ihm nur zwei Mitglieder seines Teams assistierten, die durch Geld und Drogen völlig von ihm abhängig waren, war ausstaffiert wie das Atelier eines Gesellschaftsfotografen.
Jeder freie Zentimeter an den Wänden war ausgefüllt mit riesigen Vergrößerungen von McCaffertys Gesicht, aus sechs verschiedenen Blickwinkeln fotografiert, einschließlich einer Aufnahme seines Nackens, auf der man haarscharf die Anordnung seiner flachen, wohlgeformten Ohren sah.
Der Operationstisch war umgeben von einem Wald von Stativen mit verstellbaren Scheinwerfern. Stein, über den von strahlenden Bogenlampen erhellten Operationstisch gebeugt, bellte seinen Helfern unentwegt Anweisungen zu, gewisse Züge des Objekts schärfer herauszuholen oder besser auszuleuchten.
Mit zusammengekniffenen Augen betrachtete er die Aufnahmen, die McCaffertys Züge mit der Präzision einer Landver-

messungskarte wiedergaben, setzte dann schwungvoll das Skalpell an dem in Narkose daliegenden Jagger an und glich sorgfältig Kiefer an Kiefer, Wange an Wange und Nase an Nase an.

Mit absoluter Konzentration schnitt Stein quadratzentimetergroße Segmente von Cody Jagger weg, formte sie zu Puzzlestücken von Joe McCafferty um und setzte sie wie Legosteine aus Fleisch zusammen, machte aus dem, was zwei Männer gemeinsam hatten, einen anderen Mann.

Fünf Tage später war es soweit. Die Fäden waren gezogen, die Narben rosig und frisch. Es war drei Uhr dreißig am Morgen, als Stein, mit gekreuzten Beinen auf dem Boden kauernd, die Arbeit seiner Hände in einem in der Decke eingelassenen Vergrößerungsspiegel betrachtete und mürrisch darüber nachdachte, daß der Gott Abrahams und Isaaks nur anderthalb Tage mehr gebraucht hatte, um eine ganze Welt zu erschaffen. »Hatte vermutlich bessere Assistenten engagiert«, kicherte Stein boshaft. Nie zuvor hatte er sich so erledigt, so total erschöpft gefühlt.

Er besah sich den verklebten, bandagierten Kopf. Wenn es keine Gewebeinfektion gab, dann war die gewaltige Hauptarbeit getan. Stein hatte bei den Telefonanrufen in den letzten zwei Tagen der zunehmenden Dringlichkeit in Dunkels' Stimme entnommen, daß Smiths Pläne reif waren.

Stein wußte, daß er es nicht länger aufschieben konnte, mit Karilian Kontakt aufzunehmen.

Noch am Abend des gleichen Tages fuhr der Mercedes vor der Edelweiss-Clinic vor. Stein, der sich in den letzten Stunden ausgeschlafen hatte, schlurfte die Stufen hinunter, um den großen Mann mit dem eckigen Gesicht zu begrüßen, der den Chauffeur ungeduldig zur Seite gestoßen hatte. Der Fahrer, ein von Natur aus geselliger Typ, war es allmählich leid, diese ungehobelten und unzugänglichen Ausländer zu seinem Brötchengeber zu befördern.

Axel Karilian, Kontrolloffizier des KGB in der Schweiz, ignorierte Steins ausgestreckte Hand, packte ihn stattdessen grob am Ellbogen und drehte ihn einfach zur Treppe hin um. »Zeigen Sie ihn mir«, befahl er und trieb den kleinen Schweizer Doktor durch die Eingangstüren.

Als Krimineller höchsten Ranges und damit mit höchstem Sicherheitsrisiko nahm Smith sein Essen üblicherweise in der Zelle ein, damit er nicht mit anderen Gefangenen in Kontakt treten konnte. Als sein Abendessen-Tablett zusammen mit den anderen in seinem Block abgeholt wurde (Smith zählte sie unbewußt anhand der zuschlagenden Zellentüren), wußte er, daß es nun noch eine halbe Stunde bis zum letzten Rundgang der Wärter dauern würde und weitere zwanzig Minuten, bis sie ihn beendet hätten. Dann würden nochmals fünfzehn Minuten bis zum »Lichter aus« vergehen. Nie gab es eine Abweichung von dieser Routine. Sie hätte Smith nur beunruhigt.
An diesem Abend aß Mister Smith – während Doktor Richard Stein im Penthouse der Edelweiss-Clinic Axel Karilian bewirtete – sein Abendessen im Isoliertrakt des Gefängnisses von Frèsnes mit mehr als dem üblichen Appetit.
Es würde seine letzte Mahlzeit in diesen Mauern sein.
Er legte sich auf seiner Pritsche zurück und dachte über die unmittelbare und fernere Zukunft nach, während sein Gehirn automatisch die quälende Gefängnisroutine registrierte, Zelle für Zelle, Tablett für Tablett, Tür für Tür, Schritt für knarrenden Schritt.
Smith kicherte vergnügt, und dabei tickte das gnadenlose Metronom in seinem Hirn unerbittlich weiter. Die Zeit war wichtig für Smith. Er schlief ein, aber auch als er Stunden später erwachte, war seine erste bewußte Empfindung, daß das Metronom wieder das Kommando übernommen hatte und ihm die unbestreitbare Tatsache anzeigte, daß die bewußte Stunde näherrückte.
Der Vertrauensmann des Gefängnisses, den man durch Bestechung soweit gebracht hatte, Smiths Befreiung einzuleiten,

leckte sich die Lippen und versuchte, seine Augen nicht unentwegt zur Wanduhr im Wartungsblock schweifen zu lassen. Der kleine Zeiger glitt von drei Uhr neunundfünfzig auf vier Uhr, und der Sträfling preßte seine Handfläche auf den Zündbolzen der Sprengkapsel, die man zu ihm hineingeschmuggelt hatte.
Zweihundert Meter entfernt im Isoliertrakt sprang ein elektrischer Funke von einer Anschlußdose auf eine Sprengstoffspur über. Eine Stichflamme zischte auf, und elf Sekunden später explodierte ein Benzinfaß in einem Lager am Ende von Smiths Korridor. Bald standen die Halle und die anschließenden Räume in Flammen, und das Gefängnispersonal raste zum Schauplatz des Ereignisses. Zu diesem Zeitpunkt schaltete sich Smiths Zellenbeleuchtung ein.
Bei jedem unkontrollierten Feuerausbruch wurde automatisch bei der örtlichen Feuerwehr Alarm geschlagen. Aber die verantwortlichen Feuerwehrleute warteten normalerweise erst noch einen bestätigenden Telefonanruf ab. Er kam. Sechs Feuerwehrwagen – zwei Waggons mit Drehleitern, ein Kontrollwagen und drei Wasser- und Schaum-Tanks – rasten in mörderischem Tempo in die Nacht hinaus.
Das Feuer breitete sich schnell aus, aber der Direktor des Gefängnisses, der stellvertretende Direktor und der Leiter der Feuerwehr mußten erst noch aus dem Schlaf geholt werden, ehe Order gegeben werden konnte, die gefährdeten Gebäude zu räumen. Die Wachen holten sich Gewehre und Straßenkampfwaffen aus der Waffenkammer, und ein nervöser Polizeibevollmächtigter mobilisierte eine Truppe des örtlichen Überfallkommandos.
Bogenlampen und Suchscheinwerfer erhellten jede Ritze des finsteren Gebäudes, und Smith richtete sich auf, als seine Zellentür aufging, lehnte sich aber gleich wieder auf die Ellbogen zurück.
»Raus!« befahl die bewaffnete Wache. »Es brennt. Der Block wird geräumt. Raus!«

»Wohin?« fragte Smith und mimte panisches Entsetzen.
»Zum Haupthof. Schließ dich den anderen an. Dalli.«
Mister Smith verließ den Ort, der ihm für mehr als drei Jahre ein Zuhause gewesen war, ohne auch nur einen Blick zurückzuwerfen.

Der Konvoi der Feuerwehrwagen bahnte sich heulend den Weg durch die dunklen Straßen, und als sich an einer Kreuzung noch Polizeiautos und -motorräder dazugesellten, schwoll der Lärm zu einem irrsinnigen Getöse an. Im Gefängnis trieben schreiende Wachen die Gefangenen aus fünf Blökken in den großen Innenhof. Dort zwang man sie Ketten zu bilden, um Wasser und Sand auf die Flammen zu gießen.
Bis endlich mit heulenden Sirenen und quietschenden Reifen Polizei und Feuerwehr anraste, hatte das Feuer bereits die Gebäude an der hohen Umgrenzungsmauer erreicht. Sofort wurden zwei große Drehleitern von außen über die Mauer hochgekurbelt. Feuerwehrleute krochen wie Bergziegen an ihnen hoch und richteten ihre Schläuche auf das Feuer.
Unbemerkt von den Feuerwehrleuten, aber von der Polizei geschickt zur Mauer hinmanövriert, fuhr ein dritter Drehleiterwagen, der aus der entgegengesetzten Richtung gekommen war, seine Leiter aus. Der leitende Offizier der Feuerwehr, der vom Kontrollwagen aus die ganze Operation dirigierte, schrie den Leuten Anweisungen zu, wohin sie Wasser und Löschschaum richten sollten.
Der Befehl wurde an Feuerwehrhauptmann Siegfried Dunkels weitergegeben, der oben auf der Leiter stand und ihn mit einem lässigen Winken zur Kenntnis nahm. Dann winkte er erneut, und zwar mit beiden Armen, den Schlauch zwischen die Knie geklemmt. Diesmal sah Smith ihn.
Der Hof war erfüllt von Rauch, Lärm und Durcheinander. So war es ein Leichtes für Smith, sich an die Kehle zu fassen und geräuschvoll zu erbrechen. Er stolperte aus der Zweierreihe heraus, die sich hinter ihm augenblicklich wieder schloß.

Smith fiel auf die Knie, würgte demonstrativ, richtete sich dann wieder auf und taumelte auf eine Stelle zu, wo die Luft etwas besser zu sein schien. Der harte weiße Strahl eines Suchscheinwerfers leuchtete sie aus, so daß der Gefängnisoffizier, mit dem Smith zusammenstieß, sich nicht die Mühe machte, ihn aus diesem normalerweise für Gefangene strengstens verbotenen Streifen zu vertreiben: vom Fuß der Mauer nämlich. Dunkels Leiter und die Schläuche seiner Leute waren zunächst auf das Zentrum des Brandes gerichtet. Doch allmählich schwang die Leiter vom Feuer weg und zum Hof hin, wo sie über der zusammengekauerten Gestalt von Mister Smith verhielt. Dunkels warf eine Strickleiter, die oben an der Mauer verankert war, hinab. Smith packte sie eilig und machte sich daran, die Mauer zu erklimmen.
Ein Wächter, der wie seine Kollegen scharf auf alle Anzeichen für einen Ausbruch achtete, fiel, nur halb bewußt, die unnatürliche Bewegung der menschlichen Fliege auf. Er stürmte zu der schwankenden Gestalt hin. Er sah die Strickleiter und sprang auf ihr lose baumelndes Ende zu.
Dunkels nahm mit einem Schwung seinen Schlauch von den Flammen weg und richtete ihn nach unten, wobei er es sorgfältig vermied, Smith zu treffen. Der scharfe Wasserstrahl traf den Wärter direkt auf die Brust, warf ihn mit Gewalt zu Boden und nagelte ihn dort fest wie einen Schmetterling im Schaukasten.
Smith erreichte den Rand der Mauer und ergriff die Drehleiter, die sofort herumschwenkte und ihn neben dem Feuerwehrauto auf den Boden setzte. Auch der hart bedrängte Chef der Feuerwehr bemerkte Smiths Flucht. Er lief auf das dritte Feuerwehrauto zu, dessen Anwesenheit ihn schon seit einiger Zeit beunruhigte.
Dunkels, der noch auf der Leiter stand, verpaßte ihm eine volle Ladung, die ihn wie einen Kegel umwarf, und quälte ihn so lange, bis er zu seinem Kontrollwagen zurückkroch, wo ihn hilfreiche Hände nach innen zogen.

Smith sprang ins Führerhaus, der Fahrer ließ den Motor an und raste mit heulenden Sirenen davon. Dunkels, der auf dem Ende der eingefahrenen Leiter hockte, benutzte seinen Schlauch wie ein Heckenschütze mit tödlicher Treffsicherheit, und setzte die verblüfften Feuerwehrleute und Polizisten, die ihn aufzuhalten versuchten, außer Gefecht.
Fünf Minuten später passierte das Feuerwehrauto mit halsbrecherischer Geschwindigkeit die Stadtgrenze. Auf einer ruhigen Landstraße hielt es an. Die Mannschaft stieg aus, riß sich die Uniform vom Leib, und sechs der Leute bestiegen einen neutralen Lastwagen, der die gleiche Firmenaufschrift trug wie ihre Bauarbeiter-Overalls.
Smith, Dunkels und die restlichen drei stiegen in zwei Citroens um, wo schon Kleidung zum Wechseln für sie bereitlag. Die Limousinen fuhren gleichzeitig los, und Smith seufzte erleichtert.
»Ausgezeichnet, Dunkels«, sagte er, »wirklich ausgezeichnet. Und jetzt besorg' mir ein sicheres Haus und eine Frau. In dieser Reihenfolge.«
Dunkels grinste. »Falls Sie sich's noch anders überlegen sollten, Sir«, sagte er, »im anderen Auto wartet bereits eine Frau.«

Nur widerwillig hatte Karilian Stein das Kommando überlassen, der ihm befahl, Handschuhe, Mundschutz und sterile Kleidung anzulegen, um sich mit eigenen Augen zu überzeugen, daß Jagger nicht mehr im Operationssaal war.
Dann gingen sie in Jaggers Suite, zu der Unbefugte keinen Zutritt hatten, und Stein enthielt Karilian die schlechte Nachricht so lange vor, bis sie auf Zehenspitzen an Jaggers Bett getreten waren. »Was zum Teufel soll das?« brüllte Karilian und zeigte mit seinem dicken Finger auf den bandagierten Kopf. »Ich will sein Gesicht sehen! Deshalb bin ich schließlich hier!«
»Sch . . .«, beruhigte ihn Stein, »bitte nicht so laut. Ich möchte nicht, daß er plötzlich aufwacht. Er steht noch unter Beruhigungsmitteln und darf sich nicht abrupt bewegen.«

Ohne die Stimme zu senken verlangte Karilian zu wissen, wann er Jagger nun endlich sehen könne. Stein hatte ihm versichert, daß Jagger in den frühen Morgenstunden, wenn die Wirkung der Beruhigungsmittel und Antibiotika nachgelassen hätte, von selbst aufwachen würde. Doch solange die Risiken einer Gewebeinfektion oder Abstoßreaktion nicht ausgeschaltet waren, mußte der Doppelgänger bewußtlos bleiben.
»Bitte, tun Sie doch, worum ich Sie bitte«, flehte Stein ihn an. »Kommen Sie und essen Sie oben mit mir. Ich habe einen ausgezeichneten Wodka und Beluga-Kaviar.«
Karilian schaute ihn unter seinen buschigen Augenbrauen drohend und voller Geringschätzung an. Dann gab er ein halb grunzendes, halb schnaufendes Bellen von sich und knurrte: »Machen Sie Glenfiddich und Dom Perignon und ein T-bone-Steak daraus, dann werde ich es mir überlegen.«
Auch Stein entspannte sich. Sein verkrümmter Körper glitt in die normale Fragezeichenhaltung zurück. »Aber ich möchte ihn unbedingt sehen – noch heute nacht«, warnte Karilian ihn. »Das werden Sie«, versprach Stein, »ganz bestimmt.«
Der kleine Doktor gewann stets bei ihren kleinen Differenzen. Richard Stein, der sein Leben mit dem zu jener Zeit wenig erwünschten Namen Scholomo Asher Silberstein begonnen hatte, kannte Axel Karilian jetzt seit fünfunddreißig Jahren. Stein, damals ein begabter junger Medizinstudent, war bei Kriegsausbruch in Polen festgenommen und mit seinen jüdischen Leidensgenossen ins nächste Konzentrationslager transportiert worden. Glücklicherweise war es ein kleines, von einem schwachen, aber perversen Kommandanten gleichgültig geführtes Lager gewesen. Stein hatte sich in die medizinische Einheit des Lagers hochgedienert, das Vertrauen des Kommandanten gewonnen und Himmlers Endlösung als Sprungbrett benutzt, sich eine Machtposition zu schaffen. Stein hatte es verstanden, sich mit abstoßenden und obszönen chirurgischen Experimenten, die er an Insassen vornahm, das Wohlwollen des Kommandanten zu erschleichen.

Als die Rote Armee auf ihrem Weg nach Deutschland Polen überrollte, waren der Kommandant und seine Mannschaft auf den plötzlichen Angriff auf das Lager nicht vorbereitet. Der verantwortliche Major der sowjetischen Streitkräfte stellte die Deutschen in einer Reihe auf und erschoß sie aus dem Stand. Das gleiche tat er mit den schwächsten und kränkesten Juden.

Stein jedoch, der weder krank noch schwach war, wurde einem jungen Nachrichtenhauptmann übergeben, der gerade zur Vorhut abkommandiert worden war. Und so begann die lange Freundschaft zwischen Axel Karilian und Richard Stein, wie er bald heißen sollte. Stein wurde in Sicherheit gebracht, sobald der Ukrainer seine speziellen Fähigkeiten erkannte. Um ihn vor jüdischer Rache zu schützen, nahm Karilian ihn mit nach Odessa, wo der Schweizer Jude so viel von seinen insgeheim erworbenen Fähigkeiten in plastischer Chirurgie und Hautverpflanzung weitergab, daß die örtlichen Ärzte ihm selbst ein neues Gesicht verpassen konnten.

Aber das war Stein noch nicht genug. Er wollte auch einen anderen Körper haben. Und er erklärte den orthopädischen Chirurgen dort, was zu tun sei. Es war eine Operation, die er oft an jüdischen Kindern ohne Betäubung vorgenommen hatte. Unter seinen Händen waren aus menschlichen Wesen grotesk verformte Monstren geworden. Stein erläuterte den Russen jeden Schritt der Operation, ertrug Höllenqualen – und überlebte, wie Jagger.

Richard Stein war also nicht das unglückliche Opfer rheumatischer Arthritis. Er war ein Fragezeichen eigener Machart.

Nach dem Krieg richtete der KGB ihm die Edelweiss-Clinic ein, und Karilian wurde ihm als Schweizer Kontrolleur mit Sitz in Genf beigeordnet. Der Gedanke, daß seine besten jüdischen Kunden noch reicher waren als er, der mit seiner Klinik ein nicht unbeträchtliches Vermögen anhäufte, amüsierte Stein des öfteren. Sie freilich operierte er mit äußerster Gewissenhaftigkeit und Geschicklichkeit. Und immer mit Narkose.

Cody Jaggers Weg in die Arme des KGB war ähnlich schmerzlich gewesen, und auch dabei hatte Axel Karilian mitgewirkt. Nach einer Kindheit, die ein paar kleinere Verstöße gegen das Gesetz und eine Reihe fruchtloser Gefängnisaufenthalte mit sich brachte, hatte er die Hohe Schule des Verbrechens absolviert, es zum Dienstgrad eines PFC (Private first class) in der Armee gebracht und war zu Beginn des Vietnamkrieges bei einer blutigen Gegenoffensive, die einen persönlichen Racheakt darstellte, nördlich von Hué gefangengenommen worden.
Er war zäh, grausam und ein geborener Schläger – und überhaupt kein Problem für die Folterungseinheiten der Vietcong, die ihn innerhalb eines Monats knackten.
Von einem durchreisenden KGB-Werbeoffizier wurde Jagger zum Training ausgesucht, aber der neue Status, weit davon entfernt, ihm sein Los zu erleichtern, machte sein Leben zur Hölle. Körperliche Folter und seelische Vergewaltigungen wechselten einander bei der Behandlung ab, der er unterzogen wurde und die ihn fast zum Wahnsinn trieb.
Erst danach wurde ihm dumpf bewußt, daß einer, der aus dieser Gehirnwäsche hervorgegangen war, im Grund für die sowjetische Intelligenzmaschinerie von keinerlei Nutzen mehr war. Zu schnell hatte er den Vietcong nachgegeben; und ebenso schnell, so folgerte der KGB, konnte er sich wieder den Amerikanern zuwenden. Ein Risiko konnten sie sich nicht leisten, und so übergaben sie Jagger Axel Karilian, der im Verlauf seiner fruchtbaren Verbindung mit Richard Stein schon jede Menge nützlicher Hinweise aufgegriffen hatte.
Karilians Programm für Cody Jagger war typisch in seiner einfachen Logik: Der Amerikaner mußte so eingeschüchtert und mit brutalen Methoden zum bedingungslos unterwürfigen Objekt degradiert werden, daß man ihn absolut sicher in der Hand hatte.
Drei Jahre brauchte Jagger, bis er kapiert hatte, was mit ihm passiert war. Dann ergab er sich in sein Schicksal – und handelte danach. Moskau schickte ihn nach Hanoi zurück, wo

die Folterungen zwei Monate lang noch gesteigert wurden, so daß Jagger die wenigen wachen Augenblicke, die man ihm gestattete, nur noch in stammelndem Entsetzen verbrachte.
Erst dann war Karilian zufrieden. Die Angst hatte Jagger zum willenlosen Instrument des KGB gemacht.
Er bewährte sich in den Vereinigten Staaten zwar einigermaßen als Agent, aber nur in untergeordneter Stellung, so daß selbst der Ukrainer gezögert hatte, Jagger vorzuschlagen, als Stein ihn in Smiths Auftrag nach einem geeigneten Doppelgänger fragte. Aber nach anfänglichem Zögern ließ Karilian sich die Sache nochmals durch den Kopf gehen und sah nun in Jagger doch den perfekten Kandidaten für diese heikle Aufgabe, auch wenn Stein noch Bedenken hatte.
Zum zweitenmal begaben sich Stein und Karilian ins Zimmer des Mannes, der sich jetzt rastlos im Bett hin und her wälzte. Jagger öffnete kurz die Augen und beobachtete die beiden durch die Schlitze seiner Bandagen. »Wie geht es ihm?« fragte Stein die Schwester, die am Krankenbett saß. »Viel besser«, erwiderte sie. »Doktor Grühner hat gerade nach ihm gesehen. Er behauptet, das Gewebe sei ganz in Ordnung und es gebe keinerlei Anzeichen für eine Infektion. Und die Narben heilen bestens.«
»Haben Sie sein Gesicht gesehen?« fragte Karilian sie brüsk. Die Schwester schüttelte den Kopf. Karilian deutete mit dem Kopf zur Tür. »Raus!« befahl er.
Stein entfernte sorgfältig die Bandagen und legte sie gerade auf ein Metallwägelchen, als das Telefon läutete. Es war ein Anruf für Karilian.
Der Ukrainer meldete sich mit seinem Namen, lauschte stumm, brummte zweimal kurz und warf den Hörer auf die Gabel. »Das war Paris«, sagte er. »Im Gefängnis von Frèsnes ist ein Brand ausgebrochen. Einer der Gefangenen hat einen aberwitzigen Fluchtversuch unternommen. Raten Sie mal wer?«
Stein hob die Augen. »Dann geht es also los?« Karilian nickte.

»Ihre Wachspuppe da wird schneller benötigt, als wir dachten. Schauen wir ihn uns also an.«
Drohend beugte sich Karilian über Jagger, der in seiner Erschöpfung irgend etwas murmelte. Er war konditioniert, vor jedem Russen zu zittern, besonders aber vor Karilian. Der Ukrainer entnahm der Mappe von Stein, die auf dem Wägelchen lag, einige Fotos, beugte sich noch tiefer herunter und hielt eine 30 × 25-Vergrößerung dicht an Jaggers neues, rosiges Ohr. Er richtete sich wieder auf und wandte sich Stein zu: »Recht ordentlich«, räumte er ein.
»Recht ordentlich?« empörte sich Stein. »Joe McCaffertys eigene Mutter würde darauf hereinfallen.«
Wieder läutete das Telefon. Stein nahm den Hörer ab und lauschte schweigend. Schließlich sagte er: »Haben Sie keine Angst. Er wird bereit sein. Ja. Dann bis nächste Woche. *Au revoir.*«
»Dunkels«, sagte Stein, als Karilian ihn fragend anschaute. »In genau einer Woche wird Smith herkommen. Bis dahin muß der Doppelgänger fit sein. Und in weiteren fünf Wochen müssen die Narben verheilt sein und Jagger muß seine Rolle perfekt beherrschen.«
Karilian lächelte, allerdings ohne das geringste Anzeichen von Freude. »Das wünsche ich mir auch, mein lieber Richard«, sagte er. »Also kümmern Sie sich darum.«
Stein versprach, daß bis dahin alles in Ordnung sein werde. Sie hatten McCaffertys Stimme auf Tonbändern, dazu einen Sprachexperten zur Unterstützung, außerdem besaßen sie Stumm- und Tonfilme, die seinen Gang, seine Gesten und Gewohnheiten zeigten. Smiths Dossier über den UNACO-Mann war außerordentlich gründlich, und Stein besaß eine Kopie davon. Seine Herkunft, Erziehung, Liebesaffären, enge Freundschaften, Vorlieben und Abneigungen . . . alles war im Detail dokumentiert. Beigefügt waren psychologische Gutachten, Berichte über seine körperliche Verfassung, seine Krankengeschichte und Angaben über den Zustand seiner

Zähne. Außerdem genaue Informationen über McCaffertys Beziehungen zu seinen Mitoffizieren und knappe Skizzen und Minidossiers der Leute, die eng mit ihm zusammenarbeiteten und die er natürlich sofort erkennen würde.
Es gab einen Faktor zu Jaggers Gunsten: McCafferty kommandierte seine eigene Einheit, und so mußte er weder mit Vorgesetzten noch mit Untergebenen allzu salbungsvoll umgehen. Jagger konnte also, um einen gelegentlichen Lapsus zu überspielen, einfach Zurückhaltung zeigen. Dennoch hatte sich der Doppelgänger nicht nur die Gesichter zu merken, er mußte sich auch Werdegang und gesellschaftlichen Hintergrund aller Männer und Frauen aus McCaffertys Familie und Bekanntenkreis merken, besonders bei den Offizieren, die auf seinem Weg nach oben mit McCafferty gedient hatten. Jeder von ihnen würde mit gemeinsamen Geschichten aufwarten, auf die der Doppelgänger ohne zu zögern und ohne Einzelheiten zu verwechseln reagieren mußte.
Das Hauptproblem aber, fürchtete Stein, könnten die Frauen sein, mit denen McCafferty zu tun hatte. Alle Affairen des Sicherheitschefs waren ausführlich dargestellt, mit Porträt, Lebenslauf, Lieblingsgerichten, Lieblingsmusik und -büchern der jeweiligen Favoritin. Sexuelle Vorlieben und/oder Abweichungen waren angeführt, aber im Bett würde Jagger sich am ehesten verraten können. Die Gewährsleute hielten McCafferty für einen rücksichtsvollen und erfahrenen Liebhaber – während Jagger bestenfalls ein brutaler Vergewaltiger war, der das auch unbedingt beweisen wollte.
Glücklicherweise hatte Stein das Problem teilweise dadurch gelöst, daß er Jagger beschnitten hatte. Es würde dauern, bis der Doppelgänger sich ohne Schmerzen betätigen konnte. Grundsätzlich aber würde man ihm einschärfen, jeden sexuellen Kontakt zu meiden, indem er auf einen Hepatitis-Rückfall oder einen harmlosen Fall von Geschlechtskrankheit hinwies. Andernfalls sollte er sich irgendeine andere plausible Entschuldigung einfallen lassen.

Als sie so dastanden und auf den vernarbten Doppelgänger herunterschauten, wollte Stein noch einmal wissen, wie der Russe ihre Chancen beurteile, wenigstens für eine gewisse Zeit mit Jagger durchzukommen. »Wird er es wirklich schaffen?« erkundigte er sich nachdrücklich. »Ist er schlau und anpassungsfähig genug? Wissen Sie, Axel, für so eine Rolle braucht man schon einen verdammt guten Schauspieler.«

»Hören Sie doch endlich auf, sich Gedanken zu machen«, riet ihm Karilian. »Er wird's schon bringen, und gut dazu. Ich weiß nicht, warum Smith ihn in der Air Force One haben will, aber es muß schon ein großes Ding sein, wenn ein berufsmäßiger Spekulant wie er sich in all die Unkosten und Vorbereitungen stürzt. Und daß sein Mann zugleich unser Mann ist, daß weder Smith noch die UNACO auch nur einen Dunst davon haben, das ist ein Meisterstück. Allein schon diesen Gedanken findet Moskau hinreißend.«

Stein grinste, weil Karilian Geschmack an der Sache gefunden hatte, betonte aber, daß Jagger um so verwundbarer sein werde, je exponierter er als McCafferty sei. Karilian schüttelte störrisch den Kopf. »Sie irren sich«, erwiderte er, »je öfter er seine Rolle spielt, desto besser wird er – da bin ich sicher.«

»Ich weiß nicht«, murmelte Stein. »Wie können Sie nur so sicher sein?«

»Ganz einfach. Ich kenne Jagger. Er macht sich in die Hosen vor Angst bei dem Gedanken, was ihm alles zustoßen wird, falls er die Sache vermasselt. Etwas, das hundertmal schlimmer ist als der Tod. Können Sie sich vorstellen, Doktor, welch panische Angst er vor dem grauenhaften Schicksal hat, das ihm vor Augen steht? Aber wie dumm von mir, natürlich können Sie das! Schließlich sind Sie ja Experte für Schmerz und Qual. Sie müßten ihm zum Beispiel nur damit drohen, ihn wieder ›umzumodeln‹, diesmal aber ohne Betäubung. Wäre ja nicht das erste Mal, oder?« Stein errötete vor Ärger, konnte aber Karilian nicht in die Augen sehen. »Und was ist mit dem wirklichen McCafferty?« murmelte er. »Was geschieht mit ihm?«

Karilian lachte. »Wenn Smith ihn nicht umbringt«, sagte er, »dann werde ich es tun.«

III

Basil Swann, ein junger Mann mit Pickelgesicht, Hornbrille und zahllosen Auszeichnungen von drei verschiedenen Universitäten, platzte in die Dienststelle von Malcolm G. Philpott, dem Direktor der United Nations Anti-Crime Organisation herein. Das Amt lag im UNO-Gebäude von New York City, und Basil war geradezu kindisch stolz darauf, dort zu arbeiten, auch wenn er das nie gezeigt hätte. Er hatte eine entschieden hoffnungsvolle Zukunft bei der UNACO vor sich – vorausgesetzt, daß die Organisation selbst eine solche hatte. Das Amt hatte und würde vermutlich auch nie, wie Philpott befürchtete, absolut frei und unabhängig und ohne politischen Druck und finanziellen Streß arbeiten können.
Philpott selbst, damals noch Professor mit Forschungsauftrag an einem College in New England, hatte den Vorschlag gemacht, eine *top secret* Gruppe zu bilden.
Sein bevorzugtes Gebiet war zwar die Verhaltensforschung gewesen, Philpotts wahres Interesse aber galt der Erforschung von Motivation und Antrieb krimineller Naturen. Er hatte wie besessen um die Zustimmung der UNO gekämpft, erhielt diese aber nur, weil die damalige US-Regierung den Aufbau der Abteilung finanzierte. Philpott hatte jeder amerikanischen Protektion widerstanden und sich mit wechselnden Verwaltungsapparaten herumgeschlagen, um der UNACO ihre Unabhängigkeit vom amerikanischen und auch jedem anderen Staat zu erhalten. Er bestand darauf, daß die Behörde allen UNO-Mitgliedern gleichermaßen zur Verfügung stehen mußte, welchem Machtblock sie auch immer zugehörten.

Ein einsichtiges UNO-Ministerium begriff denn auch schließlich, worauf es ankam.
Ein weiteres – leicht zu erkennendes, aber schwer zu lösendes – Problem Philpotts war die Beeinflussung durch die UNO-Staaten, die für die laufenden Kosten aufkamen. Geduldig widersetzte er sich allen offensichtlichen Versuchen des CIA wie des KGB, Einfluß auf seine Truppe zu nehmen; noch problematischer allerdings waren die französischen, israelischen, britischen und südafrikanischen Geheimagenten. Allmählich aber verwirklichte der Direktor sein Recht auf einen *cordon sanitaire,* dem einzig wirksamen Mittel, die Neutralität der UNACO zu garantieren. Er brachte es fertig, mit den verständlicherweise gespaltenen Gefühlen seiner in Amerika geborenen Agenten fertigzuwerden, die sich ständig gegen Anfälle von Lokalpatriotismus zur Wehr setzen mußten, und verließ sich fest auf seine stellvertretende Direktorin Sonja Kolschinsky, eine geborene Tschechin, die ihm die Munition gegen die Interessen des Warschauer Paktes lieferte.
Schließlich mußte Philpott seine sämtlichen Auftraggeber davon überzeugen, daß es nicht Sache der UNACO sei, sich in die Politik einzumischen, daß etwa die amerikanische Destabilisierung Chiles und Jamaikas oder die grausame Unterdrückung der Tschechoslowakei und Polens durch die Sowjetunion nicht internationale Verbrechen im üblichen Sinn seien, bedauerlich zwar, aber gerichtlich nicht verfolgbar. Die Feinde der UNACO waren Kriminelle, die die Sicherheit von Nationen und die Stabilität der sozialen Ordnung bedrohten; und unter denen, die auf Philpotts Liste standen, rangierte Mister Smith ganz weit oben.
Seine persönliche Verbindung mit dem US-Präsidenten Warren G. Wheeler, einem engen Freund seit College-Tagen, bedeutete für den UNACO-Direktor eine unerwünschte Komplikation. Wheeler mußte so unparteiisch wie jedes andere UN-Staatsoberhaupt behandelt werden, was für Philpott jedesmal ein schwieriger Drahtseilakt war. Denn sobald er sich

zu weit in eine Richtung vorwagte, würde er fallen, und die UNACO mit ihm. Malcolm Gregory Philpott indessen war trainiert für sein schwieriges Geschäft. Und abgesehen davon machte es das Leben auch interessant.
Philpott, inzwischen fast Mitte fünfzig, war immer noch ein schlanker, gut aussehender Mann, auch wenn sein volles Haar stahlgrau und sein scharfgeschnittenes, intelligentes Gesicht gefurcht war, mehr von der Last der Verantwortung als vom Alter. Als Swann in sein Büro hereinmarschierte, zeigten sich darin hauptsächlich Anspannung und Sorge, die Philpotts Ruf als schlauem Pokerspieler Lügen straften.
In dem großen Raum, den Swann auf seinem Weg zum Direktor passierte, stand der UNACO-Computer, an den eine elektronisch gesteuerte Weltkarte und eine Reihe multilingualer Monitoren angeschlossen waren, die laufend Informationen von den Horchposten in hundertdreißig Ländern auf Band aufzeichneten.
Jedesmal, wenn ein neuer Kontakt zustande kam, leuchtete an der Wandkarte ein rotes Licht auf, das den Standort des Anrufers anzeigte. Auf Philpotts untadeligem Schreibtisch lag eine durchsichtige Miniaturausgabe der Karte. Basil Swann näherte sich dem Schreibtisch, blieb stehen, ohne etwas zu sagen, räusperte sich dann diskret und händigte dem Direktor einen Computerausdruck aus, der nicht mehr als fünf Zeilen umfaßte:

UdSSR: Goldbarrenverschiffung von Kvost nach Moskau.
EG: Brüssel. Vierteljährliche NATO-Konferenz.
MITTLERER OSTEN: Bahrain. OPEC-Minister nach Washington. Kairo. Israelisch-ägyptische Verteidigungsgespräche.
SÜDLICHE HEMISPHÄRE: Kapstadt. Diamantentransit nach Amsterdam.

Philpott überflog hastig die Stichworte und die beigefügten Kommentare, dann las er sie langsam noch einmal. »Ist das alles?« erkundigte er sich.

»Es ist die vollständige Aufstellung aller Ereignisse, die laut Computer in den nächsten drei Monaten stattfinden sollen und möglicherweise das verbrecherische Interesse unseres Freundes erwecken könnten«, erwiderte Swann bombastisch.
»Welcher Freund?« rief eine Stimme von der Türöffnung her. »Und außerdem, was soll das bedeuten, mich per Funk beim Friseur rufen zu lassen. Ihr wißt, wie empfindlich Pepito ist. Wehe euch, wenn es nichts Wichtiges ist.«
»Es ist Sonja«, antwortete Philpott, als seine Stellvertretende Direktorin strahlend und frisch frisiert ins Zimmer segelte und in einen Stuhl sank, den Swann ihr eilig hinschob. Sonja Kolschinsky hatte lange Beine und war teuer gekleidet. Sie hatte ein rundes Gesicht, sanfte graue Augen und kurzes braunes Haar, das sich elegant um ihren wohlgeformten Kopf schmiegte. Sie war gut zehn Jahre jünger als Philpott, sah aber keinerlei Grund, warum so unwichtige Dinge wie der Altersunterschied oder ihrer beider Position bei der UNACO ihrer Affaire im Weg stehen sollten, die beide ohne die mindesten Schuldgefühle genossen, und das, seit Sonja in die UNACO eingetreten und ein Teil von Philpotts Leben war.
»Es ist sehr wichtig«, sagte Philpott feierlich. »Smith ist aus dem Gefängnis ausgebrochen.«
»Oh«, sie holte tief Luft, »*der* Freund also.«
»*Der* Freund, genau.«
Sonja überdachte die Neuigkeit. »Er hatte seine Zeit sowieso bald abgesessen, oder?« sagte sie. »Ich entsinne mich, daß er sich nach dem Eiffelturm-Coup durch Bestechung ein mildes Urteil verschafft hat.«
Philpott nickte zustimmend. »War es in diesem Fall nicht ziemlich idiotisch von ihm, auszubrechen?« insistierte Sonja.
»Vielleicht«, räumte Philpott ein, »vielleicht aber auch nicht.«
»Wieso ›vielleicht auch nicht‹?«
»Weil es sein könnte, mein Schatz, daß er etwas so Grandioses plant, daß nur er persönlich es ausführen kann. Ergo wollte er aus Frèsnes heraus.«

Sonja schauderte. »Dann warten wir also auf das große Ding, ja?« Philpott nickte und übergab ihr die Fotokopie.
»Das hat der Computer ausgespuckt«, erklärte er, und aus seiner Stimme hörte man die Sorge heraus. »Jedes dieser Ereignisse könnte es sein. Sie liegen alle auf seiner Linie, wenn auch einige so offenkundig politisch sind, daß sie für Smith wohl nicht in Betracht kommen.«
Sonja warf einen Blick auf die Liste und stimmte zu, daß man die Konferenz in Brüssel und die Kairoer Gespräche wohl ausschließen könne. Sie war wie Philpott von Mister Smith besessen, seit die UNACO ihm endlich das Handwerk gelegt und ihn hinter Gitter gebracht hatte. Man konnte mit Recht behaupten, daß Mister Smith in der internationalen Verbrecherriege eine der düstersten Gestalten war, eine seltene Spezies: ein Anarchist und absolut amoralisch. Schlimmer noch, er hatte sich dem abstrakten Konzept des Verbrechens um des Verbrechens willen verschrieben.
Finanzieller Gewinn zählte kaum für ihn. Ihm ging es nur um Macht und Einfluß, was ihn zu immer rasanteren und grausameren Übergriffen verleitete, Übergriffe auf Menschen, Regierungen, Institutionen und Gesellschaftssysteme.
Smith wollte gar nicht erst der Napoleon, der Alexander oder der Tamerlan des Verbrechens werden, in seinem verzerrten Bewußtsein *war* er es schon. Niemand, auch nicht die ihm am nächsten standen, wußte, woher er kam, wie er ursprünglich ausgesehen hatte (er wechselte das Aussehen wie andere Leute die Kleider) und welcher Art die paranoide Besessenheit war, die ihn antrieb. Er war märchenhaft reich, hatte gute Beziehungen, wirkte (wie alt er immer sein mochte) jung für sein Alter und war ein Mann von fast uferloser Bildung, der in jedem beliebigen Bereich Hervorragendes hätte leisten können. Aber Mister Smith hatte sich einen der niedersten Bereiche menschlichen Tuns erwählt und – unglücklicherweise – eine Kunst daraus gemacht.
Philpott als Direktor der UNACO hatte internationale Ver-

brecher angeheuert – Wilderer, die zu Hegern geworden waren –, um Smith zur Strecke zu bringen. Sie waren schon einmal erfolgreich gewesen, und Philpott war überzeugt, daß nur die UNACO ihn wieder stoppen könne.
Gelang das aber nicht, so würde die UNACO, gleich, auf welchem Schlachtfeld der Kampf ausgetragen würde, direkt oder indirekt genau in die Schußlinie geraten – zugleich mit ihrem Direktor und ihrem Stellvertretenden Direktor.
»Gut«, sagte Philpott und gab Swann die Kopie zurück, »setzen Sie an den Gefahrenpunkten der von mir markierten Operationsgebiete Agenten ein – einschließlich Brüssel und Kairo.«
»Aber doch nicht in Bahrain«, protestierte Basil.
Philpott stützte das Kinn in die Hand und verzog die Lippen. »Nein«, stimmte er zu, »nicht Bahrain. Den Transport der OPEC-Minister nach Washington, der vermutlich Ende nächsten Monats stattfinden wird, übernimmt Air Force One, und wir haben dort schon Joe McCafferty als Leiter der Sicherheitsabteilung. Wir könnten keinen zuverlässigeren Mann in einem so gefährdeten Gebiet haben.«
»In Ordnung, Sir«, sagte Swann und war schon halb aus dem Zimmer, als Sonja ihn zurückrief. Philpott schaute sie fragend an.
»Da bin ich mir nicht so sicher . . .«, sagte sie nachdenklich. Philpott hob spöttisch die Augenbrauen. »Es deutet doch alles auf unseren gemeinsamen Verdacht hin,« erklärte sie, »daß Smith sich auf irgendeine Art an der UNACO rächen will, selbst wenn diese Rache nur das Abfallprodukt einer größeren Sache ist. Vielleicht hat er es gerade deshalb auf die in Bahrain versammelten OPEC-Minister und die Air Force One abgesehen, eben *weil* ein Mann der UNACO als Sicherheitsbeauftragter das Flugzeug begleiten wird?«
»Um uns bewußt zur Zielscheibe zu machen, meinst du?« sagte Philpott nachdenklich.
»Genau. Denn was würde schließlich unsere Glaubwürdigkeit mehr erschüttern als die Tatsache, daß dem Flugzeug des Prä-

sidenten etwas Schreckliches zustößt – mit einem der Topleute der UNACO als Verantwortlichem an Bord?«
Philpott strich sich über den Nasenrücken, dann nahm er die Brille ab und kaute nachdenklich am Bügel. Sie befanden sich in einer verdammt schwierigen Situation, weil sie einen ihrer leitenden Außenposten mit einem Agenten hintergehen mußten, der ihn zu überwachen hatte. Aber Sonjas Argument war stichhaltig.
»Er ist so unberechenbar«, sagte sie mit Nachdruck. »Einer von ihnen könnte der große Unbekannte sein – oder auch keiner.«
»Okay, Basil«, sagte Philpott entschlossen, »wir werden alle Möglichkeiten berücksichtigen, einschließlich Bahrain. Ich werde McCafferty in groben Zügen informieren und ihn warnen, daß er auf dem OPEC-Trip besonders wachsam sein soll. Und Sie bestimmen einen Agenten für Air Force One.«
»Mit McCaffertys Wissen und Erlaubnis?« fragte Swann.
»Kommt nicht in Frage, Basil«, sagte Philpott ernst. »Es muß auf alle Fälle jemand sein, den Joe noch nie gesehen hat und von dem er nicht einmal weiß, daß er für uns arbeitet. Wir haben sowas auch schon früher gemacht.«
»Nicht bei so alten Hasen wie McCafferty«, sagte Swann hartnäckig. Philpott grinste: »Für alles gibt es ein erstes Mal. Und bei Smith dürfen wir nichts dem Zufall überlassen.«
Basil ging, und Sonja sah Philpott nachdenklich an. »Warum die anonyme Rückendeckung?« fragte sie. Das hatte nicht zu ihren Überlegungen gehört. Sie hatte McCafferty nur mehr Rückhalt verschaffen wollen.
Philpott schaute sie verständnisvoll an – und er mochte, was er sah. Und er mochte auch ihren Scharfsinn. Sie hatten einige Male im Bett gepokert, und zu seiner Verwirrung hatte sie ihn jedesmal geschlagen. »Nur um alle Möglichkeiten abzudekken«, erwiderte er.
Sie grinste. »Oder um beide Enden munter gegen die Mitte auszuspielen?«

Philpott blinzelte ihr zu. »Tja nun«, sagte er, »du und Smith, ihr seid nicht die einzigen cleveren Asse in diesem kleinen Spiel.«

Wieder einmal erwies sich das Wetter als strahlende Reklame für die Schweiz. Die Luft war so klar und erfrischend wie es Steins Prospekt verhieß. Auch der Fahrer des Mercedes war ausgezeichneter Laune, denn diesmal hatte er einen zugänglichen Fahrgast. Smith hatte zu Dunkels Erstaunen darauf bestanden, sich während der Fahrt zur Edelweiss-Clinic geistreich zu unterhalten. Dunkels nahm an, daß er dabei vielleicht nichts anderes im Sinn hatte, als den seiner neuen Rolle entsprechenden Akzent auszuprobieren – ein aristokratisches Bostoner Irisch mit gedehnten Harvard-Vokalen, die zu seinem Ivy League-Anzug paßten. Dennoch war der Chauffeur beeindruckt, zumindest von Smiths höflichem Versuch, seine obskuren Witzeleien in fehlerlosem Schweizer Patois zu erklären.
Stein empfing sie an der Tür und führte sie gleich zum gepflegten Park auf der Rückseite der Klinik, der bis zum glatten Fels des Berges reichte. Jagger saß in einer entfernten Ecke im Rollstuhl und sprach mit einer blonden Schwester, die man kürzlich eingestellt hatte, nachdem ihre Vorgängerin auf Karilians Befehl fristlos entlassen worden war. Je weniger Leute wüßten, daß es sich bei Jagger und dem Fall von plastischer Chirurgie im Privatflügel um ein und denselben Mann handelte, desto besser, hatte Karilian seine Entscheidung begründet.
Bevor Stein Jagger noch etwas zurufen konnte, schrie Smith: »Colonel McCafferty. Besucher.«
Der Rollstuhl schwang herum, und Jagger sagte in einer selbst in diesem frühen Stadium passablen Nachahmung von McCaffertys Stimme: »Ich glaube nicht, daß wir uns schon einmal begegnet sind.«
»Gut, Jagger, gut«, sagte Smith triumphierend. »Ich habe bislang nicht die Ehre gehabt, Colonel McCafferty kennenzuler-

nen, und ich habe auch nicht die Absicht. Sie haben sich richtig verhalten. Schon jetzt haben Sie meine Erwartungen übertroffen.«

Er wandte sich Stein zu und drückte ihm seine Hochachtung aus, was der kleine Doktor wohl oder übel bescheiden akzeptieren mußte. Denn die Umwandlung Jaggers war, um bei der Wahrheit zu bleiben, ein Wunder plastischer Chirurgie.

Dann erwähnte Stein, daß Jagger gern wüßte, welcher Art der Auftrag sei, den er als McCafferty ausführen solle, aber Smith riet Jagger, sich darüber keine Gedanken zu machen. In einigen Wochen würde er alles erfahren. Inzwischen sollte er sich in seine Rolle vertiefen, denn Dunkels würde regelmässig überprüfen, ob er sie beherrsche. »Ich muß wohl nicht eigens darauf hinweisen«, schnarrte Smith, »daß ich es höchst unerfreulich fände, wenn sich die ganze harte Arbeit und all das Geld, das ich investiert habe, als pure Verschwendung erweisen sollte. Falls es sich am Ende herausstellt, daß Sie unfähig für die Aufgabe sind, dann werden Sie, das versichere ich Ihnen, nicht lange genug leben, um über Ihr Versagen nachdenken zu können!«

Jagger errötete, soweit es das gespannte rosige Gewebe von McCaffertys Gesicht zuließ, und tat, als wolle er sich aus dem Rollstuhl erheben. Aber Stein und die Krankenschwester drückten ihn wieder zurück. Stein protestierte, Smith sei unfair. Wenn er so mit Jagger umgehe, werde er ihn nur verwirren. Schließlich habe Jagger damit fertigzuwerden, seine Identität ein für allemal zu verlieren. Smith fegte diese Bemerkung mit einer Handbewegung beiseite und versicherte dem Doppelgänger, daß er volles Vertrauen in ihn habe. Er wiederholte noch einmal, daß Jagger alles, was er brauche, lernen werde. »Sie allerdings«, sagte Smith zu Stein, »werden nicht alle Einzelheiten des Plans erfahren. Wenn er erst in die Tat umgesetzt worden ist, wird sowieso die ganze Welt ihn kennen. Inzwischen aber werde ich ebensoviel für Ihr Stillschweigen wie für Ihre unbezweifelbaren medizinischen Fähigkeiten zahlen.«

Stein lächelte und beugte den Kopf. Er versprach, daß Smith sich um seine Diskretion nicht zu sorgen brauche. Und er werde auch keineswegs dann, wenn der Doppelgänger alle Tatsachen kenne, weitere Informationen aus ihm herauslocken. »Dann verstehen wir uns also, Doktor«, meinte Smith mit einem zufriedenen Lächeln.

Stein gab das Lächeln zurück. Vermutlich, so dachte er, hatte bislang noch kein Lebender Mister Smith hintergangen und zugleich noch eine runde Summe dafür kassiert. Kein anderer Mann, soweit stimmte es. Aber eine Frau schon . . .

. . . und sie hieß Sabrina Carver.

Sie hatte zum Team von Smiths Eiffelturm-Kommando gehört, in Wirklichkeit (was Smith nicht entdeckte) aber mitgeholfen, ihn dort zur Strecke zu bringen, denn sie war zugleich auch eine hochgeschätzte Agentin der UNACO. Sabrina kannte die Identität nur eines einzigen Außenagenten der UNACO – und das war Joe McCafferty, den sie allerdings noch nie gesehen hatte.

Bei all seinen Plänen stützte sich Philpott darauf, daß seine Agenten anonym blieben und einander nicht kannten. Das schützte die Agenten und bewahrte auch die UNACO vor Komplikationen, weil ein aufgeflogener Agent jeweils nur sich selbst und die Leute aus der Zentrale verraten konnte. Und wer zu dieser Zentrale gehörte, wußte jedermann; schließlich waren die Namen dieser Leute in allen offiziellen UNO-Dokumenten nachzulesen. Philpotts einzige wirkliche Geheimwaffe waren jene Agenten, die er sich aus den UNO-Mitgliedstaaten zusammensuchte. Eine vollständige Liste dieser Namen wäre eine unbezahlbare Waffe für jeden Nachrichtendienst gewesen – und eine überraschende Lektüre dazu, besonders für die Agenten selbst.

Nur wenn die Umstände es unbedingt erforderten, ließ Philpott zwei Agenten zusammenarbeiten, die dann notgedrungen auch »voneinander wissen mußten«. Manchmal blieben solche Zweierteams auch weiterhin zusammen – falls beide Mitglieder überlebten. Bestimmte Agenten jedoch wurden nie mit einem anderen gekoppelt, teils weil sie eine Abneigung dagegen hatten, teils aus strategischen oder politischen Gründen. McCafferty gehörte zur »strategisch« prekären Kategorie.

Philpott rekrutierte seine Außenmannschaft aus allen Klassen, Farben und Konfessionen, und wenn er zwei Agenten zusammenspannte, dann zog er, wie es Sonja Kolschinsky manchmal vorkam, einen geradezu perversen Genuß daraus, absolute Gegensätze zu vereinen.

Joe McCafferty zum Beispiel, den man jetzt mit jemandem koppeln mußte, war ein ehrlicher und geradliniger Karriere-Flieger, ein leidenschaftlich patriotischer Amerikaner und ein Offizier von hohem Rang und ungewöhnlich großem Ansehen sowohl im Pentagon als auch beim Geheimdienst, während Sabrina Carver, die Philpott als McCaffertys Partnerin ausersehen hatte, eine internationale Juwelendiebin war.

Man hatte sie für den Eiffelturm-Job (Philpott hatte nur zögernd zugestimmt) mit dem Erlös aus einem erstaunlichen Überfall auf die Amsterdamer Diamantenbörse bezahlt, mit dem es ihr gelungen war, Smith so zu beeindrucken, daß er sie in sein Team aufnahm. Philpotts rücksichtsloser Einsatz und seine eindeutigen Erfolge für die UNACO standen in krassem Widerspruch zu seinem Gewissen, sobald die Rede auf die delikate Tatsache kam, daß der Leiter einer Anti-Verbrechens-Gruppe den von ihm bevorzugten Kriminellen half und sie unterstützte. Glücklicherweise kapitulierte sein Gewissen beim ersten Hindernis.

Die Finanzierung der UNACO, von den Mitgliedstaaten stets mehr als widerstrebend aufgebracht, hing von Ergebnissen ab. Und es gab nur wenig, was Philpott nicht getan hätte, um diese Ergebnisse zu liefern. Besonders wenn er es mit so verbrecherischen Monstren wie Smith zu tun hatte.

Philpott instruierte Swann über Sabrinas Rolle als Joe

McCaffertys »Schatten«. »Diesmal«, betonte er, »wird man das ›unbedingt Wissenswerte‹ vermutlich auf eine Seite beschränken können. Sabrina muß über Joe McCafferty Bescheid wissen, aber McCafferty darf nichts von ihr wissen, falls ich es nicht eigens anordne. Klar?«
Swann verschwand, um Sabrina zu holen, und Sonja beschwerte sich, daß ihr die Lage, auch wenn Swann sie überschaue, bei weitem noch nicht klar sei. »Er überschaut sie auch nicht«, erklärte Philpott, »aber er wird tun, was man ihm sagt. Die Sache ist, daß Joe in vorderster Front die Zielscheibe abgeben wird. Er würde es gar nicht so gern haben, wenn man ihn auch noch mit der Aufsicht über einen ›Zwilling‹ belästigt. Außerdem würde er auch nicht gerade jubeln, wenn er wüßte, daß wir jemand auf ihn angesetzt haben. Falls Smith wirklich Absichten auf Air Forc One hat, dann wird Joe sich jeden Beistand holen, den er nur kriegen kann, davon bin ich überzeugt. Mit seiner gekränkten männlichen Eitelkeit werde ich schon fertigwerden, wenn die ganze Geschichte vorbei ist.«
Philpott sah Sonja feierlich an und brachte ein vages Lächeln zustande. »Es könnte schlimm werden«, sagte er langsam. »Schlimmer als je zuvor. Falls Smith irgendwas gegen Air Force One und ein halbes Dutzend Ölscheichs im Schilde führt, dann gibt es nichts, aber auch absolut nichts, was irgendeiner außer unseren Leuten an Bord der Boeing tun kann. Aber wem erzähle ich das . . .«

Axel Karilian erfreute sich als altgedienter und hochgeschätzter Mitteleuropakorrespondent der sowjetischen Zeitung *Isvestija* eines hohen Lebensstandards in einem luxuriösen Appartementblock nahe dem Zentrum von Genf. Er hatte allen Versuchungen der Schweizer widerstanden, ihm einheimische Dienstboten als Spione in die Wohnung zu setzen, und bemühte sich folglich, als frühmorgens die Glocke ging, selbst zur Tür. Sein Besucher mußte, wie Karilian registrierte, beim KGB einen mittleren oder höheren Rang bekleiden.

»Man hat mir nicht gesagt, daß du kommst, Genosse«, sagte Karilian zur Begrüßung.
»Ich habe niemandem gesagt, daß ich gehen würde«, sagte der Besucher kalt. Karilian revidierte sein Urteil. Am Gorski-Prospekt hatte eindeutig eine Säuberungsaktion stattgefunden, und sein ungeladener Besucher, der den Codenamen Myshkin trug, war zweifellos von hohem Rang. Karilian holte, da Wodka und Zigaretten strikt für Gäste niederen Ranges reserviert waren, Whisky und Zigarren. »Dieser Mensch, dieser Smith«, sagte der hohe Vogel vom KGB, »interessiert uns. Und sein Projekt, was es im Endeffekt auch sein mag, ebenfalls. Wir werden uns hier nur vage dazu äußern, bitte, denn . . .« er machte eine Geste, als benutze er ein Hörgerät, »man kann nicht vorsichtig genug sein.«
Karilian protestierte entsprechend verschlüsselt, daß die Wohnung sauber sei. Aber Myshkin brachte ihn mit einem Wink zum Schweigen. »Es wird getan, was ich sage«, ordnete er an. Karilian zuckte die Achseln und nickte zustimmend.
»Wir nehmen an«, fuhr Myshkin fort, »daß das Projekt für uns von äußerster Wichtigkeit ist.« Plötzlich wurde Karilian unbehaglich. Obwohl Myshkin es nicht zugab, hatte Moskau ganz offensichtlich Smiths Sicherheitsnetz unterlaufen und *kannte* seine Absichten.
»Das Smith-Projekt kann zu einem äußerst folgenschweren Zwischenfall auf internationaler Ebene führen«, sagte Myshkin, »zu einem Zwischenfall, der eine gewisse Person, die wir nicht unbedingt zu unseren engsten Freunden rechnen dürfen, in erhebliche Schwierigkeiten stürzen könnte.«
Karilian neigte zustimmend den Kopf, wobei ihm die Erregung in die Eingeweide fuhr. Die Anspielung mußte sich auf den amerikanischen Präsidenten Warren G. Wheeler beziehen – und Karilian hatte genügend über die zukünftigen Aufgaben von Air Force One herausgefunden, um sicher zu sein, daß Smith die OPEC-Minister aufs Korn genommen hatte. Nur das paßte ins Gesamtbild. Moskau konnte nur dann eine äu-

ßerst unangenehme Situation für die USA und die UNACO schaffen, wenn es einen Vorfall hochspielte, der die Ölscheichs betraf. Nur so konnte Moskau den Präsidenten der USA in äußerste Schwierigkeiten bringen.

»Kapiert?« fragte Myshkin. Karilian nickte feierlich.

»Gut. Der Plan wird in jedem Fall erfolgreich durchgeführt werden. Nichts, aber auch gar nichts darf schiefgehen. Der Doppelgänger wird genau das sein, was er vorgibt. Drücke ich mich deutlich genug aus?«

Myshkin wartete die Antwort nicht ab. Falls alles gutgehe, fuhr er fort, werde Moskau mit Karilian sehr zufrieden sein, weil schließlich er den KGB in Smiths Pläne eingeweiht habe.

Karilian schluckte mühsam. Nicht *allzu* zufrieden, betete er im stillen. Nicht so zufrieden, daß sie mich nach Rußland zurückbeordern.

Als habe Myshkin Karilians verborgenste Gedanken gelesen, grinste er verschlagen und beugte sich in seinem Stuhl vor. Seine scharfen, wissenden Züge traten im Lampenlicht deutlich hervor, vom glänzend schwarzen Haar bis zum parfümierten Kinn.

Neben ihm kam Karilian sich ungehobelt vor. Und er machte ihm Angst. »Ich will damit sagen, daß man dich auf einem Posten deiner Wahl einsetzen könnte . . . außerhalb von Rußland.«

Verzweifelt versuchte Karilian, sich seine Erleichterung nicht anmerken zu lassen.

»Sollte allerdings Mister Smiths kleines Wagnis mit einem Fehlschlag enden, dann wird dich natürlich in Moskau ein Willkommensgruß erwarten. Ich kann dir also nur raten, es nicht soweit kommen zu lassen«, sagte Myshkin verständnisvoll. »Du weiß ja, wie – eh – warm ein solcher Willkommensgruß manchmal sein kann, mein lieber Axel.«

IV

Hawley Hemmingsway III. streckte im Bad des Scheichs von Bahrain seinen großen, wohlgebauten Körper aus und planschte im dampfenden Wasser, um die Wohlgerüche freizusetzen, mit denen die Dienerin, die ihm das Bad gerichtet hatte, allzu freigebig umgegangen war. Zumindest drei exotische Öle, darunter bestimmt Rosenöl, gaben seiner Reinigungsaktion das richtige Aroma. Selbst meine besten arabischen Freunde würden mir das nicht zutrauen, stellte er amüsiert fest.

Hemmingsway kicherte in sich hinein. Verständlicherweise konnte ein amerikanischer Energieminister die Nase eines Arabers nur durch ein einziges Rüchlein irritieren, und in dieser Hinsicht war Hemmingsway absolut einwandfrei. Er gluckste wieder in sich hinein, als er sich Warren Wheelers heftige Verwirrung ins Gedächtnis rief, als man ihm, Hemmingsway, bei jener Lunchparty im Weißen Haus den Job angeboten hatte.

»Sind Sie sich auch absolut sicher, Hawley?« hatte der Präsident gefragt, und die tiefen Furchen auf seiner Stirn zeigten seine Besorgnis. »Und auch noch drei, vier Generationen zurück? Sind Sie wirklich sicher? Nicht einen einzigen Tropfen hebräischen Blutes irgendwoher? Gott weiß – und ich bin sicher, auch *Sie* wissen – daß ich kein Rassist bin«, hatte Wheeler schnell hinzugefügt, »aber ich kann es mir einfach nicht leisten, diese Burschen von der OPEC zu verärgern. Und der sicherste Weg, sie so zur Weißglut zu bringen, daß sie in ihre persischen Teppiche beißen, ist es, ihnen einen auch nur zu einem Viertel jüdischen Energieminister zu schicken.«

Hemmingsway hatte ihm versichert, er sei eindeutig Neu-England bis zurück zu den Pilgervätern. Und hatte mit schlauem Grinsen hinzugefügt: »Die Hemmingsways spielten tatsächlich schon mit den Cabots, den Adams und den Lodges

Krocket, als die Wheelers noch Biberhäute und Waschbärfelle abzogen, um Kleider daraus zu machen.«

Die Stichelei wurde, von einem leichten Anheben der präsidentalen Augenbraue abgesehen, kommentarlos hingenommen. Doch Hemmingsway kannte seinen Mann, und er war aus dem Westflügel herausspaziert, das Energieministerium sicher in der Tasche. Seine Referenzen hielten allen arabischen Überprüfungen stand, und Hemmingsway war, als sich die OPEC-Minister in Bahrain zu Gesprächen über ein eventuelles Ost-West-Ölabkommen trafen, vom Regenten eingeladen worden, als Gast seines Hauses daran teilzunehmen. Ein Cadillac aus dem Autopark des Scheichs wurde ihm zur Verfügung gestellt, und Hemmingsway genoß es, ungehindert um die Insel herumzurasen, mit einer Geschwindigkeit, die in den Staaten infolge seiner eigenen Energiesparmaßnahmen strengstens untersagt war.

Auch die Gespräche gingen gut voran und rechtfertigten Präsident Wheelers Entscheidung, nicht nur Hemmingsway nach Bahrain zu entsenden, sondern auch sein persönliches Flugzeug, die Air Force One, für den Flug via Genf nach Washington zur Verfügung zu stellen, wo die zweite Etappe der Verhandlungen stattfinden sollte.

Hemmingsway erhob sich aus dem riesigen runden Bad, lief unter die Dusche, wo er das ölige Wasser abspülte, und schlüpfte in den Bademantel, den das Mädchen ihm hinhielt. Ihre Zähne glänzten unter dem Schleier, die Augen waren schicklich gesenkt. Hawley grinste und bedankte sich auf arabisch. Er war ein außerordentlich gewissenhafter Energieminister.

Genaugenommen ist Air Force One erst dann wirklich Air Force One, wenn der Präsident der Vereinigten Staaten von Amerika persönlich an Bord ist. Befördert sie zum Beispiel den Außenminister, wird sie zur Air Force Two, auch wenn es sich immer noch um dasselbe Flugzeug handelt: eine Langstrecken-Verkehrsmaschine vom Typ Boeing 707, in der US Air Force auch VC-137 C Stratoliner genannt. Will der Präsident der USA sie allerdings als Air Force One ausleihen, so ist das sein gutes Recht. Ihm gehört das Flugzeug und der Name, der seit 1962 gebräuchlich und inzwischen allgemein bekannt ist.

Die Boeing ist mit einem Arbeitszimmer und Aufenthaltsräumen für den Präsidenten ausgestattet, die zwischen den vorderen und mittleren Passagierkabinen liegen. Besuchern ist der Aufenthalt in diesem »Appartement« nicht gestattet, aber es gibt eine Menge gemütlicher und geräumiger Sitzgelegenheiten in den drei Passagierkabinen, die von der vorderen und hinteren Bordküche sowie von Aufenthaltsräumen flankiert werden. Die Außenfläche der Air Force One trägt in schwungvollen Buchstaben die Aufschrift »United States of America« sowie die Insignien des Präsidenten. Die Besatzung rekrutiert sich aus dem Personal des 89. Militärgeschwaders des Andrews Luftwaffenstützpunkts, Washington DC.

Die Sonne lag blendend auf dem Rumpf und den schimmernden Flügeln, als das Flugzeug Kurs auf den Flughafen Muharraq in Bahrain nahm. Major Patrick Latimer brachte die Maschine im Gleitflug vor dem Haupteingang herunter und ließ sie dann auf der Wartepiste auslaufen, die zum Standplatz führte. Latimer, obgleich offiziell der Pilot, saß auf dem Platz des Kopiloten. Links neben ihm auf dem Pilotensitz saß der Commander der Air Force One, Colonel Tom Fairman, hinter den beiden der Navigator, Lieutenant Colonel Paul Kowalski und daneben Master Sergeant Chuck Allen, einer der beiden Flugingenieure. Sie beendeten die Landemanöver, und Chuck Allen öffnete die Ausstiegsluke der Boeing.

Ein weiterer Mann – Besatzungsmitglied ohne besondere flugtechnische Aufgaben – wartete darauf, daß das Flughafenpersonal die Gangway unter die Luke schob. Er verließ die Maschine immer als erster und kam als letzter an Bord. Jetzt stand er mit gezogenem Revolver an der offenen Luke.

Die Flugüberwachung von Air Force One war zwar Colonel Fairmans Aufgabe, die Verantwortung jedoch für die Sicherheit der Boeing, ihrer Crew und der Passagiere lag bei einem einzigen Mann: dem Sicherheitsbeauftragten Colonel McCafferty. Die ganze Crew marschierte zum Ausstieg und wartete geduldig, bis McCafferty seine Kontrollen beendet hatte. Daraufhin steckte Mac seine Pistole ins Halfter zurück und ging die Gangway hinunter, von Fairman, Latimer und den anderen Fliegern gefolgt. Als letzter verließ Bert Cooligan, Agent des US Secret Service, das Flugzeug. Er war der einzige, der auf diesem Flug ebenfalls eine Waffe trug.
Fairman beschleunigte seine Schritte, um McCafferty zu erreichen. »Erst noch die Sehenswürdigkeiten von Manama genießen, bevor wir wieder abfliegen«, sagte er, als er McCafferty eingeholt hatte. Der grinste ihn nur an. »Dein Job mag ja erledigt sein, Tom«, gab er zurück, »aber meiner fängt gerade erst an. Klar, daß mir die heiße, sündige Hauptstadt in die Nase sticht. Aber ich schaue mich lieber ein bißchen um und ziehe mich dann mit einer Flasche Jack Daniels und einem guten Sicherheitsplan ins Hotel zurück.«
Fairman grinste: »Und wie steht's mit einer Gideon-Bibel?«
»Hier? Wo denkst du hin. Da gibt's entweder den Koran oder mein geschmuggeltes Exemplar vom *Playboy*, und das darf ich nicht mal rumliegen lassen, damit sich die Einheimischen nicht dran verlustieren. Vermittelt denen einen schlechten Eindruck von der Blüte amerikanischer Weiblichkeit.«
Beide Männer lachten, und der Araber, der sie vom Balkon des Terminals aus durch ein Fernglas beobachtete, stellte seine Linse schärfer ein.

Sabrina Carver aus Fort Dodge, Iowa, hatte ihre Karriere als Diebin bereits mit sieben Jahren begonnen. Mit einer winzigen Brosche, die sie auf einem Ausflug zum Des Moines Fluß einem Mitreisenden geklaut hatte, fing es an. Zwei Dollar erhielt sie dafür, peinlich genug, denn die Brosche hatte drei in

Silber gefaßte Brillanten, und das war Sabrina entgangen – ein Fehler, der ihr gewiß nicht noch einmal passieren würde.
Zehn Jahre später verließ sie ihr Elternhaus und Fort Dodge in der Absicht, nie mehr zurückzukehren. Ein professioneller Hehler, der sie anbetete, hatte siebzigtausend Dollar für sie auf einem Bankkonto deponiert, und an ihrem achtzehnten Geburtstag verdoppelte sie diesen Notgroschen mit einem Überfall auf ein Hotel, der nach Ansicht der zuständigen Polizei nur von einer Akrobatentruppe verübt worden sein konnte.

Das war Sabrina Carvers Stärke: Sie setzte ihre erstaunliche körperliche Fitness, ihr sportliches Können, selbst ihre Schönheit und ihren beachtlichen Intellekt so gezielt ein, daß sie eine der größten Einbrecherinnen wurde, die es je gab. Und sie nutzte ihre einmaligen Fertigkeiten für ihre Hauptleidenschaft, nämlich nicht nur zu stehlen, sondern Diamanten zu stehlen.

Philpott, immer die Hand am Puls des internationalen Verbrechens, war nicht entgangen, daß hier ein Stern im Aufsteigen war (Sabrina war erst siebenundzwanzig Jahre alt), und mit Interesse und nicht wenig Vergnügen verfolgte er ihre steile Karriere. Er wartete darauf, daß sie ihren ersten Fehler beging, und als es in Gstaad dann soweit war, weil Sabrina einem gierigen Liebhaber zu sehr vertraut hatte, ließ Philpott sie von der Schweizer Polizei einlochen, um sie wieder herauszuholen und für die UNACO als Außenagentin anzuwerben.

Philpott bezahlte sie so großzügig, daß sie nicht wieder hätte stehlen müssen, aber ein Mädchen mit Sabrinas Köpfchen und ihrer atemberaubenden Schönheit hatte es, wie er freimütig bekannte, sowieso niemals *nötig* gehabt, zur Diebin zu werden, sie genoß es einfach. Klauen war das, was sie am besten konnte, und weder Philpott noch ihre Stellung als Außenagentin der UNACO würden sie davon abhalten können. Und deshalb arbeitete sie nur zeitweise als Agentin.

Sie saß im Foyer des besten Hotels von Manama und machte

sich Gedanken darüber, daß in Bahrain die meisten Diamanten von Männern getragen wurden. Rein zum Zeitvertreib entwarf sie einen Plan, in den Palast des Scheichs einzudringen, als sie in die Wirklichkeit zurückkehren mußte: Joe McCafferty kam durch die mit Ornamenten verzierte Drehtür.

McCafferty hatte sie gleich ausgemacht, denn sie trug die Uniform eines Fliegers Erster Klasse der USAF. Er wollte zur Rezeption, aber als er Sabrina sah, änderte er die Richtung. Als er näherkam, verlangsamten sich seine Schritte und er fing zu blinzeln an. So wirkte Sabrina nun mal auf die Männer. Sie war atemberaubend schön. Eine Kaskade dunkelbrauner Haare fiel ihr über die Schultern und rahmte von der hohen Stirn bis zum Grübchen im Kinn ein ovales Gesicht ein. Ihre Augenbrauen waren von vollendetem Schwung, die großen Augen standen weit auseinander, Nase und Mund hatten vollendet klassische Maße.

McCafferty ging mit ausgestreckten Händen und leicht glasigen Augen auf sie zu. »Sie sind Prewetts Ablösung, wenn ich nicht irre«, sagte er. Ein Flugverkehrsspezialist (das Äquivalent einer Stewardeß bei zivilen Fluglinien) war im letzten Moment ausgefallen, und man hatte ihn über Funk davon verständigt, daß Air Force One in Bahrain eine Ersatzkraft erhalten würde. Wenn Fairman auch für den Hinflug mit nur einer Stewardeß auskam, für den Rückflug nach Washington mitsamt den Passagieren brauchte er zwei. Wie immer unterstanden alle neuen Besatzungsmitglieder des Präsidentenjets dem Sicherheitsbeauftragten. Sabrina erhob sich, grüßte und händigte ihm ihre Legitimation aus, wie es ihr Basil Swann aufgetragen hatte.

Sie ergriff McCaffertys Hand und spürte, wie seine starken Finger die ihren umschlossen. Sie hütete sich, den Druck zu erwidern, auch wenn ihre Hände zweifellos geschickter und trainierter als die seinen waren.

»AIC Carver, Sir«, sagte sie, »meldet sich zur Stelle bei Air Force One. Sie sind Colonel McCafferty, Sir?« Mac bestätigte es, noch immer leicht verwirrt, denn sie hatte einen gewaltigen Eindruck auf ihn gemacht. »In Ordnung, C . . . Carver«, stammelte er, »oder wie immer ich Sie nennen darf, da wir ja außer Dienst sind?«

Sie lächelte gewinnend und erwiderte: »Ich heiße Sabrina, aber nur, weil wir nicht im Dienst sind. Soll ich dabei bleiben, Sie ›Sir‹ zu titulieren, Sir? Nur außerdienstlich, meine ich?«

»Aber nein. Mein Name ist Joe, aber die meisten meiner Freunde nennen mich Mac.«

»Und was ist Ihnen lieber?«

»Das überlasse ich Ihnen.«

»Da wir ja offenbar dabei sind, Freunde zu werden, nenne ich Sie vielleicht besser Mac«, fiel Sabrina ungeniert ein. McCafferty lächelte etwas unbeholfen, und sie fand, daß die Fotos aus der Akte, die Basil Swann ihr gezeigt hatte, ihm nicht gerecht wurden. Der Colonel sah ausgesprochen gut aus, aber auf eine aggressive und wenig schmeichelhafte Art. Um seinen entschlossenen Mund und das Kinn lag ein Hauch von Kampfeslust, ja sogar Grausamkeit. Seine Nase war lang, breit und gerade und seine Augen von durchdringendem Blau. Sie erkundigte sich nach ihren Aufgaben, und McCafferty erklärte ihr, daß sie in Genf den üblichen Stop zum Auftanken einlegen und zugleich Waren einladen würden, die in Bahrain nicht ohne weiteres zu bekommen waren. Die Nacht über würden sie in der Schweiz bleiben. Abflug in Manama (er schaute auf die Uhr) in vier Stunden.

»Haben Sie ein Zimmer hier?« fragte McCafferty unschuldig und errötete, als ihm klar wurde, wie seine Frage aufgenommen werden könnte. »Ich . . . ich meinte nicht . . . um Himmels willen . . . *So* schnell bin ich nun auch wieder nicht. W . . .was ich sagen wollte, ist . . .«

»Was Sie sagen wollten«, erwiderte Sabrina und genoß seine Verwirrung und mochte ihn deswegen, »hoffe ich zumindest, ist, ob ich wie der Rest der Crew ein Hotelzimmer habe.«

McCafferty gab einen Seufzer der Erleichterung von sich. »Danke, daß Sie mich so leicht davonkommen lassen. Ich bin wirklich nicht so einer – auch wenn Sie was anderes gehört haben sollten.«

Mac stöhnte, als ihm klar wurde, daß er sich nun erst recht hineingeritten hatte, und er versuchte, mit den Händen die Röte zu verbergen, die langsam sein ganzes Gesicht überzog. Sabrina lachte einfach los, entschuldigte sich aber gleich, um ihn nicht noch mehr zu verwirren. Er konnte vermutlich nicht wissen, daß sie imstande war, die Namen sämtlicher Frauen herzubeten, mit denen Mac in den letzten fünf Jahren geschlafen hatte – und auch, was sie von seinen Fähigkeiten – nicht nur im Bett – hielten.

»Einen *solchen* Ruf habe ich nun auch wieder nicht«, protestierte er allen Ernstes.

»Da bin ich sicher, Colonel – ach, tut mir leid, Mac. Da Sie mir aber doch einen entsprechenden Eindruck vermittelt haben, sollte ich mir vielleicht doch noch mal überlegen, ob ich das Abendessen in Genf, zu dem Sie mich gerade einladen wollten, nicht doch lieber absagen soll.«

Mac sah sie erstaunt an. »Woher wissen Sie, daß ich daran dachte, Ihnen heute abend in Genf ein Dinner zu spendieren?« brach es aus ihm heraus. »Ich war ja nicht mal bis zur Einleitung gediehen.«

»Einleitung zu einer Verführung?« flüsterte sie mit großen unschuldigen Augen. »Heiliges Kanonenrohr, noch nie bin ich von einem Experten verführt worden, von einem Aufreißer wie dem großen Joe McCafferty . . .«

»Sie nehmen mich ganz schön auf den Arm«, protestierte Mac und richtete sich steil auf. »Airman Carver, in meiner Eigenschaft als Sicherheitsbeauftragter der Air Force One und als das erste Mitglied der Crew, das Sie zu Gesicht bekommt, halte ich es für meine militärische Pflicht, Sie vor diesem Rudel hungriger Wölfe zu beschützen, indem ich Ihnen den dienstlichen Befehl gebe, abends in Genf mit mir essen zu gehen!«

»Aye, aye, Colonel«, erwiderte sie und salutierte zum zweitenmal hinreißend. »Solange es die Sicherheitsvorkehrungen erfordern, natürlich . . .«
Nun war es an Mac zu lächeln. »Normalerweise haue ich zwar die Crew nicht in die Pfanne«, sagte er, »aber Ihretwegen könnte ich jederzeit eine Ausnahme machen, wenn es das ist, was Sie antörnt.« Sabrina errötete hinreißend und schluckte.
»Ich denke, wir beenden diese Diskussion besser und kehren zu unseren dienstlichen Obliegenheiten zurück, Sir«, sagte sie.
»Aber das mit dem Dinner heute abend geht in Ordnung?«
»Und ob.«
Sie trennten sich, und der Araber, der in der abgeschirmten Bar zur Linken ein Eiscreme-Soda schlürfte, legte die Hülle seines Fernglases auf den Tisch und kritzelte etwas in ein schwarzes Notizbuch.

Ein Mann, der sich als Chief Steward Master Sergeant Pete Wynanski von Air Force One vorstellte, überbrachte Sabrina eine Nachricht. Der Commander, sagte er, habe eine Musterung der Crew in der Hotellobby angeordnet. Gleich als sie den Fahrstuhl verließ, sah sie die Gruppe an der Bar, am gegenüberliegenden Ende der Lobby. McCafferty allerdings war nicht in Sicht. Sie war grundlos enttäuscht, salutierte vor Colonel Fairman und gesellte sich zur Crew, die sie zu Fairmans Vergnügen sehr interessiert, zu interessiert, musterte.
Er grinste: »Sie werden sich, wie ich sehe, bestimmt bei uns wohl fühlen, Carver. Und selbst wenn *Sie's* nicht tun, die Crew tut's bestimmt.«
Sabrina schenkte ihm ein Lächeln und fragte, was mit McCafferty los sei. »Ach du meine Güte«, stöhnte der schlanke und ganz und gar poetisch aussehende Latimer theatralisch, »kaum hier und schon verknallt in unseren unwiderstehlichen Sicherheitschef. Sowie sich was Weibliches in der Maschine sehen läßt, geht's bei diesem Mac schon los, wenn er diesmal auch einen ausgezeichneten Geschmack bewiesen hat.«

»Schluß damit, Pat«, sagte Fairman. »AIC Carver ist Mitglied dieser Crew, und ich möchte ihre Position nicht noch schwieriger machen, als sie ohnehin schon ist. Sie fliegt mit Air Force One, um zu *arbeiten,* und nichts soll sie davon abhalten. Und um Ihre Frage zu beantworten, Carver: Colonel McCafferty ist mit Agent Cooligan unterwegs zum Flughafen, und zwar auf genau dem Weg, den auch die OPEC-Minister nehmen werden. Danach wird Mac, wie ich ihn kenne, das Flugzeug inspizieren, nochmals inspizieren und dann ein drittes Mal, dann wird er auch noch die Polizei, die Gepäckaufbewahrung und die Flugplatzwache unter die Lupe nehmen, und zuletzt wird er noch jeden Riß im Rollfeld untersuchen. Colonel McCafferty ist in allem, was er tut, verdammt gut. Ich wünschte mir nur, daß ich das auch vom Rest meiner sogenannten Crew behaupten könnte.«
Commander und Besatzung kicherten, und Fairman kehrte wieder zum Dienstlichen zurück. Er fragte Sergeant Wynanski, ob die Proviantübernahme geregelt sei. Wynanski erwiderte, daß ihn das weiße Haus mit einer Aufstellung der kulinarischen Wünsche der Minister versehen habe, die er durch diskrete Umfragen in den entsprechenden Hotels vervollkommnet habe. Es sei nur noch einiges auf den Märkten von Manama zu besorgen.
»Gute Arbeit, Sergeant«, lobte Fairman. »Sie haben noch etwa eine Stunde Zeit. Das gilt übrigens für alle. Ich möchte das Kabinenpersonal um 16 Uhr an Bord sehen. Das Flugpersonal einschließlich der Cockpitbesatzung hat sich bis 16.50 Uhr einzufinden. Eine halbe Stunde vor Dienstantritt werden vor dem Hotel Minibusse bereitstehen. Wir rollen um 18.05 Uhr aus.«
Wynanski mit seiner Mannschaft verzog sich zugleich mit dem Flugpersonal. Nur Fairman blieb zurück, um sich noch Sabrinas anzunehmen. Der Commander bedachte sie als neues Besatzungsmitglied mit einigen von großen und patriotischen Gefühlen getragenen Ausführungen zu Air Force One.

Außerdem beeindruckte er sie gewaltig mit seinen Hinweisen auf die Wichtigkeit der vor ihnen liegenden Aufgabe.
»Wird nicht grade ein Honiglecken werden«, sagte der Colonel ernst. »Wir fliegen zwar in erster Linie deshalb mit Air Force One, weil unser Energieminister, Mr. Hemmingsway, an Bord sein wird – aber seien Sie versichert, daß wir auch die OPEC-Minister beeindrucken möchten; wir möchten, daß sie sich wohl fühlen. Ich muß Sie wohl kaum noch darauf hinweisen, daß die OPEC, falls dieser Ölhandel mit uns nicht zustande kommt, vermutlich ihre Gesamtproduktion so weit drosseln wird, daß wir uns in den kommenden Jahren nur noch per Fahrrad fortbewegen und unsere Zeitung bei Kerzenlicht lesen werden. Nichts, aber auch gar nichts, Carver, darf bei diesem Trip schiefgehen. Halten Sie also die Augen offen, seien Sie jederzeit höflich und zuvorkommend. Eine gute Stewardeß kann bei einem solchen militärischen Unternehmen Wunder wirken. Chefsteward Wynanski ist zwar ein kleiner Leuteschinder, aber er wird Ihnen vermutlich schon bald aus der Hand fressen, genau wie wir alle.«
Sabrina fühlte, wie es sie heiß überlief, und sie bastelte schon an einer passenden bissigen Antwort, als Fairman warnend die Hand hob.
»Nichts für ungut. Mußte Sie doch mal ein bißchen hochnehmen, Süße, war bloß Spaß«, versicherte er ihr.
»Genau wie bei Major Latimer, Sir«, erwiderte sie honigsüß, »und den haben Sie ganz schön fertiggemacht, wenn ich mich recht entsinne.«
Fairman sah sie zustimmend an und grinste. »Irgendwie, Carver, habe ich den Eindruck, daß Sie im Grund keinerlei Ratschläge von mir brauchen«, sagte er.

Axel Karilian durchquerte die Diele seines Appartements in Genf und bellte dann ins Telefon: »Es ist wichtig, lebenswichtig, daß Jagger sich so bald wie möglich mit mir in Verbindung setzt. Kapiert, Stein?« Karilian warf einen Seitenblick

auf den gefährlich ruhigen Myshkin, der sich auf einem Sofa räkelte, einen großzügig bemessenen Chivas vor sich.
»Bei denen ist es nicht mehr lange hin bis zur Stunde Null«, protestierte Stein. »Denken Sie doch um Himmels willen daran, Axel, daß Jagger genug zu tun haben wird, wenn Smith und Dunkels ihm ständig auf der Pelle hocken. Es wird äußerst schwierig sein, mit ihm in Verbindung zu treten.«
»Sie müssen«, beharrte Karilian. »Es muß ein Weg gefunden werden.«
Hinter seiner Bescheidenheit, einer seiner stärksten Waffen, verbarg Dr. Stein die Gerissenheit, mit der er seinen Trumpf auszuspielen wußte – hauptsächlich im Hinblick auf Myshkin, der sich, wie er zu Recht vermutete, ebenfalls in Karilians Appartement befand. »Natürlich«, sagte Stein aalglatt, »*kann* man mit Jagger diskret in Verbindung treten. Ich habe schließlich einen direkten Draht zu ihm.«
»Dann *benutzen* Sie ihn! Jagger *muß* anrufen. Neue Instruktionen, die das Gesamtbild der Operation verändern, müssen an ihn weitergegeben werden. Siedend heiß aus Moskau, Stein – und unbedingt zu befolgen. Kümmern Sie sich drum.« Er knallte den Hörer auf die Gabel und wurde sich mit einem Gefühl des Unbehagens bewußt, daß Myshkin ihn unter nur unmerklich gehobenen Lidern anstarrte.
Jagger brauchte, nachdem er Steins Nachricht erhalten hatte, noch eine halbe Stunde, ehe er Dunkels abgeschüttelt hatte und telefonieren konnte. Dem Doppelgänger gefror das Blut, als die kalte, präzise Stimme Myshkins ihn zuerst auf russisch ansprach und dann die Befehle auf englisch wiederholte, um keine Unklarheiten aufkommen zu lassen.
»Meiner Meinung nach, Jagger«, sagte Myshkin, »hat Mister Smith vor, sich so – eh – sagen wir gründlich in die Operationen der Air Force One einzumischen, daß er aus der Zwangslage, in die er die OPEC-Minister gebracht hat, finanziellen Gewinn schlagen kann. Weitere Details möchte ich mir an diesem offenen Draht ersparen.«

Jagger bestätigte die Einzelheiten. Karilian preßte nervös seine feuchten Handflächen zusammen, und Myshkin fuhr fort: »Bis zu einem gewissen Punkt ist das ganz zufriedenstellend, aber wir meinen, daß wir einen größeren Vorteil aus der Geschichte ziehen können, wenn sie einen – eh – drastischeren Verlauf nimmt. Können Sie mir folgen?«
»Ich – ich fürchte nein«, sagte Jagger unsicher.
Myshkin gab ein erbittertes Schnauben von sich. »Ich sehe, daß ich präziser werden muß«, sagte er ätzend. »Es ist von entscheidender Wichtigkeit für uns, daß Amerika schlecht aus dieser Affaire hervorgeht, Jagger. So schlecht, wie man sich's nur vorstellen kann. Und bestimmt gibt es einen Weg, die OPEC-Staaten nicht nur zu veranlassen, die Unterzeichnung aller Ölverträge zu verweigern, sondern jede weitere Verbindung mit den Vereinigten Staaten abzubrechen.« Beide sprachen sie nun englisch; Myshkin mußte absolut sicher sein, daß Jagger ihn verstand. Der Doppelgänger hielt ungläubig den Atem an. »Sie können doch nicht meinen – Sie können nicht . . .«
»Ich kann«, sagte Myshkin, »und genau das meine ich. Sie werden die OPEC-Minister killen, und die überlebenden Besatzungsmitglieder von Air Force One ebenfalls. Uns können Sie es dann überlassen, mit dem ehrenwerten McCafferty fertigzuwerden.
Wie Sie es tun, Jagger, das ist Ihre Sache. Aber sorgen Sie dafür, daß es nicht schiefgeht. Was auch immer geschieht, es darf nicht schiefgehen. Selbst wenn Sie, nachdem Air Force One erledigt ist, der einzige Überlebende sein sollten, ist das in Ordnung. Aber Sie müssen Ihre Aufgabe zu Ende führen.«
Jagger legte in seinem Hotel in Bahrain den Hörer auf die Gabel und fuhr mit dem Fahrstuhl ins Erdgeschoß. Als er ausstieg, lief er Dunkels in die Arme. Der packte ihn und befahl brüsk: »Steigen Sie in Ihre Uniform, Mann. In fünf Minuten reisen wir ab. Achmed hat gemeldet, die Taube steige auf, um sich in der Luft zerreißen zu lassen.«

McCafferty und Bert Cooligan stiegen die Gangway von Air Force One hinunter, um dem sich nähernden Trupp ranghoher bahrainischer Polizisten entgegenzugehen, die bis zu den strahlend weißen Zähnen bewaffnet waren. McCafferty blieb stehen und fuhr mit einem seiner Schuhe prüfend über eine Markierung im Beton. Cooligan grinste. »Kein Riß, Sir«, flüsterte er. »Und selbst wenn's einer wäre, er ist nicht auf dem Rollfeld.«

Dann begrüßte Mac die Herren – die sich taktvollerweise seinem Kommando unterstellt hatten – und übergab ihnen Kopien seines Sicherheitsprogramms. Nach diesem kurzen Intermezzo begab er sich mit Cooligan zum Terminal-Gebäude, als ein Araber, der mit den Riemen seines Fernglases spielte, beschloß, die Herrentoilette aufzusuchen. McCafferty schaute zum Dach des Terminals hoch, wo am Geländer an den entscheidenden Stellen drei Maschinengewehrschützen postiert waren. »Kümmere dich um die Burschen da oben, Bert«, murmelte er. »Sieh zu, daß sie nicht *unterschiedslos* auf jede, und ich meine wirklich jede, nicht autorisierte Person ballern, die sich auf fünfzig Yards der Gangway von Air Force One nähert. Gib ihnen auch Kopien des Sicherheitsprogramms. Ich möchte ungern abgeknallt werden, wenn ich den Konvoi anführe. Ich gehe ins Hotel zurück. Ich brauche eine Dusche und einen Drink und auch ein kleines Gespräch mit Hemmingsway, ehe wir die Autokolonne in Marsch setzen. Okay?«

Cooligan sagte *»Ciao«*, und Mac ging durch den Terminal hindurch zur Straße – im Kielwasser einen großen, gut gekleideten jungen Araber, über dessen Schulter eine lederne Fernglashülle baumelte.

Sorgfältig musterte Mac die Vorderfront des Flughafens, wo die Abordnungen der Polizei Stellung bezogen, und so entging ihm das dezente Signal, das der Araber – er hieß Achmed Fayeed – dem Taxifahrer gab, der abseits der sich unterhaltenden Kollegenschar an der Spitze der wartenden Autos stand und mit gekreuzten Armen an seinem Wagen lehnte. Er stieg ein, drehte den Zündschlüssel, und sowie McCafferty den Arm hob, scherte das Taxi aus und kam etwa einen Meter vor des Amerikaners ausgestrecktem Bein quietschend zum Stehen. Mac riß die Tür auf, sprang hinein und nannte den Namen seines Hotels. Sie passierten auf der vom Flugplatz wegführenden Straße eine Nebenstraße, die zu den Verladerampen führte. Kurze Zeit später überholte sie mit aufheulendem Motor ein glänzend schwarzer Cadillac. Achmed riß das Steuer herum, scherte aus und folgte dem Cadillac.

Sobald er es sich in seinem Sitz bequem gemacht hatte, kehrten Macs Gedanken zu seinen Sicherheitsvorkehrungen für den Flug nach Genf und für Bahrain zurück. Selbst wenn er den Cadillac bemerkt haben sollte, er registrierte ihn nicht. Cadillacs, die im Fahrzeugpark des Regenten üblichen Schlitten – gab es in Bahrain und sämtlichen Golfstaaten wie Sand am Meer. Der Fahrer dieses Cadillac allerdings beobachtete den Amerikaner sorgfältig im Rückspiegel.

Der Flughafen von Muharraq ist durch einen Damm mit der Hauptinsel von Bahrain verbunden, und McCafferty, der sich einmal umgeschaut und vor sich die glatte Straße und links und rechts die Sonne auf dem Meer hatte funkeln sehen, wandte seine Aufmerksamkeit wieder den schwierigen Details seiner Aufgabe zu. Er war völlig entspannt und daher gänzlich unvorbereitet auf den scharfen Ruck des Steuerrades, der das Taxi von der Hauptstraße weg in einen verrotteten Lehmweg hineinriß, der sich genau vor dem Wasser zur Rechten öffnete.

Der Pfad führte zu einer Ansammlung winziger Gebäude, die die Bahrainer *borrastis* nannten, schäbige kleine Hütten aus Palmwedeln und Lehm, die aussahen wie geflochtene Bienenstöcke. Aber davon bemerkte Mac nichts. Er langte instinktiv nach seiner Pistole, war aber um Sekundenbruchteile zu spät. Der Fahrer, der sich ein Taschentuch vor Mund und Nase preßte, zielte mit einem Aerosolspray über die Schulter auf den Amerikaner und traf ihn voll ins Gesicht.

Der Revolver entglitt McCaffertys Fingern. Der Amerikaner sank nach vorn, schlug gegen die Rücklehne des Fahrersitzes, und dann war nur noch Schwärze um ihn.
Achmed Fayeeds Auto setzte sich auf der holprigen Straße neben das Taxi, und der Araber deutete auf die *borrasti*-Hütten, die durch einen Streifen Palmen von der Hauptstraße und den verstreuten Flughafengebäuden abgeschirmt waren. Beide Fahrzeuge schossen davon und waren bald in der Oase verschwunden.
Achmed öffnete die hintere Tür des Taxis und zerrte McCafferty heraus. Dunkels trat aus einer Hütte, betrachtete den Sicherheitschef und wandte sich dann einem anderen Mann zu, der aus der Hütte kam. Die Ähnlichkeit zwischen den beiden war verblüffend, perfekt bis in die kleinste Einzelheit.
Dunkels befahl Achmed, Macs persönliche Habseligkeiten an sich zu nehmen: Brieftasche, Kanone, Kennmarke, Dokumente, Geld, Kugelschreiber, Taschentuch, Feuerzeug (falls vorhanden). Der Araber durchsuchte den bewußtlosen Amerikaner und übergab die Gegenstände Jagger, der sie bei sich verstaute und dabei feststellte, daß auch seine Uniform der des Sicherheitschefs genau entsprach.
»Und jetzt bring ihn rein«, sagte Dunkels zu Achmed, »und sieh zu, daß er wieder zu sich kommt. Wir müssen einiges aus ihm herausholen, was nur er uns erzählen kann.«
»Und wenn er nicht will?« fragte Jagger. Dunkels zuckte die Achseln. »Der stirbt sowieso. Da kann er sich's genausogut gleich leichter machen.«
»Nicht zu leicht«, feixte Jagger und bestieg das Taxi.
Der Fahrer wendete in einer Staubwolke und fuhr auf der mit Schlaglöchern übersäten Straße wieder auf den Damm zu. Dort bog er ein und raste in Richtung Manama davon.
Er war zwar in Eile, fuhr aber bewußt vorsichtig. Schließlich beförderte er einen wichtigen Passagier: den Sicherheitsbeauftragten von Air Force One.

V

Air Force One ist ein interkontinentaler Düsenjet vom Typ Boeing 707; 46,60 Meter lang mit einer Spannweite von 44,40 Metern. Sie besitzt vier Düsentriebwerke – Pratt and Whitney-Turbojets – die imstande sind, ein Startgewicht von mehr als 150 Tonnen in die Luft zu bringen.
Bei einer Reichweite von mehr als siebentausend Meilen kann sie auf weniger als fünfzehnhundert Meter Betonpiste landen. In ihrem Cockpit darf kein Pilot mit weniger als viertausend Flugstunden sitzen – getreu dem Leitsatz des 89. Military Aircraft Wing, Special Missions (MAC), *»experto crede«* (Verlasse dich nur auf den Erfahrenen). Und oft schon hatten Bevölkerung und Präsident der Vereinigten Staaten von Amerika allen Grund, der Besatzung der Air Force One dankbar zu sein.
Das Flugzeug hat eine maximale Flughöhe von mehr als viertausend Fuß, und seine Crew besteht nie aus weniger als zehn Leuten. Die Reisegeschwindigkeit der Boeing liegt bei 550 Meilen in der Stunde, und sie hat als einziges Flugzeug einen Lieutenant Colonel als Navigator. Die Flugbesatzung der Air Force One trägt blaue Uniformen, die Stewards und Stewardessen tragen kastanienbraune Blazer mit blauen Hosen bzw. Röcken, und an jeder Uniform steckt das begehrte Abzeichen des Präsidialdienstes.
Mehr zufällig als absichtlich wurde das Flugzeug des Präsidenten zu einem Versorgungsbetrieb ganz eigener Art.
Das Tafelgeschirr und die Ausstattung sind Sonderanfertigungen, von Fabrikanten, die sich um die Anerkennung des Ersten Bürgers bemühen, gratis zur Verfügung gestellt. Da all diese Dinge, angefangen bei Silbergeschirr und Kristallgläsern über Tassen und Teller bis hin zu Aschenbechern, Zündholzbriefchen und Servietten das Siegel des Präsidenten tragen, stehen sie bei Souvernirjägern hoch im Kurs.

Den Gesetzen des florierenden Schwarzen Marktes zufolge, der eine rege Nachfrage nach Artikeln der Air Force One verzeichnet, ist es unvermeidlich, daß die Passagiere der Versuchung erliegen, sich einiges vom beweglichen Inventar des Flugzeuges unter den Nagel zu reißen.
Die 89. Air Force Base (in Wirklichkeit in Maryland stationiert, wenn auch die Adresse der Andrews AFB immer mit Washington DC angegeben wird) würde es zwar vorziehen, ihr Flaggschiff selbst auszustatten und Leute mit langen Fingern zu verfolgen, aber zu stark ist die Tradition der Protektion im amerikanischen Wesen verwurzelt.
Die Maschine war für den OPEC-Trip auf Hochglanz gebracht, die Reifen waren gewaschen und überprüft worden, und nun stand sie stolz und strahlend schön auf dem Rollfeld von Muharraq und glänzte in der Sonne. Wieder wartete sie auf das Erscheinen von Passagieren, die gewiß niemals aufgefordert würden, für ihren Flug zu zahlen.
Die Steuerbordtriebwerke, drei und vier, arbeiteten schon, um für Strom, Aircondition und einen schnellen Start zu sorgen. Die Lager- und Vorratseinrichtungen waren gründlichst überprüft und in Ordnung befunden worden. Auch das Gepäck der OPEC-Minister war schon verstaut. Die Crew stand im Cockpit bereit zu den notwendigen Prozeduren vor dem Flug. Chief Steward Pete Wynanski händigte »Flieger« Sabrina Carver die Gästeliste aus. »Studieren Sie sie«, schnarrte er, »denn dies hier ist kein Bunny-Flug für Hollywood-Moguln. Diese Ölminister sind nicht bloß VIPs, das sind EDPs.«
»Die sind was?«
»Die sind was,'Sergeant'?«
»Entschuldigung. Die sind was, Sergeant?«
»EDPs, Exceptionally Distinguished Passengers, außergewöhnlich distinguierte Passagiere. Ich möchte nicht, daß irgendeiner von ihnen in feuchten Socken rumschleicht, nur weil Sie einen Drink über ihn verschüttet haben, verstanden?«
»Absolut, Chief – eh – Sergeant«, erwiderte Sabrina.

Wynanski war offenbar der einzige von der Crew, der ihrer hinreißenden Figur gegenüber immun zu sein schien, und gerade ihn, dachte sie mit Bedauern, hatte sie sich zum Boß erkoren. »Es gibt keine Gerechtigkeit auf der Welt«, sagte sie nachdenklich.
»Da haben Sie recht«, spottete Wynanski, »die gibt es nicht. Bloß Pflichten. Sie sind für die Drinks da. Airman Fenstermaker hier« (er zeigte auf eine Honigblonde mit getönten Brillengläsern und einem Klassebusen, die neben Sabrina stand) »ist für die Snacks verantwortlich, okay? Vielleicht müssen Sie beide später tauschen. Kommt ganz drauf an . . . okay?«
»In Ordnung, Sergeant«, riefen sie im Chor, obgleich Sabrinas Brauen sich furchten, als sie ihre Augen über die arabischen Namen gleiten ließ. »Was'n los, Carver?« grunzte Wynanski.
»Na ja, ich bin ja, wie gesagt, für die Drinks da. Es sieht aber so aus, als ob die meisten nur Tee wollen«, erklärte Sabrina.
»Aber Carver, um Himmels willen«, stöhnte Wynanski. Er war einmal Kellner auf einem Fährschiff nach Staten Island gewesen und kannte das Leben. »Das müssen Sie verstehen – diese Kerle sind Araber, Moslems. Kapiert?«
Sie schüttelte den Kopf.
»Die dürfen nicht zugeben, daß sie auch mal gern einen heben«, sagte Wynanski geduldig, »aber von Zeit zu Zeit und besonders dann, wenn sie außerhalb von Arabien sind, verwöhnen die sich mal, wenn Sie mich verstehen. Aber es darf nie danach aussehen, und sie wollen auch nicht, daß Sie oder irgendwer sonst es mitkriegt. Klar? So, und jetzt gehen Sie die Liste nochmal durch, und zwar laut, daß Fenstermaker nicht auch noch die Titten recken muß. Tut mir leid, Fenstermaker. Nix gegen Ihre Titten, wirklich nicht.«
Sabrina verschlug es die Sprache, aber sie hatte sich in der Gewalt und las die Liste laut vor:
»Tee mit Milch und Zucker.«
»Das ist tatsächlich Tee – wirklicher Tee, aus Blättern, mit Milch und Zucker, wie gesagt«, meinte Wynanski betont.

»Tee mit Zucker, aber ohne Milch.«
»Scotch«, sagte Wynanski bestimmt, »on the rocks, kein Wasser.«
Sabrina blieb der Mund offen stehen. »Oh«, hauchte sie.
»Wird aber auch Zeit«, spottete Wynanski. »Weiter.«
»Tee mit Zitrone.«
»Wodka, Eis, Zitronensaft.« Sabrina gestikulierte hilflos.
»Schwarzer Kaffee ohne Zucker.«
»Cognac, pur«, ergänzte Wynanski.
»Tee, ohne Zucker und Milch«, las Sabrina. Wynanski sah erstaunt aus. »Geben Se mal her«, befahl er und überflog die Liste. Dann entspannten sich seine Züge und ein engelhaftes Lächeln erschien auf seinem perplexen Gesicht. »Na sowas«, flüsterte er, »einer von den Burschen ist scharf auf Jack Daniels. Jippie . . .«
Durch die offene Luke der Boeing drang das entfernte Geheul der Polizeisirenen an Sabrinas Ohr. Der Autokonvoi mußte sich jetzt etwa auf dem Damm befinden. Ungeachtet aller Gefahren, die damit verbunden sein konnten, freute sie sich wirklich auf den Flug, besonders auf das Wiedersehen mit McCafferty. Er hatte, wie sie sich eingestehen mußte, entschieden Eindruck auf sie gemacht.

Philpott schaute zum zigsten Mal nachdenklich auf das inzwischen schon mit Eselsohren versehene Computerdiagramm, das vorn auf Smiths UNACO-Akte gepinnt war. »Zwei können abgehakt werden«, sagte er, »drei sind noch im Gang.« Er warf einen erbitterten Blick auf die ominösen Uhren über dem Pult in der Schaltstelle des Büros, die die Ortszeit von mehr als zwanzig Ländern anzeigten und unerbittlich verkündeten, daß es Zeit zum Handeln sei.
»Und eins geht jetzt gerade los.«
»Sir?« fragte Basil Swann.
»Bloß laut gedacht«, gab Philpott zurück. »Alles bereit für Bahrain?«

»Logisch«, erwiderte Swann. Air Force One, setzte er hinzu, werde im Verlauf der nächsten halben Stunde abheben, genau wie vorgesehen. Sabrina Carver – »Airman First Class Carver« – sei schon an Bord der Boeing, und Colonel McCafferty würde wie stets erst als letzter einsteigen, nachdem die OPEC-Abgesandten ihre Plätze eingenommen hätten.

»Nirgends Sand im Getriebe?« fragte Philpott. »Nirgends«, versicherte Swann. Philpott nagte an seiner Lippe und vermied den Blick auf die Golfzeit-Uhr, die bloß um eine Minute vorgerückt war, seit er sie zuletzt mit einem argwöhnischen Blick gestreift hatte. Die Spannung war ihm auf den Magen geschlagen, und er erleichterte sich mit einem gedämpften Rülpser. Sonja Kolschinsky im Drehstuhl neben ihm tätschelte mitfühlend seine Hand.

Von den ursprünglich fünf Ereignissen, die der UNACO-Computer im Zusammenhang mit Smiths Flucht ausgespuckt hatte, konnten zwei schon mit Sicherheit ausgeschlossen werden: die Goldbarrenverschiffung nach Rußland und die Kairoer Verteidigungsgespräche über den Mittleren Osten.

Die Agenten vor Ort – einer ein Sportdozent der Sowjetarmee, der andere Zweiter Direktor in einem Kairoer Hotel – hatten sich in diese Operationen eingeschaltet, und beide Ereignisse waren ohne besondere Zwischenfälle über die Bühne gegangen, ohne das geringste Anzeichen irgendwelcher krimineller Aktivitäten. Das dritte Ereignis war laut Liste der Flug von Air Force One, der für diese Zeit anberaumt war und die arabischen Öltitanen über Genf nach Washington bringen sollte.

Hier hatte Philpott aus unerfindlichen Gründen mehr Befürchtungen als bei den anderen Operationen. Es steckte ein verdammter Joker in diesem Kartenspiel um Air Force One, und Philpott war sich darüber im klaren: Die Sache konnte vom Boden aus nicht kontrolliert werden.

Trotz der Anwesenheit McCaffertys und seiner Rückendekkung durch Sabrina Carver *konnte* ein schneller und geschickter Anschlag Smiths auf die Boeing des Präsidenten durchaus Erfolg haben und beide Agenten außer Gefecht setzen, wenn nicht sogar töten. Und Philpott würde hilflos zusehen müssen, ohne auch nur einen Finger rühren zu können. Als mindeste Vorsichtsmaßnahme hatte er auf einer Monitorausrüstung bestanden, um so den Flug verfolgen zu können. Und da es unmöglich war, eine Radarspur doppelt zu übermitteln, hatte Basil Swann veranlaßt, das Signal dem Pentagon per Kommunikationssatelliten zu übertragen.

Das Signal wurde vom Trägheitsnavigationssystem der Boeing direkt übertragen, und Swann hatte – allen Schwierigkeiten zum Trotz, denn es handelte sich um ein streng gehütetes Geheimnis – die Frequenz, auf der gesendet wurde, herausgefunden. Der Computer des Amtes dechiffrierte die Spur und übertrug sie dann automatisch auf die leere Wandkarte. Momentan bestand das Signal nur aus einem winzigen Punkt, der ungeduldig wie ein Terrier an der Leine auf der Insel von Bahrain vibrierte.

Sobald sich das Flugzeug in der Luft befand, würde sich das Kursführungssignal als grüne Linie über den Mittleren Osten hinschlängeln, dann über den Nahen Osten und das Mittelmeer weiterziehen – genau auf dem Kurs, den Captain Tom Fairman für die Route seiner Boeing nach Genf festgesetzt hatte.

Solange die Maschine des Präsidenten also in der Luft war, solange sie ihren Kurs hielt, würde die grüne Spur auf der Karte weiterkriechen. Sollte der Boeing jedoch irgend etwas zustoßen, würde auch die grüne Leuchtspur verschwinden.

Malcolm Philpott würde also ständig über die genaue Position des Flugzeugs im Bild sein – es sei denn, es gelang Mister Smith auf irgendeine vorerst unvorstellbare Weise einen Anschlag auszuführen, der die verdienten UNACO-Agenten McCafferty und Carver außer Gefecht setzte. »Und in dem Fall«, murmelte Philpott, »säßen wir da und könnten nichts tun, rein gar nichts.«

»He«, sagte die Stimme, »fertig?«
Cody Jagger starrte wütend auf den Telefonhörer in seiner Hand und verfluchte sich insgeheim, daß er den Apparat nicht ausgestöpselt und in sein (oder besser McCaffertys) Schlafzimmer mitgenommen hatte.
Daß der erste Test gleich so verlaufen sollte, hatte Cody sich keinesfalls gewünscht. Hätte man ihm eine reelle Chance gegeben und ihn mit den Leuten konfrontiert, die direkt mit McCafferty zu tun hatten, würde er die Bewährungsprobe bestehen. Aber mit jemand an der Telefonstrippe, der Mac so nahestand, daß er es nicht einmal für nötig hielt, sich mit Namen zu melden, standen seine Chancen nicht sonderlich gut. Immer wieder hatte Stein ihm Bänder mit den Stimmen der Freunde des UNACO-Mannes vorgespielt, und Jagger kannte sie alle. Aber die Stimme, die gerade gesprochen hatte, hatte er garantiert noch nie gehört.
Er sagte vorerst nichts, sondern überlegte, wie er den Anrufer dazu veranlassen könnte, seine Identität preiszugeben. Jagger hielt den Atem an. Seine Stirn war in Schweiß gebadet. Steins Instruktionen für eventuelle Telefonanrufe fielen ihm ein: Nie als erster sprechen. So würde er Zeit zum Überlegen gewinnen, könnte den Anrufer irritieren und schlimmstenfalls behaupten, der andere habe sich verwählt und auflegen.
Er war schon fast entschlossen, den Hörer aufzulegen, als die Stimme sagte: »Sie *sind's* doch, Colonel, oder?«
»Colonel«. Jaggers Gedanken überschlugen sich. Er mußte herausfinden, was hinter dieser förmlichen Anrede steckte. Ein Freund – aber kein zu naher Freund? Einer, der McCafferty mit seinem Titel anredete, folglich wohl zum Militär gehörte. Armee oder Luftwaffe? Vielleicht ein Mitglied der Crew? Aber nicht von der Flugcrew, keiner von den Ingenieuren, vom Wartungspersonal, kein Techniker oder Steward. Die konnten sich nicht erlauben, den Sicherheitschef in seinem Hotelzimmer zu stören.
Es konnte bei der Air Force One eigentlich nur einen einzigen

Mann geben, der *Dienstliches* mit McCafferty zu bereden hatte. Jagger beschloß, es zu wagen. Schlimmstenfalls würde er baden gehen. Oder aber einen Weg finden, sich mit einem Bluff aus der Affaire herauszumanövrieren.

»Tut mir leid, Bert«, sagte er kichernd, »ich war meilenweit weg.«

»Sagen Sie das nochmal«, erwiderte Cooligan erleichtert. »Um aber zur Sache zu kommen: Sind Sie fertig oder nicht?«

Wieder wartete Jagger ab, diesmal bewußt. Er gestattete sich sogar ein kleines diskretes Hüsteln. Noch immer lief ihm der Schweiß von der Stirn, aber sein Selbstvertrauen kehrte allmählich zurück. Schließlich hatte er die erste Runde gewonnen. Er hatte auf Bert Cooligan getippt – und recht gehabt.

Jetzt war es Cooligan, der das Schweigen nicht unterbrechen wollte. Sollte er Verdacht geschöpft haben, fragte Jagger sich, und eine Gänsehaut kroch ihm über den Rücken.

Schließlich hielt Cooligan es nicht mehr länger aus. »Schauen Sie, Colonel«, sagte er geduldig, »wenn Sie nicht mit mir sprechen wollen, dann sagen Sie's um Himmels willen. Aber tun Sie mir den Gefallen, wieder auf den Teppich zurückzukommen, denn Sie sind momentan geistig weder in Ihrem Zimmer noch sprechen Sie mit mir am Telefon. Am Flughafen sagten Sie mir – ich wiederhole – Sie sagten, daß Sie ins Hotel zurückgehen, sich duschen und einen Drink nehmen wollten. Wenn Sie also mit dem Duschen noch nicht fertig sind, dann sollte ich vielleicht raufkommen und zuschauen, wie Sie Ihren Luxuskörper in frische Wäsche und schönstes Air Force-Blau werfen.

Oder soll ich hier unten in der Bar auf Sie warten. Oder gestatten Sie mir, Ihnen ein paar Drinks raufzuschicken? Vielleicht möchten Sie aber auch, daß ich mich unter ein Kamel werfe, oder so was Ähnliches.«

Jagger wollte schon »natürlich« zu irgendeinem der Vorschläge sagen, als dieser ihn unterbrach: »Mann, bin ich dämlich, Chef! Sie haben ja Gesellschaft. Verfluchter Schlawiner!«

Cody lachte und versicherte Cooligan, daß er a) allein und b) auch wieder bei sich sei. Dabei überlegte er, was er jetzt tun sollte. Sich der Sache stellen? Er faßte einen Entschluß.

»Natürlich, kommen Sie rauf, Bert«, sagte er leichthin, »geben Sie mir fünf Minuten, und ich verspreche Ihnen, daß ich dann, um Ihr Schamgefühl nicht zu verletzen, angezogen bin, vorausgesetzt, Sie bringen eine Flasche Scotch mit, einen vollen Eiskübel, vier Gläser und, wo Sie mich schon auf den Geschmack gebracht haben – zwei wunderschöne braune Huren.«

»Aber Colonel, doch nicht im Dienst«, warnte ihn Cooligan.

»Recht haben Sie, Cooligan«, gab Jagger zu, »vergessen Sie das Eis.« Cooligan kicherte und sagte: »Schon besser, Mac. Einen Moment lang hatten Sie mich wirklich aus der Fassung gebracht. Dann bis gleich.«

Jagger rieb sich die Stirn und schnalzte dann verärgert mit den Fingern. Er riß sich die Uniform vom Leib und sprintete ins Bad, ließ lauwarmes Wasser über sich laufen, trocknete sich ab, zog saubere Unterwäsche an, und räkelte sich, als Cooligan erschien, im Bademantel auf dem Balkon.

Dem Agenten des Secret Service folgte ein Kellner auf dem Fuß, der ein Wägelchen mit dem Gewünschten und außerdem noch einigen Sandwiches vor sich herschob. An Huren allerdings, ob dunkelhäutig oder nicht, schien weltweit Mangel zu herrschen.

»Die Wachen am Flughafen habe ich programmgemäß überprüft«, begann Bert, als sie sich, jeder einen doppelten Laphroaig vor sich, in den leichten Stühlen niedergelassen hatten. »Die Offiziere hier sind auf Draht, und ihre Leute scheinen ziemlich scharf zu sein, vielleicht sogar zu schnell mit dem Finger am Abzug. Niemand hat sich dem Großen Vogel genähert, seit die Bahrainer übernommen haben. Ich habe ihnen den Einsatzbefehl gegeben, und mit der Polizei draußen habe ich auch ein paar Wörtchen geredet. Es wird keinerlei Schwierigkeiten geben.«

»Beruhigend«, seufzte Jagger, »und sei bedankt dafür.« Er drückte sich so aus, wie es auch McCafferty getan hätte. »Auch wenn es nicht eine Massenpsychose war, vor der ich Angst hatte.«
»Was?«
Jagger erklärte, daß dieser Trip ja auch für israelische Freischärler eine Riesenchance sei, oder auch der PLO eine Gelegenheit für schwarze Propaganda biete, nämlich das Flugzeug zu stürmen und dann alles der Mossad oder den Juden allgemein in die Schuhe zu schieben.
»Weitblickender alter Mac«, grinste Bert und prostete Jagger zu. »Sie ändern sich auch nicht, was?«
»Und Sie wären vermutlich ganz schön enttäuscht, wenn ich's täte«, sagte Jagger.
»Und ob«, gab Cooligan zu, »und desgleichen die ganz und gar einmalige Stewardeß Latimer, mit der Sie, wie sie mir verraten hat, heute abend in Genf verabredet sind.«
Jagger brachte gerade noch ein Grinsen zustande, während in seinem Hirn schon Warnsirenen ertönten. Er biß sich fast auf die Zunge, um nicht herauszuplatzen: »Bin ich das?«

Die zahllosen schmerzhaften Backenschläge und der Schock aufgrund des Wassers, das man ihm aus einem Tongefäß übers Gesicht schüttete, brachten McCafferty allmählich wieder zu sich. Achmed, der mit gespreizten Schenkeln über ihm auf dem Lehmboden der *borrasti* hockte, schrie nach Dunkels. Der Deutsche sah sich den Gefangenen an und beschwerte sich, daß Achmed unnötig brutal gewesen sei. Ein zweiter Araber, der neben Achmed stand, grinste und stieß Mac seinen Lederschuh in die Rippen. Dem Amerikaner blieb die Luft weg und ein wilder Schmerzensschrei entrang sich seinen geschundenen Lippen.
»Wie mir das leid tut«, entschuldigte Achmed Fayeed sich, »der Fuß ist ihm einfach ausgerutscht.« Dunkels lachte und fragte McCafferty, ob er inzwischen soweit sei, auszupacken. Mac

schüttelte den Kopf, um den Nebel in seinem Hirn zu vertreiben und den Blick wieder freizukriegen.
»Soll das heißen, daß er nicht kooperativ ist?« fragte Achmed mit runden Augen.
Unbewegt schaute McCafferty ihn an, dann sammelte er die Spucke in seinem Mund und spie dem Araber einen blutigen Strahl mitten ins Gesicht. Fayeed wischte sich das Zeug sorgfältig vom Kinn, betrachtete es in seinem Taschentuch und nickte dann bedächtig dem anderen Araber, seinem Diener Selim, zu. Selim stieg über den Körper des Amerikaners, wandte sich im gleichen Moment blitzschnell um und krachte McCafferty den anderen Fuß in die Schläfe, wobei er ihn so umdrehte, daß ihn von der anderen Seite Achmeds Faust traf. Und dann gaben sie McCafferty für den Fall, daß er nicht kapiert hatte, das Ganze noch einmal. Bis Siegfried Dunkels die Hand hob.
»Genug«, befahl er. »Ich will, daß er redet. Wenn ihr so weitermacht, dann wird er's nicht mehr tun, selbst wenn er wollte.«
Achmed beugte sich vor, packte McCafferty am Hemd und zog ihn hoch. Wieder schüttete Dunkels Wasser über ihn und zog ihn dann an einem Büschel Haare zu sich hin. »Nun, Colonel?« sagte er freundlich.
»Wer immer ihr seid«, sagte Mac dumpf, und spürte seine dick geschwollene Zunge, »wer immer ihr seid, ihr versucht da was, mit dem ihr nicht durchkommt . . . Gebt mich frei, und ich werde mich dafür einsetzen, daß es wie ein Raubüberfall aussieht. Die Polizei wird überhaupt nichts unternehmen.
Wenn ihr mich hierbehaltet, egal aus welchem Grund, dann verspreche ich euch, daß jeder Soldat der Armee von Bahrain und jeder Polizist dieser Insel nach mir suchen wird. Air Force One kann ohne mich nicht abfliegen. Und sie werden mich finden – das solltet ihr mir besser glauben. Sie werden die Unterstützung des Präsidenten der Vereinigten Staaten haben, und ich möchte lieber nicht in eurer Haut stecken, wenn alles auffliegt.«

»Wieso nehmen Sie denn an, daß es nicht bloß ein Raubüberfall ist?«
Mac grinste verzerrt und unter Schmerzen. »Kein Ganove hätte mich so bis aufs Hemd gefilzt wie ihr«, erwiderte er. »Ich scheine überhaupt nichts mehr an mir zu haben, womit ich beweisen kann, daß ich überhaupt existiere. Ihr hattet es eindeutig auf *mich* abgesehen – sonst wüßtet ihr ja auch nicht, wer ich bin.«
Dunkels warf den Kopf zurück und lachte. »Das wissen wir allerdings, Colonel«, brüllte er. »Und *wie* wir das wissen!« Dann verzerrte sich sein Mund: »Und wir glauben außerdem, daß Sie Ihre, na, sagen wir mal Ihre Wichtigkeit einigermaßen überschätzen. Sie sagen, daß Air Force One ohne Sie nicht aufsteigen kann.« Er schüttelte den Kopf, beugte sich herunter und wisperte: »Im Gegenteil, Colonel. Ihre Abwesenheit wird wohl kaum bemerkt werden.«
Mac starrte ihn an. »Was zum Teufel meinen Sie damit«, brach es aus ihm heraus »Wenn ich nicht in der Maschine bin . . .«
»Wenn Sie nicht in der Maschine sind«, unterbrach Dunkels ihn beflissen, »würde man sich im Cockpit zweifellos etwas wundern. Colonel Fairman . . . nicht wahr, so heißt er doch . . . Colonel Fairman würde vermutlich dem Piloten, Major Latimer, seine Befürchtungen mitteilen? Oder der Navigator, Lieutenant Colonel Kowalski, könnte sich gemeinsam mit dem Flugingenieur Allen ein bißchen den Kopf zerbrechen. Aber ich würde sagen, das wäre auch alles. Was denken *Sie,* Colonel?«
Im Hirn des Amerikaners war noch immer heillose Unordnung. Wieder schüttelte er den Kopf, ganz und gar ungläubig. Die Welt war ins Wanken geraten, dieser glatte Europäer und die mörderischen Araber waren übergeschnappt. Was sie gesagt hatten, ergab einfach keinen Sinn. »Ihr macht euch wohl über mich lustig«, knirschte er. »Washington würde davon erfahren, und dann . . .«
»Ach, Sie glauben, die würden die Konversation im Cockpit

auf der öffentlichen Leitung der Andrews Air Force Base überwachen. Natürlich . . .«
»Das geht nicht«, schrie Mac ihn wütend an, »Sie wissen das genau. Aber Tom Fairman würde bloß zwei Sekunden brauchen, um die Funkverbindung herzustellen, und Pat Latimer würde nie, ich wiederhole *nie* ohne mich aufsteigen.«
Dunkels erhob sich und brüllte vor Begeisterung: »Herr im Himmel, Mac«, sagte er, »das war ein Volltreffer. Eins zu Null für uns. Achmed, schau zu, daß du-weißt-schon-wer die Neuigkeit umgehend erfährt: Latimer wird Pat und nicht Patrick oder Patty genannt, und der Luftwaffenstützpunkt in Andrews hat *nicht* die Möglichkeit, das Cockpit von Air Force One abzuhören. Die können sich nur über Funk mit denen in Verbindung setzen. Kapiert?«
Der Araber erhob sich und grinste breit. Dann schaute er auf die Uhr und sagte: »Ich werde die Anrufe auf dem Rückweg nach Manama erledigen. Ich bin sowieso schon überfällig. Der Boß wird nicht erfreut sein.«
»Dann fick ihn doch«, sagte Dunkels kurz.
»Na na«, schalt Achmed, »wir Araber sind ja nicht alle schwul, wenn es auch heißt . . .«
Dunkels winkte ungeduldig ab. »Ich habe jetzt nicht die Zeit mir anzuhören, was man sich erzählt. Wie gesagt, Achmed, du bist schon spät dran. Mach dich auf die Socken.«
Achmed stolperte aus der *borrasti,* drehte sich aber auf Dunkels Befehl hin nochmals um. »Den Schlüssel«, sagte der Deutsche.
Achmed suchte in seiner Tasche und warf Dunkels einen kleinen Schlüsselbund zu, der unpassenderweise an einem Goldkettchen hing. »Der kleine paßt zur Cocktailbar«, sagte er und winkte von der Tür aus.
Der Deutsche wandte sich erneut McCafferty zu, dem sein geschundenes Gesicht und alle Knochen wehtaten. Die Mündung von Selims Kanone folgte, nie weiter als zehn Zentimeter entfernt, jeder seiner Bewegungen. Dunkels kicherte und

sagte: »Sie wissen nicht, Colonel, wie sehr Sie uns geholfen haben ... oder vielleicht wissen Sie's doch. Egal«, fügte er brüsk hinzu, »wir müssen schauen, daß Sie hübsch aussehen. Selim ...« Er gab dem grinsenden Araber ein Zeichen.

Sie strippten den Amerikaner, der immer noch schwach wie ein neugeborener Hund war, bis auf Hemd und Unterwäsche. Selim zerrte bauschige Hosen über Macs Schuhe und zog sie bis zur Taille hoch, wo er sie mit einem Ledergürtel zuband. Dann zog Dunkels Mac einen langen Mantel mit weiten weißen Ärmeln über den Kopf, und Selim setzte ihm die Kapuze auf, um sein Gesicht zu verbergen.

Mac stützte sich schwer auf Selim, als die beiden Männer ihn zu einem draußen wartenden Auto führten, das hinter der Lehmhütte verborgen war. Sie stießen ihn auf den Rücksitz. Dunkels setzte sich neben ihn und rammte ihm die Mündung der 9mm Walther heftig in die verletzte Hüfte.

»Nur um Sie, zu erinnern, Colonel« sagte der Deutsche, »keine faulen Tricks. Das wäre ausgesprochen dumm.«

McCafferty beobachtete ihn durch seine verschwollenen Lider.

»Ich weiß nicht, für wen Sie arbeiten und was Sie vorhaben. Aber ich sage Ihnen noch einmal ... Sie werden damit nicht durchkommen.

In weniger als einer halben Stunde muß Air Force One abheben. Wenn ich nicht drinsitze, wird es die größte Menschenjagd in der Geschichte des Persischen Golfes geben.«

Dunkels heulte auf wie eine hysterische Hyäne: »Aber *kapieren* Sie denn nicht, Colonel, sie *werden* im Flugzeug sein.«

Verständnislos schaute Mac ihn an. »Sie ... Sie meinen ... Sie werden mich freilassen?«

Wieder kicherte der Deutsche. »Das nicht gerade, aber Sie werden trotzdem dort sein. Nicht nötig, es Ihnen jetzt schon zu erzählen. Wie Sie sagen, wir haben's nicht weit, und es sieht in jedem Fall so aus, als ob Sie nichts dagegen tun könnten. Sehen Sie Colonel, nicht Sie werden als Hauptsicherheitsbeauftragter an Bord von Air Force One sein. Aber *jemand* wird dort sein, jemand, der Ihnen erstaunlich ähnlich sieht. So sehr, daß er Tom und Pat und Paul und Chuck und Bert und jeden, der Sie kennt, hereinlegen kann, Mr. Malcolm Philpott und den Präsidenten der Vereinigten Staaten von Amerika eingeschlossen.«

Allmählich dämmerte es in Macs verwirrtem Hirn. Er warf dem triumphierenden Dunkels einen raschen Blick zu und zischte: »Sie müssen absolut meschugge sein, wenn Sie sich einbilden, sowas durchziehen zu können. Hirnrissig.«

Der Deutsche schüttelte heftig den blonden Kopf. »Nein, McCafferty, das sind wir nicht«, entgegnete er, »weder ich noch der Mann, der hinter mir steht, der Mann der die UNACO hochgehen lassen wird und dem es egal ist, wenn das amerikanische Staatsgefüge mit in die Binsen geht. Er sollte Ihnen nicht gerade unbekannt sein, glaube ich.«

Macs Augen weiteten sich und er murmelte, halb zu sich selbst: »Natürlich, Smith. Es muß . . .«

Dunkels trieb dem Amerikaner die Walther ein zweitesmal in die Rippen: *»Mister* Smith für Sie, Colonel«, bemerkte er.

Jagger erhielt Achmeds Anruf in der Lobby des Hotels, gerade als er sich mit Cooligan aufmachen wollte, den EDP-Konvoi abzuholen. Er entschuldigte sich kurz und begab sich zum Empfang. Der Angestellte dort übergab ihm den Hörer. Jagger nahm das Gespräch wortlos entgegen und hängte wieder auf.

Tausende von Kilometern nördlich von Bahrain erhielt Smith in einem allmählich in Dämmerung versinkenden Raum hoch auf einer ehemals bedeutenden Festung dieselbe Nachricht. Mit breitem Grinsen säuselte er Achmed zu: »Gut gemacht, mein Freund. Ich möchte dir *bon voyage* wünschen, und übermittle bitte deinem hochverehrten Vater meine Grüße.« Auf Achmeds eines Sohnes unwürdige Antwort gab er ein beschwichtigendes »Aber-aber« von sich.

Smith hatte sein Brooks-Brothers-Hemd und seinen priesterlichen grauen Anzug gegen einen leichten grauen Sweater und dunkelbraune Slacks eingetauscht. Er nahm eine winzige Bronzeglocke hoch und läutete. Ein Mädchen erschien. Über einem langen, grünen Samtrock trug sie eine Dirndlschürze, dazu eine fast durchsichtige Bluse mit äußerst gewagtem Ausschnitt, deren flauschiges, hauchdünnes Material ihr über die Schultern fiel und deutlich die Brüste markierte. Smith bestellte in ihrer Muttersprache Champagner und lud sie zum Mittrinken ein.
»Aber ich bin doch Ihre Dienerin«, wandte sie ein.
»Und du wirst mir auch dienen«, erwiderte Smith.
Dann führte er ein Telefongespräch und redete fließend in einer dritten Sprache. Der Mann, dem er seinen kurzen Bericht durchgab, dankte ihm höflich und verabschiedete sich. Auch er konnte jetzt einen Schluck vertragen – einen guten, trockenen deutschen Wein. Aber es war kein einheimisches Mädchen, sondern Axel Karilian, der ihm das Glas reichte, seine Massen umständlich auf das nächste Sofa warf und sagte: »Darf ich annehmen, daß alles in Ordnung ist?«
Myshkin nickte. »Du darfst.«

VI

Die Air Force One stampfte und zitterte auf der Betonpiste des Flughafens Muharraq.
Mit lautem Hupen preschte der Autokonvoi in eine Straße hinein, auf der »keine Zufahrt« stand, die aber der schnellste und daher auch sicherste Weg zum Flughafen war. Die ersten Wagen bremsten unvorhergesehen unter den wachsamen und erschrockenen Augen von vielleicht zweihundert bahrainischen Soldaten und Polizisten.

Jagger-McCafferty sprang aus der letzten Limousine, noch ehe diese zum Stillstand gekommen war. Er hatte einen Film von der Ankunft des Präsidenten am Flughafen gesehen, und dabei hatte Mac es genauso gemacht. Es war schon zu seinem Markenzeichen geworden – und Jagger wollte keinen der McCafferty-Fans enttäuschen.

An Bord der Boeing war die Crew bei den üblichen Flugvorbereitungen. Wynanski ereiferte sich wegen der Canapés, der Tischtücher und des funkelnden Kristalls. Der Commander war, wie immer vor dem Flug, angespannt und gereizt. Latimer wie üblich bestens gelaunt und lässig. Kowalski gestattete sich einen hastigen Blick auf den Flugplan. Er beugte sich über die Navigationsinstrumente, aber schließlich war er ein menschliches Wesen und keine Maschine, die sich auf die funktionierende Elektronik verließ. Er war ein umsichtiger und erfahrener Navigator und außerdem hatte Air Force One ja noch ein Trägheitsnavigationssystem.

Vor dem Flughafen hatte sich die Menge versammelt, um die blitzenden schwarzen Autos mit den VIPs anzustarren. Sie blockierte die Route der Autokolonne, die nicht zur normalen Abfertigungshalle, sondern durch eine Seitenstraße direkt zum Rollfeld fuhr. »Straße frei!« schrie Jagger. »Schafft die Leute aus dem Weg!«

Soldaten drängten die Zuschauer zurück und verschafften dem Konvoi freie Fahrt. Das Tor, das die Zufahrt versperrte, schwang auf, und die Autos fuhren vorsichtig hinter den Motorradfahrern her zur Betonpiste, wo sie genau gegenüber der Gangway der Air Force One anhielten.

Pete Wynanski fiel als Chefsteward die Aufgabe zu, die wichtigen Gäste zu begrüßen. Er tänzelte zur ersten Limousine hin und öffnete den Schlag, wobei er den Ölminister des Königreiches von Saudi-Arabien, Doktor Ibrahim Hamady, mit einem grimmigen Grinsen bedachte, das seine Zähne entblößte. Dr. Hamady nickte etwas herablassend und erklomm die Gangway. Hamady war, wie sich später herausstellte, der einzige der OPEC-Gewaltigen, der ausschließlich arabische Gewänder trug, die ein erstklassiger Schneider aus Riad für ihn entworfen und angefertigt hatte.

Das zweite Auto trug die libysche Flagge, und Wynanski befolgte dasselbe Ritual wie zuvor. Scheich Mohammed Khalid Dorani, ein gutaussehender Mann Anfang fünfzig mit üppigem grauem Haar und einem eindrucksvollen Schnurrbart, schüttelte ihm die Hand und begab sich zur Boeing, gefolgt von einem schlürfenden Träger mit dem Handgepäck.

Als nächster wurde Scheich Zayed bin Arbeid von Irak zum Flugzeug geleitet, und wieder verließ eine Limousine die Piste. Dann erschien Hemmingsway, von höflichem Beifall begrüßt, und im letzten Wagen mit dem bahrainischen Nationalemblem schließlich saß ein Passagier – ihm jubelten die Einheimischen besonders zu –, der Wynanski sicherlich spezielle logistische Probleme bereitet hätte, wenn der Chefsteward nicht vorsorglich seine Unterlagen besonders sorgfältig studiert hätte.

Scheich Zayed Farouk Zeidan, der westliche Kleidung und eine arabische Kopfbedeckung trug, hatte eine stolz geschwungene imposante Nase und magnetische schwarze Augen. Er war groß, mit gewaltigen Schultern und Händen. Sein linkes Bein war gelähmt.

Zeidan, fünfundsechzig Jahre alt, wurde von seinem zwölfjährigen Enkel Feisal begleitet, der in sein Schweizer Internat zurückmußte. Ein arabischer Helfer sprang aus dem Auto, riß den Kofferraumdeckel auf und holte einen zusammengeklappten Rollstuhl heraus. Rasch klappte er ihn auseinander und rollte ihn zu Zeidan hin.

»Danke, Achmed«, sagte Zeidan, als der Mann und der Junge ihm in den Rollstuhl halfen. Fayeed verbeugte sich, respektvoll aber nicht unterwürfig, und zeigte zur Rampe, die Wynanskis Bodenmannschaft anstelle der Gangway aufgestellt hatte. Achmed verzichtete auf angebotene Hilfe und zog den Rollstuhl rückwärts die Rampe hoch und ins Flugzeug.

Feisal folgte seinem Großvater, und Bert Cooligan schloß sich an, Wynanski konnte seine Liste abhaken: ein Energieminister, Amerikaner; vier Minister, alle Araber, dazu eine Rotznase von Kind. Fehlten nur noch der Iran und Venezuela, sinnierte er, dann wäre die gesamte OPEC vertreten.
Als letzter betrat Cody Jagger das Flugzeug, mit gezogener Pistole und ohne rechts oder links zu schauen.
Hinter ihm schloß sich die Luke und die Gangway wurde weggefahren.

Basil Swann übergab Philpott den Hörer. »Das Pentagon, Sir«, sagte er psalmodierend wie ein verhinderter Muezzin. »General Morwood.«
»George«, brüllte Philpott, »was hat man dir aus Bahrain berichtet?«
»Was für Berichte *sollten* wir denn aus Bahrain haben?« brummte Morwood. »Wetterberichte vielleicht?«
»Verdammt nochmal, nein«, fluchte Philpott, »du weißt genau, was ich meine. Ist alles in Ordnung? Keinerlei Schwierigkeiten?«
Morwood seufzte, und seine Stimme nahm einen gelangweilten militärischen Ton an: »Wir stehen in direkter Verbindung mit dem Commander und dem Piloten von Air Force One, Malcolm. Alle Flugsysteme sind in Ordnung, und die gesamte Besatzung ist da, wo sie sein soll. Die Passagiere werden soeben zu ihren Sitzen gebracht, und zwar von deiner Agentin Sabrina Carver, die dort unter den scharfen Augen deines untadeligen Agenten Colonel Joe McCafferty als Mitglied der Luftwaffe der Vereinigten Staaten fungiert. Und wenn die UNACO noch weitere Agenten an Bord hat, was mich nicht im geringsten überraschen würde – unter Umständen gehört die ganze Crew zur UNACO-Mannschaft, was weiß ich, denn dem Pentagon erzählt ja niemand was, und du, Philpott, am allerwenigsten – *wenn* du also noch irgendwelche anderen Agenten dort eingeschmuggelt hast, vielleicht als Sessel oder

Motorhauben getarnt, dann erfüllen sie zweifellos ebenfalls ihre Pflicht, was *auch ich* gerne tun würde, wenn du nur aus der verdammten Leitung gehen und aufhören würdest, *mir auf die Nerven zu gehen.«*

Philpott grinste mitfühlend. »Gott behüte, daß ich mich zwischen einen Mann und seine Pflichten stelle, George«, sagte er gedehnt. »Du hast doch die Radar-Navigation auch bekommen oder?« Morwood bejahte. Dann beschrieb er mit unendlicher Geduld, wie sie das geschafft hatten. Es war, als spreche er zu einem leicht zurückgebliebenen Sechsjährigen. Philpott hielt den Hörer vom Ohr weg und ließ die Rede ablaufen. »Zufrieden?« fragte der alte Soldat am anderen Ende der Leitung eisig.

»Natürlich«, erwiderte Philpott – und bekannte dann, nicht ohne einen Hauch echter Zerknirschung, daß sich auch die UNACO sozusagen an die Flügel der Boeing geheftet hatte. »Dachte nur, ich sollte es dich wissen lassen, George«, sagte er und wartete auf die Explosion.

Aber die blieb aus. Morwood gab nur kehliges Gelächter von sich und höhnte: »Mein lieber Malcolm, hast du dir wirklich eingebildet, du könntest uns hereinlegen mit deinem Draht zum Flugmonitor?

Wir wußten genau, was du im Sinn hattest, und unsere Jungens von der Andrews AFB hatten Anweisung, wegzuschauen. Wir sind auch nicht gerade von gestern, Sherlock. Du bist auf der Spur, wir sind es. Und so sind alle glücklich.«

Philpott schluckte, als habe man ihm eine übergezogen. »Okay, George, eins zu null fürs Pentagon. Aber im Ernst, du sagst mir sofort Bescheid, wenn mit der Radar-Navigation etwas schiefgeht, nicht wahr?«

Morwood versicherte ihm, daß überhaupt nichts schiefgehen könne. Die Boeing sollte planmäßig auf mittlerer Höhe fliegen. Als Langstreckenflugzeug war sie für die erste Etappe der Reise mehr als ausreichend. Sie hatte genügend Treibstoffreserven und war in ausgezeichnetem Zustand.

»Trotzdem«, sagte Philpott nachdrücklich.
Morwood seufzte: »Malcolm«, sagte er, »wenn es dich glücklich macht, dann gebe ich dir einen Zwischenbericht, wie die Toiletten funktionieren und was da so runtergespült wird.«
Er hängte ein, und Philpott schaute auf die Uhr, die die Golfzeit anzeigte. Abflug in zwei Minuten . . .

Die Hauptkabine von Air Force One hatte komfortable Sessel, die sich auf Schienen, wie die Sitze eines besseren Autos vor- und zurückbewegen ließen. Sie standen in Vierergruppen, je zwei einander gegenüber und dazwischen ein Tisch. Sabrina setzte ein strahlendes Lächeln auf und geleitete die Ölmoguln zu ihren Plätzen. Den jungen Feisal fand sie sofort sympathisch. Als er sie aber herablassend, fast verächtlich behandelte, wandte sie sich von ihm ab. Die Wechselsprechanlage im Cockpit summte, und Fairman fragte hastig: »Wer spricht?«
»Wynanski, Sir«, kam die Antwort, »alle Mann an Bord und auf ihren Sitzen.«
»Angeschnallt?«
Eine Pause entstand, dann antwortete Wynanski: »Jawohl, Colonel.«
Fairman grunzte etwas und sprach ins Mikrophon: »Fertig, um eins und zwei anzulassen?« Ein Mitglied der Bodenbesatzung überprüfte die Backbordtriebwerke. »Fertig«, gab er durch.
»Zwei anlassen«, befahl der Commander. Latimer drückte auf einen Schalter. »Zwei wird angelassen«, sagte er. Das gewaltige Flugzeug erbebte, als die Triebwerke einsetzten. »Zwei läuft gleichmäßig«, fügte Latimer hinzu.
»Klar um eins anzulassen.«
»Eins wird angelassen.« Wieder ging eine gewaltige Erschütterung durch das Flugzeug. »Eins läuft gleichmäßig. Eins und zwei in allen Anzeigen normal.«
»Bewegen Sie sie«, sagte der Commander.

Latimer schickte die Boeing nach vorn, meldete »Taxi-Leistung«, und rollte vom Abstellplatz weg auf die ihm zugewiesene Startbahn des Muharraq-Flughafens. Die Maschine vollführte eine halbe Wendung und wartete am Ende der Startbahn. Fairman gab Gas und das Geräusch der Triebwerke steigerte sich zu einem Höllenlärm. »Na denn mal los«, sagte er. Die Geschwindigkeit der Air Force One nahm zu.

»Wir rollen«, sagte Latimer lakonisch.

Fairman beschleunigte auf hundert Knoten, und als der Pilot »V-eins« sagte, wiederholte der Commander den Code, der den gefahrlosesten Augenblick zum Abheben des Flugzeuges anzeigte.

Akzeptierte er ihn – was er getan hatte – dann gab es kein Zurück mehr. Das Flugzeug mußte abheben.

»V-zwei.«

»Ziehen.«

»Ich ziehe.« Fairman schob die Bedingungsgabel zurück, und das Flugzeug des Präsidenten hob sich in den klaren blauen Himmel . . .

Jagger hatte sich an Bord der Boeing geradewegs zur rückwärtigen Toilette begeben, wobei er nur Chuck Allen begegnete, dessen Gruß er mit einem kurzen Nicken erwiderte. Er verriegelte die Tür und zog aus der Tasche seiner Fliegerjacke eine kleine Aerosol-Spraydose. Jagger öffnete einen der Wandschränke und stellte die Dose unauffällig zwischen eine Anzahl von Toilettenartikeln.

Er verließ den Toilettenraum und stand im hinteren Passagierraum nicht nur einer, sondern gleich zwei Stewardessen gegenüber. Seine zweite Bewährungsprobe – vielleicht der zweite Reinfall – war unvermeidlich. Er hatte damit gerechnet, es jeweils nur mit einem Mädchen zu tun zu haben, jetzt aber hatte er die Wahl. Mit welcher von beiden sollte er sich verabredet haben?

Cody Jagger mochte McCaffertys Gestalt und Gesicht angenommen haben, in puncto Frauen aber folgte er immer noch seinem eigenen Geschmack, den nicht einmal Steins Genius ihm hatte nehmen können. Bei wirklich schönen und begehrenswerten Frauen war Jagger kaum je zum Zug gekommen. Er war es gewohnt, sich einfach zu nehmen, was er haben wollte, und es sich dann durch schiere animalische Gewalt gefügig zu machen. Er hatte von jeher eine Vorliebe für runde blonde Bienen gehabt.

Sabrina Carver war dunkel, aufregend und sah, selbst in der Uniform, teuer aus. Jeannie Fenstermaker war blond, und hinter den getönten Brillengläsern verbarg sich ein großes Mädchen mit heißem Sex. Cody hielt sich an seinen Typ, setzte ein schiefes Grinsen auf und sagte: »Vergessen Sie unsere Verabredung zum Dinner nicht, Airman.«

McCaffertys letzter bewußter Eindruck galt Dunkels Hand, die sich in den Außenbezirken Manamas seinem Gesicht mit der gleichen Sprühdose mit Knockoutgas näherte, das schon der Taxifahrer verwendet hatte.

Der Amerikaner kam im abgedunkelten Zimmer eines Hauses wieder zu sich, das, wie er später herausfand, Achmed gehörte. Denn der mysteriöse Fayeed war nicht nur der Privatsekretär und erste Adjutant des Ölministers im heimischen Bahrain, er war auch ein weitläufiger Verwandter Zeidans und stand hoch genug in dessen Gunst, um eine mietfreie Villa innerhalb des riesigen Geländes zu haben, auf dem die Häuser des Scheichs standen. Es gab, wie Achmed Dunkels gegenüber zufrieden erwähnte, wohl nirgends auf der Insel ein sichereres Versteck.

Man hatte Mac zu seinem Erstaunen weder gefesselt noch gebunden, wenn er auch schon bald einsehen mußte, daß dieses offensichtliche Versehen (oder bewußte Übergehen?) seine Lage nicht im geringsten änderte. Das mit einem Metallrahmen versehene Fenster war mit dicken eisernen Gittern zugeschweißt. Ein winziges Fenster hoch oben an der Wand hatte man einen Spaltbreit geöffnet. Das war die einzige Belüftung.

Es gab auch nur einen einzigen Zugang zum Zimmer. In die Wand dem Bett gegenüber war eine Schranktür eingelassen. Mac schlug den schweren Vorhang zurück und spähte hinaus. Ein Wächter grinste durch die knallbunten, üppig duftenden Blüten, die von der Mauer herunterhingen, zu ihm hoch und winkte mit einem Gewehr. McCafferty ließ den Vorhang fallen, zog ihn aber gleich darauf noch einmal vorsichtig zur Seite. Der Wächter war immer noch da. Das Gewehr war eine Kalaschnikoff – eine russische Infanteriewaffe, die allerdings auf dem Schwarzen Markt frei gehandelt wurde. Und der Mann war kein Araber.

Er hörte, wie jemand die doppelt gesicherte Tür aufschloß. Ein starker Lichtstrahl glitt durch den Raum, traf das leere Bett, verweilte auf dem spärlichen Mobiliar – einem Tisch, einem Stuhl und einer Waschschüssel – und traf dann den Gefangenen, der am Fenster stand und ins Licht blinzelte. Hinter der Stablampe, die, wie Mac jetzt ausmachen konnte, von einem anderen Mann gehalten wurde, trat Dunkels ein. Der Deutsche knipste das Licht an und befahl dann in einer dem Amerikaner nicht vertrauten Sprache dem Araber, die Stablampe auszumachen. Ein dritter Wächter (wie Dunkels und der erste Mann bewaffnet) drückte sich herein und schloß mit seinem Absatz die Tür.

»Wir haben gehört, wie Sie sich bewegten«, sagte Dunkels. »Ich sehe, daß es Ihnen nach Ihren – eh – Erfahrungen gar nicht so schlecht geht. Sie werden es vielleicht nicht glauben, aber das freut mich tatsächlich.«

McCafferty spuckte einen Blutstrahl aus und gab keine Antwort. Dunkels lachte und meinte, Mac solle sich besser mit dem Gedanken vertraut machen, daß er lebendig mehr wert sei als tot. Er könne übrigens vor den Wachen offen sprechen, setzte der Deutsche hinzu. Sie verstünden kein Englisch.

»Für Smith lebendig mehr wert?« spottete Mac. Falls ich das sein sollte, dann hatten sie aber da in der Hütte eine komische Art, das auszudrücken.«

Dunkels hob langsam die Schultern und breitete die Hände weit aus. »Sie sind doch immer noch da, oder? Und Sie haben noch alle Gliedmaßen! Spricht das nicht für sich?«
Mac grinste gequält. »Das verrät mir nur, daß Sie mich aus Gründen, die Ihnen mehr als mir zusagen, verschonen.«
»Und die wären?«
Nun, Dunkels wolle von ihm vermutlich noch mehr über seine Rolle bei der UNACO und Air Force One erfahren, riet Mac auf gut Glück. Oder er wolle ihn eine Zeitlang am Leben halten, bis Smith seinen Anschlag, welcher Art er auch immer sei, auf das Flugzeug des Präsidenten zum konsequenten Ende geführt habe, einer Katastrophe. Oder auch nur um seine Qualen zu verlängern, da ja Smith und Dunkels Scheißkerle sondergleichen seien. »Aus irgendeinem dieser Gründe – oder aus allen dreien«, fügte Mac hinzu.
Wieder kicherte Dunkels. »Normalerweise würde ich dem zustimmen«, entgegnete er, »denn normalerweise hätten Sie recht.«
»Und diesmal nicht?«
Der Deutsche schüttelte sein Löwenhaupt. »Nein, es gibt da noch jemand, der Sie lebend haben möchte. Man möchte einfach gern ein bißchen mit Ihnen plaudern. Man hat mich sogar gebeten, es Ihnen mitzuteilen.«
»Tatsächlich? Und danach? Was passiert, wenn das Plauderstündchen vorbei ist?«
Wieder zuckte Dunkels die Achseln. »Wer weiß? Sie sind ganz offenbar für die bewußten Leute von besonderem Wert. Vielleicht wird man sich noch mit Ihnen anfreunden?«
Lange und durchdringend schaute McCafferty die Wachen an. Er hatte sie schon bei seinem Gespräch mit dem Deutschen aus den Augenwinkeln beobachtet. Vielleicht, dachte er, sagte Dunkels die Wahrheit; sie schienen nichts von dem, was gesprochen wurde, zu verstehen. Zwar hatten beide gelegentlich gelacht – aber es war nur das Echo von Dunkels Lachen gewesen, und es war vergleichsweise spät gekommen.

Er wandte seine Blicke wieder Dunkels zu. »Und wer sind meine neuen Freunde«, fragte er sauer, »die so dringend mit mir sprechen möchten?«
Der Deutsche schmunzelte. »Ob Sie's glauben oder nicht, die Sowjets.«
Mac zwinkerte und hob eine Augenbraue. Dunkels nickte begeistert.
»Weiß Smith davon?« fragte Mac. Dunkels lächelte breit. Offenbar nicht, dachte Mac. »Und was steckt für Sie drin?« drängte er. Dunkels öffnete eine Hand und fuhr sich mit den Nägeln in einer kratzenden Bewegung über die Handfläche.
»Sie liefern mich also denen aus und bescheißen Smith, und dafür blechen die auch noch ein hübsches Sümmchen an Sie, was?«
Dunkels nickte erneut. »Kapiert, Kumpel«, grinste er. Er erklärte, die Russen hätten über einen Kundschafter im Hotel mit ihm Kontakt aufgenommen. Und der habe, in Dollars, versteht sich, schon ausreichend gezahlt, um ihn davon zu überzeugen, daß die Russen es mit ihrem Angebot ehrlich meinten.
»Die wollen *Sie* ausquetschen, nicht mich oder Smith«, betonte er, »und wenn Ihnen Ihr Leben lieb ist, dann spielen Sie besser mit. Sie haben keine andere Wahl, McCafferty. Nehmen Sie Vernunft an.«
Er drehte sich auf dem Absatz um und verließ den Raum. Auch die beiden Wachen verschwanden. Als die Tür wieder verschlossen war, überdachte Mac die beiden wichtigen Informationen, die er erhalten hatte . . . eine davon erschrekkend in ihren Konsequenzen.
Wenn der falsche McCafferty nun nicht von Smith, sondern vom KGB kontrolliert wurde, benutzte man dann den Doppelgänger, um Smith hereinzulegen? Und wenn, konnten es sich dann die Russen überhaupt leisten, die Geiseln am Leben zu lassen?
McCafferty biß sich auf die Lippen und schüttelte im Gedan-

ken daran, daß er hier zu absoluter Hilflosigkeit verdammt war, wütend den Kopf. Er hatte unbezahlbare Informationen erhalten – und war damit so sicher eingesperrt, als hätte man ihn nach einem Kriegsgerichtsprozeß in Fort Leavenworth eingebuchtet.
Das brachte ihn dazu, die zweite Nachricht zu überdenken, die Dunkels ihm ungewollt übermittelt hatte. Nicht nur, daß seine Wächter kein Englisch konnten, sie waren auch, genau wie der Mann vor seinem Fenster, keine Araber. Welche Nationalität hatten sie dann, fragte Mac sich. Und konnte er, falls er es herausfand, sein Wissen nutzen?

Wieder einmal kam Jagger eine Fügung des Schicksals zu Hilfe, die ihm zuvor als schiere Bosheit erschienen war: Die Tatsache, daß die beiden Stewardessen ihm gleichzeitig gegenübergestanden und ihn zu einer Entscheidung gezwungen hatten, war in der Tat seine Rettung. Sie standen nebeneinander, und Jagger ließ, sowie ihm die Worte entschlüpft waren und er sah, wie Jeannie Fenstermakers üppiger Mund sich vor Staunen öffnete, seinen Blick zu Sabrina Carver gleiten, und dann wiederholte er seine Aufforderung. »Wie schon gesagt, Airman, vergessen Sie unsere Verabredung zum Dinner nicht.«
Nun war es an Sabrina, erstaunt zu sein. »Vielleicht haben Sie's zu mir *gesagt«*, betonte sie, »aber *angeschaut* haben Sie Jeannie. Zumindest beim ersten Mal.«
Jagger starrte sie an. »Tatsächlich?« fragte er ungläubig. »Sind Sie sicher? Na sowas, tut mir leid, eh, Airman. Es ist der anstrengende Job, wissen Sie. Man wird bei dem ganzen Spionagekram schon selbst ganz komisch. Und manchmal zahlt es sich wirklich nicht aus, allzu offen zu sein.«
Zweifelnd schaute Sabrina ihn an und erkundigte sich, ob er am Abend wieder ganz auf dem Damm sein werde, nur um sicher zu sein, daß er noch immer mit ihr ausgehen wolle. Jagger setzte ein leichtes Grinsen auf und versicherte ihr, in Genf angekommen werde er garantiert wieder der alte sein. Er

grinste noch breiter, als ihm klar wurde, was er gesagt hatte. »Bis später dann, ihr beiden«, setzte er hinzu und beendete das Gespräch so schnell, wie die Höflichkeit es zuließ.
Er begab sich eilig in den vorderen Teil des Flugzeuges, immer noch einigermaßen verwirrt. Seit er Sabrina getroffen hatte, waren die Amouren von McCafferty vor seinem so wohltrainierten Hirn Revue passiert, und Jagger war sicher, ihr Gesicht nicht darunter gesehen zu haben. Also mußte McCafferty sie gerade erst kennengelernt – und sich sofort zu ihr hingezogen gefühlt haben. Das Dumme war bloß, daß Jagger nicht einmal ihren Namen kannte.
Im Cockpit angelangt, blätterte er lässig seine eigene Sicherheitsakte durch, bis er zu einem Exemplar von Wynanskis Mannschafts- und Passagier-Aufstellung kam. Wenn die große Blonde, die von der anderen mit »Jeanie« angeredet wurde, Fenstermaker, Jean, Flieger Erster Klasse war, dann mußte seine – weniger begehrenswerte, da wesentlich unnahbarere - Verabredung Flieger Erster Klasse Carver, Sabrina, sein. Problem gelöst.
Nicht daß es wichtig gewesen wäre, dachte Jagger mit flüchtigem Spott. Keines der Mädchen würde Genf lebend erreichen. Immerhin schade um Fenstermaker, sagte er sich grinsend. Sie sah recht vielversprechend aus.
»Ein privater Witz, Chef?« fragte Cooligan, der das verschlagene Lächeln mitbekommen hatte.
Jagger nahm sich zusammen. »Entschuldigung, Bert«, sagte er. »Ich habe an meine Verabredung heute abend gedacht.«
»Ah, la belle Carver«, erwiderte Cooligan genüßlich. »Sie werden mir natürlich ganz genau berichten, oder?«
»Sollte ich beim Frühstück nicht anwesend sein«, gab Jagger zurück, »dann erübrigt sich der Bericht. Sie brauchen dann nur Ihre Phantasie zu betätigen.«
Sabrina und Fenstermaker gingen in eben dem Augenblick durch die Hauptkabine, als Sonja Kolschinsky im Kontrollraum der UNACO den grünen Punkt von Air Force One zö-

gernd einen Bogen beschreiben sah. »Sie ist in der Luft, Sir«, jubelte sie und stupste Philpott zärtlich in die Rippen. Philpott hob die Augen zur Decke und gab einen gewaltigen Seufzer der Erleichterung von sich.

»Dann, meine liebe Sonja«, erklärte er, »dürfen wir uns einen Drink genehmigen, denn momentan sind wir aus dem Schneider. Smith hat seinen Anschlag nicht am Boden ausgeführt, wie ich erwartet habe, und sollte er es während des Flugs versuchen, dann müßte er sich schon gewaltig was einfallen lassen, um unser Team an Bord außer Gefecht zu setzen. Ich schlage also vor, daß wir's uns einstweilen gemütlich machen.« Er erhob sich, ging voran in sein Amtszimmer, drehte sich aber noch einmal um und bat Basil Swann, nur ja den Leitkurs des Trägheitsnavigationssystems der Boeing auf dem Monitor im Auge zu behalten. »Und bleiben Sie mit General Morwood im Pentagon in Verbindung«, fuhr Philpott fort. »Er ist über Funk via Neapel in den momentanen Radarkurs eingeschaltet. Das ist unsere Rückversicherung. Und rufen Sie mich sofort an, wenn sich irgendwo auch nur die winzigste Ungereimtheit zeigt. Es macht überhaupt nichts, wenn's falscher Alarm sein sollte. Wir müssen auf das Flugzeug aufpassen wie auf den sprichwörtlichen Falken: Von seiner sicheren Ankunft könnte es abhängen, ob die UNACO steht oder fällt.«

Sie sanken in zwei tiefe Sessel. Er nippte an einem Plymouth-Gin mit Eis und Wasser, auf dem eine winzige weiße Cocktailzwiebel tanzte. Die Vorliebe für diesen Drink hatte er von einem wesentlich älteren britischen Seemann übernommen. Sonja trank einen trockenen Martini.

»Ich frage mich, ob wir uns nicht zuviel Sorgen gemacht haben«, sagte Philpott nachdenklich. Sonja runzelte die Stirn und zog eine reizende Schnute. »Nein«, entschied sie dann und nahm einen kräftigen Schluck von ihrem Drink. »Wir waren uns von Anfang an einig, daß alle Anzeichen darauf hindeuten, daß Smith hier den großen Coup wittert. Wenn ich auch im Gegensatz zu dir nicht unbedingt an einen Anschlag in Bahrain dachte.«

Philpott streckte die Beine von sich, betrachtete seine glänzenden schwarzen Schuhkappen und prostete ihr dann zu. »Genf?« Sonja nickte.

»Wir müssen auf alles vorbereitet sein«, betonte Philpott. McCafferty hat Anweisung, während des gesamten Flugs äußerste Umsicht walten zu lassen. Die Schweizer als gute kleine UNACO-Mitglieder sind übrigens besonders kooperativ gewesen. Erstens haben sie unseren Leuten den Zugang nicht verwehrt und ihnen zweitens auch noch Rückendeckung zugesagt – am Flughafen, auf der Fahrt in die Stadt, im Hotel und auf der privaten Dinnerparty; es ist rundum vorgesorgt. Jeder Zentimeter der Anfahrt wurde genauestens überprüft und wird überwacht. Jeden, der mit unseren Gästen zusammenkommen wird, hat man auf Herz und Nieren überprüft, und wer nicht bestand, wurde prompt ausgewiesen. Ich glaube, wir haben Genf wirklich im Griff«, schloß er, ein zufriedenes Lächeln auf den Lippen. Wieder hob er sein Glas und prostete ihr verschwörerisch zu.

»Immer vorausgesetzt«, sagte Sonja, »daß Air Force One überhaupt in Genf ankommt.«

Philpott kicherte. »Gottverdammich, Kolschinsky«, rief er, »gerade hatte ich mich so angenehm beruhigt, und schon machst du alles kaputt.« Er groß sich noch einen großen Gin ein und zwinkerte wieder wie ein Verschwörer.

In der Kabine der Boeing notierte sich Stewardeß Carver auf ihrem Notizblock, welche Drinks jeder Passagier bestellt hatte. Am Ende stellte sich heraus, daß Scotch knapp vor Wodka lag und noch einige Jack Daniels sowie ein echter Tee mit Milch dazukamen. Normalerweise hätte der Tee einen weiteren Jack Daniels bedeutet, aber Scheich Zeidan hatte ihn für seinen Enkel Feisal bestellt. Es mußte also tatsächlich Tee serviert werden.

»Okay«, sagte sie und lächelte dem Jungen zu. Dann kam ihr noch eine Idee, und sie fischte einen Riegel Schokolade aus ihrer Blazertasche, den sie Feisal anbot. »Damit die Zeit schneller vergeht . . .« sagte sie strahlend. Die dünnen braunen Finger des kleinen Araberjungen mit dem feierlichen Gesicht lagen weiterhin verschränkt in seinem Schoß, und er schaute weder auf sie noch auf die Schokolade. Schließlich sagte er: »Ich bedaure, aber meine medizinischen Berater gestatten mir das nicht. Aber das konnten Sie natürlich nicht wissen. Sie können gehen.« Er sprach ein perfektes Southern Standard Englisch, wie einer, der sich um einen Job als BBC-Ansager bewirbt.

Sein Großvater, der mit Hemmingsway Schach spielte, beugte sich vor und sprach sanft auf arabisch mit dem Jungen. Dann lächelte er Sabrina entschuldigend an. »In seinem Alter, junge Dame«, sagte er mit seiner vollen, dunklen Stimme, »ist das Leben wirklich eine ernste Sache, die man nicht im bloßen Dahinleben vertun darf. Wenn man zwölf ist, dann zählt nur Würde. Dennoch, was er sagte, ist wahr, wenn es auch für die Art, wie er es gesagt hat, keine Entschuldigung gibt. Aber mein Enkel hat Zucker und darf daher keine Schokolade essen. Es ist ein Kreuz – wenn Sie mir den christlichen Vergleich verzeihen – das er zu tragen hat.«

Sabrina errötete, einen Augenblick lang aus der Fassung gebracht. »Tut . . . tut mir leid«, stammelte sie. »Natürlich hätte ich . . .«

Zeidan machte eine Geste, die Verständnis und gleichzeitig eine Entschuldigung ausdrückte. »Aber ich bitte Sie. Sie konnten ja, wie Feisal richtig bemerkte, nichts von seinem Zustand ahnen.« Er zögerte: »Aber es gibt etwas, das Sie für *mich* tun könnten.«

Sabrina versicherte ihm, daß er auf sie zählen könne, und Zeidan fragte sie, ob in der Maschine ein Arzt sei. Sabrina schüttelte den Kopf. »Wenn der Präsident an Bord ist, fliegt normalerweise auch sein Arzt mit. Aber auf diesem relativ kurzen

Flug ... Aber seien Sie unbesorgt, ich bin eine erfahrene Krankenschwester, und wenn Feisal etwas fehlen sollte, helfe ich gern.«

Feisal lächelte ihr dankbar zu und sagte: »Vielleicht würden Sie sich dann um das da kümmern?« Er nahm ein festes Lederetui vom Tisch und gab es ihr. Sabrina öffnete den Verschluß und sah Spritzen und Insulinkapseln. »Mit Vergnügen, Sir«, sagte sie.

Der »Tee« wurde in echten chinesischen Teekannen serviert – um, wie Wynanski erklärte, den Schein zu wahren – die zu einem Service gehörten, das man aus Bahrain mitgebracht hatte. Die Minister einschließlich Hemmingsways tranken aus zarten, papierdünnen chinesischen Tassen, in denen das Eis ratterte, das der schlaue Chefsteward in kleine handliche Stücke zerstampft hatte.

Die Moguln, von Airman Fenstermaker, deren Superbau bewundernde Blicke erntete, mit appetitlichen Snacks versorgt, machten es sich gemütlich und sprachen vom Öl. Auf einem seiner offenbar notwendigen Kontrollgänge durchs Flugzeug war auch Jagger durch die Kabine spaziert, und Sabrina schaute nachdenklich hinter ihm her.

Sie zweifelte nicht im mindesten daran, Joe McCafferty vor sich zu haben, aber seine Versuche, seine Gedächtnislücke zu vertuschen, hatten sie im Gegensatz zu ihrer Kollegin wenig überzeugt. Sein Hinweis auf die Strapazen während des Fluges, den Druck, die Verantwortung für Passagiere und Besatzung, *wären* zwar eine hinreichende Entschuldigung gewesen, geglaubt hatte sie ihm aber im Grunde nicht. Sie war nicht übermäßig eitel, aber sie konnte sich einfach nicht vorstellen, daß irgendwer Jeannie Fenstermaker mit Sabrina Carver verwechseln sollte.

Sie hatte Wynanski beiläufig ein bißchen über McCafferty ausgequetscht und sich erkundigt, ob der Sicherheitschef normalerweise beim Start so seine Mucken habe. »Nicht mehr als üblich«, erwiderte der, »aber eins ist sicher, für Mac ist Dienst nun mal Dienst. Dann sind die Weiber abgeschrieben für den Musterknaben, selbst so eine wie Sie.«

Noch immer stand Sabrina nachdenklich in einem Winkel der Hauptkabine und überhörte den leisen Schritt, der sich ihr auf dem mit Teppich ausgelegten Boden näherte. Eine Hand legte sich auf ihre Schulter. Sie fuhr herum. »Einen Penny für Ihre Gedanken«, sagte Cooligan. Sie stammelte eine Entschuldigung und gestand, daß sie meilenweit weggewesen sei.
Neugierig sah Bert sie an und rieb sich das Kinn. »Yeah«, sagte er gedehnt, »das scheint wohl ansteckend zu sein und sich auf diesem Trip zu 'ner Art Krankheit zu entwickeln.«
»Was meinen Sie damit?« fragte Sabrina. Cooligan gab ein verlegenes Kichern von sich. Ach, es sei nichts, murmelte er, um die Sache herunterzuspielen. Sabrina ließ nicht locker. Sie spürte, daß etwas dahintersteckte, das für sie wichtig sein könnte. Schließlich gestand Bert: »Es ist bloß, daß ich mit meinem Boss, Colonel McCafferty, in Manama am Telefon die gleichen Probleme hatte.«
Sabrina fühlte, wie ihr ein eisiger Schauder über den Rücken lief. »Am Telefon? Was ... hm ... was für ein Problem denn?«
»Im Grunde nichts Ernstes«, erwiderte Cooligan. »Ich komme mir irgendwie komisch vor, wenn ich darüber spreche, aber es war wirklich merkwürdig. Er war so in Gedanken versunken, daß ich genausogut zu einer Mauer hätte reden können.«
Sabrina wog ihre Worte sorgfältig ab: »Hat er Sie vielleicht einfach nicht erkannt?«
Überrascht schaute Cooligan sie an, dann nickte er. »Genau. Einen Moment lang hatte ich den Eindruck, als wisse er nicht, mit wem er's zu tun hat.«

Im Cockpit lehnte sich Colonel Fairman in seinem Sitz zurück und befahl Latimer, sich über Funk aus Neapel die Position geben zu lassen. Der Pilot sprach ins Mikrophon: »Kontrollstation Neapel. Air Force One ruft Kontrollstation Neapel. Wir überfliegen 24 Grad Ost in Flugfläche 280 und erwarten 22 Grad Ost um 31 nach.«

Die Stimme des Fluglotsen in Neapel antwortete in leicht gestelztem Englisch: »Rover, Air Force One, haben Sie auf dem Bildschirm. Melden Sie sich über 22 Grad Ost.«

Einige hundert Meilen entfernt stand ein anderes Flugzeug am abgelegensten Ende einer Rollbahn, die wie ein Finger auf die Adria wies.

Rings um das unbeleuchtete Flugzeug herrschte völlige Dunkelheit. Doch plötzlich wurde das holprige Rollfeld von Lärm erfüllt: ein Dutzend Motorfahrzeuge – Autos, Jeeps und kleine Passagierbusse – rasten auf die Rollbahn, Kies spritzte auf, und in der steifen Brise tanzten die Staubwolken über dem Unkraut.

Donnernd kamen die Flugzeugmotoren zum Leben, und die Boeing rollte hinaus ins strahlende Licht.

VII

Jeder Zweifel war ausgeschlossen: Größe, Bauart, Ausstattung des Flugzeuges – die *stars and stripes* der Flagge, die Insignien des Präsidenten, die Inschrift »United States of America«, der weiße Rumpf, der blauschwarze Bug, die blaßblaue Unterseite und die blauen Hauben der Triebwerke, die silbernen Flügel: Es war Air Force One.

Oder vielmehr, das Flugzeug war der echten Air Force One in jeder Hinsicht so ähnlich wie Jagger McCafferty. Und das reichte Mister Smith, der an der dem Meer zugewandten Seite des Rollfeldes in seinem Auto saß und das riesige Flugzeug auf sich zurollen sah, kurz ehe es abhob.

Nachdem Smith eine etwas fragwürdige Partnerschaft mit

dem KGB erreicht hatte, hatten die Russen ihren ersten wichtigen Beitrag geleistet, indem sie ihm diesen Behelfsflugplatz zur Verfügung stellten – der wundersamerweise im Jahr 1944 für die neuen deutschen Düsenjäger vom Typ ME 262 in einer Extralänge von 1400 Metern gebaut worden war. Denn der Flugplatz, längst aufgegeben und fast zugewachsen, lag an der flachen und tiefliegenden dalmatinischen Küste zwischen Zadar und Šibenik, was ganz Smiths Plänen entsprach. Schon im Anfangsstadium seiner Planung war er überzeugt gewesen, daß man die Boeing des amerikanischen Präsidenten nur von einem der Ostblockstaaten aus kidnappen konnte. Aber auch das Jugoslawien nach Tito war für Smith noch verbotenes Terrain.

Nicht aber für die Russen. Sie hatten es geschafft, eine entsprechende Rollbahn ausfindig zu machen und ihm die für die Säuberung und Bemannung des Rollfeldes erforderliche Hilfe zu organisieren.

Die Fahrzeuge auf dem Rollfeld, die Männer dort, die Wächter, die jetzt gerade in Bahrain den echten McCafferty bewachten – man hatte sie alle aus der gleichen ultralinken Partisanengruppe rekrutiert, die in den nahen Bergen ihr Hauptquartier hatte.

Die Gruppe, vom KGB zusammengeführt und gegründet, hatte den Auftrag, Jugoslawien wieder auf die orthodox-kommunistische Linie zurückzubringen. Mit Hilfe von Unterwanderung, Terroranschlägen und Agitprop sowie durch Einschüchterungsversuche nach klassischem Muster hatten sie es inzwischen schon zu einigen Erfolgen gebracht. Sie würden auch die Truppe stellen, die Mister Smith in der Endphase seiner Aktion, wenn das Lösegeld für die OPEC-Minister übergeben werden sollte, benötigte. Und bis jetzt, dachte Smith, hatte es kaum Anzeichen einer Einmischung durch die Behörden gegeben. Verdankte er das wiederum dem KGB?

Smith hatte das Flugzeug legal erworben. Es war wirklich eine Boeing 707, aber keineswegs ein Stratoliner. Mister Smith

hatte stattdessen einen alten, nutzlosen Cargo-Frachter gesucht und gefunden, der für seine Zwecke geradezu ideal war. Und er hatte ihn billig bekommen. Inzwischen war das Flugzeug lackiert und bemalt, wenn auch nicht umgebaut worden. Die Boeing passierte Smiths Auto, ihren eigenen gigantischen Schatten hinter sich herschleppend. Der Lärm war ohrenbetäubend. Erst ein heiseres Röhren, das dann zu einem tosenden Stakkatogeratter anschwoll und schließlich über dem Wasser in eine Reihe wütender Explosionen überging, die, als die Maschine langsam in der Nacht verschwand, wie Peitschenschläge nachhallten.
Mister Smith schlug dem Mädchen neben sich, seiner gefügigen Dienerin aus dem Schloß, aufs Knie. »Nun«, sagte er auf englisch, »liegt's bei den Russen und ihren cleveren kleinen Freunden in Italien. Warum fahren wir nicht zurück und warten die weitere Entwicklung ab, meine süße Branka?«
Abgesehen von ihrem Namen hatte das Mädchen nicht ein einziges Wort verstanden, aber sie lächelte und legte ihre Hand auf die seine. Seine Absichten zumindest waren ziemlich eindeutig . . .

Der Mann mit dem Codenamen Myshkin ging im Funkraum der Sowjetbotschaft in Zürich auf und ab und lauschte über Kopfhörer den ihm von seinem Belgrader Informanten aus dem Serbokroatischen übersetzten laufenden Kommentaren des Leitoffiziers.
Myshkin schaute auf die Uhr und begegnete dann Axel Karilians Blick, der sich, übers Funkgerät gebeugt, auf einem Block Notizen gemacht hatte. Karilians dicke Lippen teilten sich. Er grinste wölfisch. »Gratuliere, Genosse«, sagte er, »alles läuft genau nach Plan . . . nach *unserem* Plan, wenn auch Mister Smith nach wie vor überzeugt ist, daß es der seine ist.«
Myshkins leicht mongolische Lider zuckten. Das bedeutete Zustimmung und war, wie Karilian aus Erfahrung wußte, Myshkins bevorzugte Art, ein Maximum an Begeisterung zu

zeigen. Wo andere sich fast den Hals verrenkten, um leidenschaftliche Begeisterung auszudrücken, preßte Myshkin bloß die jüngferlichen Lippen zusammen und flatterte mit den Lidern – eine scheußliche und bedrohliche Gebärde, an der absolut nichts Weibisches war, wie man hätte vermuten können.
»Ich muß gestehen«, sagte Karilian, »daß mir der Gedanke nicht sonderlich angenehm ist, daß McCafferty auch nur eine Minute länger als für unsere Zwecke notwendig existiert. Er bedeutet eine ständige Gefahr für uns. Und er wird uns erst dann keine Angst mehr einjagen, wenn er tot ist.«
Myshkin fuhr zusammen. »Fast möchte ich dir zustimmen«, sagte er, »aber McCafferty weiß so allerlei, das für uns von Nutzen ist, einmal über die UNACO, der wir ja nie wirklich trauen können, auch wenn wir sie unterstützen, hauptsächlich aber über die USAF, das Pentagon und Air Force One.«
»Ist dir klar, was wir getan haben, Axel«, sagte Myshkin, wobei seine Stimme sich in sorgfältig abgewogenen Halbtönen zu gefährlicher Erregung steigerte. »Wir haben einen ausgewachsenen Colonel der United States Air Force entführt, ohne daß sie es bis jetzt mitgekriegt haben. Wir können ihn festhalten und so lange melken, bis er nichts mehr hergibt, *und sie werden vielleicht nie erfahren, daß wir ihn überhaupt hatten.* Wie sollten sie auch? Schließlich wird er weiterhin sichtbar bei ihnen sein, der einzige Überlebende und der Held bei der Entführung von Air Force One – der Mann, der den Meisterverbrecher, den die UNACO entwischen ließ, zur Strecke brachte.«
Bei diesen Worten hob Karilian die buschigen Augenbrauen. »Was?« grunzte er, »seit wann gehört denn das zum Plan?«
Myshkin lächelte, und nicht zum ersten Mal fühlte Karilian, wie ein Prickeln der Angst seinen Körper überlief, als habe man ihn mit Akupunkturnadeln gepiekst.
»Moskau hält es für ratsam«, erwiderte er. »Und warum auch nicht? Sollte Smith uns im Weg stehen oder auch nur lästig werden – wer behauptet denn, daß er unbedingt überleben muß? Wir brauchen ihn nicht«, fuhr Myshkin sanft fort.

»Jagger wird ausreichend Unterstützung haben. Dafür haben wir schon gesorgt. Es wird für Jagger ein leichtes sein, Smith dann, wenn er am wenigsten einen Verrat erwartet – im Augenblick seines scheinbaren Triumphes – zu – ehem – erledigen und uns das Lösegeld zu übergeben. Ich bin überzeugt, daß auch der KGB Verwendung dafür hat – meinst du nicht auch, Axel?«
Axel kicherte zustimmend. Nicht weil ihm danach zumute war, sondern weil er glaubte, es werde von ihm erwartet.

Sie hatten McCafferty während der Zeit, die er im abgedunkelten Zimmer verbrachte, nur zweimal nach draußen gelassen: einmal, damit er wieder so leidlich zu sich kam, und dann in der Abenddämmerung, um sich im Garten die Füße zu vertreten – immer unter schwerer und nicht gerade menschlicher Bewachung. Der Araber Selim hielt einen struppigen, wilden Schäferhund an einer dicken Leine, die lang genug war, daß der Mann sie sich einige Male um die Taille winden konnte, ehe er sie am Halsband des wütenden Hundes festklemmte.
Mac sah, daß er in einer zweistöckigen Villa untergebracht war, die inmitten des Palastgeländes auf einem abgegrenzten Terrain stand. Verkehrsgeräusche verrieten, daß in der Nähe eine Straße sein mußte, und Mac nahm an, daß die hohe Mauer am Ende des Gartens sowohl die Villa als auch die königliche Residenz abgrenzte. Sein Zimmer – das einzige mit vergitterten Fenstern – lag im ersten Stock an der Vorderseite.
McCafferty hatte drei andere Schlafzimmer und zwei Bäder entdeckt. Im Parterre mußten seiner Meinung nach die üblichen Empfangsräume sein. Die oberen Räume entsprachen der Anzahl der Männer, die ihn bewachten: einer patrouillierte im Garten, einer vor seiner Tür – beide Ausländer, deren Herkunft er noch nicht kannte –, dann Selim und sein scheußlicher Hund. Und Dunkels natürlich.
So sehr er sich auch anstrengte, er konnte keine Möglichkeit zur Flucht ausmachen, kein Schlupfloch und keine Schwach-

stelle. Erschöpft, verzagt und noch immer von den Hieben und Prellungen beeinträchtigt, kehrte Mac von seinem zweiten Ausflug zurück und hörte, wie hinter ihm die Tür wieder zweimal verriegelt wurde.

Dann ein anderes Geräusch – ein vertrautes, aber, wie er mit Sicherheit wußte, seit seiner Ankunft in der Villa nicht gehörtes Geräusch: In der Halle unten läutete das Telefon.

Nach einigen Augenblicken drehte sich der Schlüssel im Schloß und die Tür schwang auf. Dunkels verhielt sich genau wie zuvor, ließ den Wächter die Taschenlampe auf McCafferty richten und schaltete erst dann die trübe Deckenbeleuchtung ein. Es war Mac aus Sicherheitsgründen verboten, den Schalter zu berühren. Er schloß daraus, daß man das Haus von der Straße aus sehen konnte, und Dunkels wollte das Risiko ausschalten, daß der Amerikaner mit Hilfe von Lichtsignalen eine Nachricht nach draußen morste.

Dunkels schien bester Laune zu sein. »Ich habe Neuigkeiten für Sie, McCafferty«, kündigte er an. »Sie werden in Kürze hier herauskommen. Einige – eh – Freunde von mir werden kommen und Sie fortbringen, an einen Ort – ich vermute, es geht übers Meer – der ihren Interessen, wie soll ich sagen – dienlicher ist. Sie werden auch ein paar Ihrer getreuen Wächter verlieren. Mister Smith sagte mir, daß sie in unserer – eh – Operationsbasis benötigt werden, wo irgendwer knapp an Arbeitskräften ist.«

Mit einer schwungvollen Handbewegung deutete Dunkels auf die beiden Wachen, die verständnislos grinsten. McCafferty antwortete auf Russisch, daß er glücklich sein werde, sie von hinten zu sehen, da sie wie Schweine stänken und ihn zum Kotzen brächten.

Ehe Dunkels ihn stoppen konnte, sprang der Jüngere der beiden Wächter vor, brüllte in seiner Muttersprache obszöne Flüche und rammte dem Amerikaner den Kolben seines Gewehrs ins Gesicht.

Dunkels ergriff den Mann am Arm und zog ihn grob zur Seite. Im letzten Moment hatte Mac den Kopf weggedreht, und erhielt so nur einen flüchtigen Schlag von der Kalischnikoff, der aber ausreichte, eine alte Wunde von neuem bluten zu lassen und einen rasenden Schmerz in seinem Kopf zu entfachen. Vor seinen Augen explodierten Sterne, und er wischte das rohe Fleisch auf seiner Wange mit einem schmutzigen Taschentuch ab.

Er grinste verzerrt hinter seinem Fetzen von Taschentuch. Seine Rechnung war aufgegangen. Er hatte darauf gebaut, daß seine Bewacher entweder Deutsch oder Russisch verstünden, da sie ihrer Sprechweise und Erscheinung nach eher mitteleuropäisch wirkten und kaum einer in weiter Ferne beheimateten Volksgruppe anzugehören schienen. Zwar war McCafferty weit davon entfernt, jemals Dunkels Sprachfertigkeit zu erreichen, aber er fluchte schon seit langem in rund fünfzehn Sprachen; denn für einen, der ständig in der Weltgeschichte umherreiste, war es empfehlenswert zu wissen, wenn ein Ausländer einen verabscheute.

Die Wachen hatten ihm direkt in die Hand gespielt: Die reichlich obszönen Flüche, die sie Mac entgegengeschleudert hatten, entsprachen genau dem serbokroatischen Wortschatz des Amerikaners, der aus einem halben Dutzend Wörtern bestand. Er konnte jetzt sicher sein, daß es eine Verbindung zu Jugoslawien gab.

Auch Jugoslawien stand im Flugplan der Boeing. Es lag als eine der sichersten Routen auf Fairmans Kurs in die Schweiz. Er würde über die befreundeten arabischen Staaten hinweg zum Mittelmeer, dann die eine oder andere Seite Italiens hinauffliegen und schließlich die Alpen überqueren. Falls Smith wirklich einen Anschlag auf die Maschine des Präsidenten plante, dann war, so überlegte McCafferty, Jugoslawien mit seiner geheimen sowjetischen Präsenz der ideale Schauplatz für die Entführung.

Dunkels spürte die Unruhe der Wachen. Mit wutverzerrtem Gesicht wandte er sich wieder dem Amerikaner zu. »Das war smart, McCafferty«, zischte er. »Aber was Sie auch immer rausgefunden haben, es wird Ihnen nichts nützen. Sie werden nie von hier abhauen können, und in Kürze, wie gesagt, werden Sie sowieso weggeschafft.

Da Sie aber offenbar Ihre Spielchen spielen wollen, lasse ich Ihnen jemanden hier, mit dem Sie's können. Er ist, wie man mir sagte, sehr freundlich, solange man ihn nicht reizt.«

Während Selim sich langsam die schwere Kette von der Hüfte wand, hämmerte einer der Wächter eine fünfzehn Zentimeter lange Krampe in den Türrahmen. Daran befestigte Selim das Halsband des Schäferhundes und schaute boshaft zu McCafferty hin. »Die Kette ist so lang, daß er in jede Ecke kommt«, sagte der Araber. »Wenn ich Sie wäre, würde ich mich nicht bewegen. Er hat schon lange nichts mehr zu fressen gekriegt, und es sieht nicht so aus, als ob wir noch Hundefutter hätten. Ich lasse das Licht an, dann werden Sie ihn wenigstens kommen sehen.«

Er schlug die Tür hinter sich zu und verschloß sie. Der Hund stand da und glotzte Mac an, der starr auf seinem Bett lag und das Tier fixierte. Schließlich gab der Hund nach. Er gab ein gewaltiges Gähnen von sich und legte sich auf den Bauch, die Schnauze auf die Pfoten. Er hielt die Augen offen und ließ die Zunge über seine scharfen weißen Zähne gleiten.

Mac hörte, wie die vordere Tür geschlossen wurde und ein Auto abfuhr. Dunkels Stimme kam durch das kleine Oberlicht zu ihm. »Behalte ihn im Auge, Selim«, sagte der Deutsche. »Ich bringe die beiden hier zum Flughafen, und in einer halben Stunde bin ich wieder zurück.«

Nur einer der Wächter war also zurückgeblieben, überlegte Mac: der Araber. Und sein Freund, der Schäferhund. Unruhig bewegte er sich, und im Nu war der Hund auf den Beinen und fletschte knurrend die Zähne.

Falls Mac einen Befreiungsversuch wagen sollte, blieb ihm dafür eine halbe Stunde, mehr nicht. Zuerst aber mußte er mit Selims Hund fertigwerden.

Fairman fühlte sich unbehaglich, als das Flugzeug sich auf seinem gewundenen Kurs nach Westen bewegte. Diese sich dahinschlängelnde Route war keineswegs der pfeilgerade Kurs, den der Commander sich gewünscht hätte.

Zwar mußte die Boeing keine allzugroßen Umwege in Kauf nehmen, aber nach dem Studium des Flugplanes war es Fairman doch einigermaßen mulmig zumute gewesen. Einige Länder durfte er nur der Passagiere wegen, die er beförderte, überfliegen, während er andere des Flugzeugs wegen umfliegen mußte. Wäre allerdings der Präsident der Vereinigten Staaten allein an Bord gewesen, hätte er einen noch weit komplizierteren Kurs einschlagen müssen.

Als das Flugzeug die Grenze zum befreundeten Ägypten überflog, fluchte der Commander der Boeing vor Erleichterung leise vor sich hin. Pilot Latimer allerdings zeigte nach wie vor das krampfhafte Grinsen, das sein gleichsam der italienischen Renaissance entlehntes edles Antlitz seit dem Abflug einigermaßen entstellte. Er nahm Kurs auf Suez, überflog den Kanal, wobei er Port Said Steuerbord und Kairo Backbord liegen ließ, um dann über Alexandria hinweg das Mittelmeer zu überfliegen.

Unter sich sah er dunkel das schimmernde Meer und hörte, wie Fairman die EDPs in der Kabine kurz über das überflogene Gebiet aufklärte. Die EDPs ihrerseits sprachen so heftig dem Tee zu, daß man hätte glauben können, er würde bald aus der Mode kommen.

Als Kreta in Sicht kam, änderte Latimer dem Flugplan entsprechend die Flugrichtung: Air Force One sollte nun nicht mehr die adriatische Balkanküste hochfliegen, sondern über Sizilien hinweg die Seeroute übers Mittelmeer nehmen, dann der italienischen Küste folgen, bei Genua in den italienischen Luftraum einfliegen, das Piemont überqueren und in Genf landen.

Auch der »Zwilling« der Air Force One, der unter dem Radarbereich hindurch die Adria entlangraste, hatte inzwischen

Kreta gesichtet. Er würde die Boeing des Präsidenten auf ihrem Kurs nur ganz kurz berühren – lange genug allerdings, um Smiths Meisterplan in Gang zu setzen.
In einem der Aufenthaltsräume der echten Air Force One, der an die vordere Bordküche des Flugzeugs grenzte, spielten inzwischen Cooligan, die zwei Flugingenieure und Jagger mit mäßigem Einsatz Poker. Normalerweise gehörte Pokern nicht zu McCaffertys Lieblingsbeschäftigungen, aber der Sicherheitschef selbst hatte, wie Cooligan überrascht registrierte, das Spielchen vorgeschlagen. Wieder einmal zeigte der Colonel ein ganz und gar untypisches Verhalten, und dem Agenten des Secret Service machte das zu schaffen . . . aber was soll's, dachte er, jeder hat mal einen blöden Tag.
Mitten in einer Glückssträhne entschuldigte sich Jagger und erhob sich. »Probleme?« fragte Bert verständnisvoll. »Kann ich Ihnen helfen?« Jagger schüttelte den Kopf. »Nein«, erwiderte er, »spielt einfach ohne mich weiter. Mir ist bei der Sache hier nicht so ganz wohl.« (Er hoffte, daß diese Masche sein merkwürdiges Verhalten einigermaßen erklären würde.) »Ich weiß zwar, daß nichts schiefgehen kann, aber ich laufe doch lieber mal durch, um nach dem Rechten zu sehen.«
»Um nach blinden Passagieren zu fahnden, Colonel?« erkundigte sich einer der Ingenieure. Und der andere, ein Witzbold, fügte hinzu: »Vielleicht ist einer eingestiegen, als wir über Saudi-Arabien waren, oder war es Syrien. Für mich sehen die alle gleich aus.«
Die vier Männer lachten, und Jagger spazierte lässig hinaus, beschleunigte seine Schritte auch in der Kabine nicht, nickte leutselig einem Adjutanten zu und erreichte die rückwärtigen Aufenthaltsräume der Boeing, ohne, von Jeannie Fenstermaker abgesehen, einem Besatzungsmitglied in die Arme zu laufen. Jeannie war mit geräuchertem Lachs und Spargelspitzen, die zwischen dünnen, gebutterten Roggenbrotschnitten steckten, zur EDP-Lounge unterwegs. Jagger nahm eines der Schnittchen und aß es auf.

Er schloß sich in der hinteren Toilette ein und blieb, um den Schein zu wahren und nicht gleich wieder auf Fenstermaker zu treffen, fünf Minuten dort. Er ließ die Aerosoldose in seine Tasche gleiten, zog die Wasserspülung, wusch sich die Hände und spazierte dann zur Tür heraus, wobei er die wohlgerundete Blondine fast überrannte, die mit dem leeren Tablett zur hinteren Bordküche unterwegs war.
»Wahrer Heißhunger allerseits, was?« grunzte Jagger.
»Scheint so, Colonel«, erwiderte sie. »Wohlgemerkt . . .«, sie errötete, was ihr ausgezeichnet stand, »ich glaube, daß man Sabrina genau so gern sieht. Es werden ungeheure Mengen Tee serviert, Colonel. Sergeant Wynanski kommt mit den Bestellungen kaum nach.«
»Wo ist Wynanski?« fragte Jagger beiläufig.
Jeannie zeigte nach hinten zur Galley. »Da hinten, wie immer. Plagt sich ab mit einem heißen Canapé.«
Jagger grinste, schaute auf seine Uhr und sagte: »Dann nichts wie los mit Ihnen, Airman. Wir wollen doch die Araber nicht warten lassen, oder? Könnte Ihnen alle Chancen verderben, einen Scheich zu heiraten – oder wenigstens in einem Harem zu landen.«
»Huch«, prustete Fenstermaker los und schniefte dann mißbilligend. Jagger wartete, bis sie die Tür hinter sich geschlossen hatte, dann klopfte er und sagte mit lauter Stimme: »Pete, sind Sie da drin?«
»Wer ist da?« fragte Wynanski. Er schlürfte zur Tür und stieß sie auf, Jeannie hing an seinem Ellenbogen.
Jagger lächelte durch die Zähne und sagte: »Hab ein Geschenk für Sie!« Fenstermaker sperrte erwartungsvoll den Mund auf, und so bekam sie eine geballte Ladung des Knockout-Gases ab und ging neben Master Sergeant Wynanski zu Boden.

McCafferty bewegte den Kopf, um vorsichtig auf die Uhr zu schauen, und schon wälzte sich der Hund bedrohlich hin und her. Acht Minuten waren vergangen. Mac konnte nicht län-

ger warten; wenn er überhaupt etwas tun wollte, dann mußte es bald geschehen.
Er setzte sich im Bett auf, und mit ihm erhob sich auch der Hund, mit gesträubten Nackenhaaren und offenem Maul, die Lefzen über die Zähne gezogen.
Mac schwang seine Beine auf den Boden und stand mit einem Satz mit dem Rücken vor der Schranktür. Mit den Fingern tastete er nach dem Griff hinter sich. Lautlos bewegte sich der Schäferhund auf ihn zu, die Kette schleifte er hinter sich her. Der mächtige Körper schwankte von einer Seite auf die andere wie eine Hängebrücke im Sturm. Seine gefleckten Augen wichen nicht vom Gesicht des Mannes.
McCafferty fand den Griff der Schranktür und riß mit Gewalt daran. Die Tür ging auf und traf ihn am Schulterblatt. Seine Finger tasteten das Schloß ab. Es war durch eine Schiene mit dem Schrankboden verbunden und funktionierte, da es nicht gerade pfleglich behandelt worden war, ausgesprochen schlecht.
Mac trat zur Seite und stieß die Tür halb auf, wobei er ein Stoßgebet von sich gab, der Schrank möge groß genug sein, um sich drin zu verstecken. Er hatte Glück: Es war ein begehbarer Schrank, und er war leer.
Der Hund folgte ihm in den Schrank.
Mac stieg wieder nach draußen, diesmal schneller. Der Schäferhund folgte ihm mit rasselnder Kette.
Wieder verbarg sich McCafferty im Schrank, der Hund blieb ihm auf den Fersen.
Beim zweiten Versuch sprang der Amerikaner aus dem Schrank. Der Hund ebenfalls, wobei er sich einmal um die eigene Achse drehte, während Mac nur einen langen Schritt vor und wieder einen zurück tat.
Wieder hinein. Der Hund wirbelte herum und streifte Macs Bein. Mac sprang glatt über den Hundekörper hinweg und schlug dem Tier die Tür vor der Schnauze zu.
Wütend warf der Schäferhund sich gegen die Tür, aber der ro-

stige Verschluß hielt. McCafferty schob das Bett vor den Schrank und drückte es mit aller Kraft dagegen.
Dann raste er zur verschlossenen Zimmertür und zerrte wie wahnsinnig an der Kette, die am Türstock befestigt war.
Schon hörte er, wie Selim, angelockt vom hysterischen Kläffen des Schäferhundes in seinem dunklen Gefängnis, die Treppe heraufhastete und über den Korridor lief.
Der Schweiß lief Mac in die Augen, als er unter Aufbietung aller Kräfte an der Kette zog. Mit einem markerschütternden Kreischen löste sich die Krampe. Mit einem Ruck zog Mac die Befestigung des Halsbandes heraus, steckte den gebogenen Haken über den Türgriff, wuchtete sein Bett hoch und benutzte es als Rammbock, um das Metall ins Holz zu schlagen.
Schon war Selim an der Tür. Mac machte das Licht aus und stellte sich, das lockere Ende der Kette in Händen, hinter die Tür.
Selim nahm in der Annahme, das Licht sei nicht an, sein Gewehr in die Linke und drückte mit dem Daumen der Rechten auf den Knopf der Taschenlampe, um den Lichtstrahl auf die Ursache des Geräusches richten zu können.
McCaffertys wütender Hieb brach Selim das Handgelenk. Er ließ das Gewehr fallen und heulte mit dem Hund um die Wette. Mac sprang auf ihn zu und zog ihm die Kette um den Hals. Ganz allmählich gelang es dem Amerikaner, den Araber auf die Knie zu zwingen. Er umklammerte den Körper des Mannes mit seinen Beinen. Selim keuchte und stöhnte, und der Schrei erstickte ihm in der Kehle, als McCafferty ihn erwürgte.
Dem Hund war es trotz allem gelungen, die Schranktür aufzustoßen. Mac sah das Bett langsam ins Zimmer hineingleiten, als die riesige Bestie ihren Körper durch die Öffnung schob.
Dann war der Schäferhund frei, und sein verzweifeltes Gebell verwandelte sich in ein wütendes Knurren. Im Licht der Taschenlampe, die Selims Hand noch immer umklammert hielt,

sah McCafferty, wie der Hund mit schaumtriefendem Maul auf ihn zusprang.
Er ließ sich zu Boden fallen, rollte sich einmal um sich selbst, ergriff Selims Walther und feuerte einen Schuß nach dem anderen auf den fliegenden Körper der Bestie. Der Hund krachte in die halboffene Tür hinein, winselte und blieb dann keuchend davor liegen. Mac wandte den Kopf und zwang sich, dem Tier in die brechenden Augen zu sehen. Der Speichel erstarrte auf den Lefzen und der rasselnde Atem verebbte.
Mac war frei.
Er taumelte die Treppe hinunter und in die Nacht hinaus. In großen Zügen atmete er die kühle Nachtluft ein. Dann überlegte er kurz und machte sich auf die Suche nach einem zweiten Auto.
Auf der Rückseite der Villa fand er ein Fahrzeug, aber es war abgeschlossen und der Zündschlüssel fehlte. Mac lief ins Haus zurück und die Treppe hoch. Er rollte Selims Körper mit dem Fuß auf den Rücken und holte den Schlüsselbund aus der Hosentasche.
Erst auf dem Weg zum amerikanischen Konsulat wurde ihm so richtig klar, welchen Schwierigkeiten er noch entgegensah. McCafferty hatte, genau wie er vor einer Ewigkeit halb im Spaß zu Dunkels gesagt hatte, nicht die geringste Möglichkeit, seine Identität zu beweisen. Alles hatten sie ihm abgenommen: Brieftasche, Kreditkarten, die Pässe vom Sicherheitsdienst und sein Geld. Er besaß nur noch die Kleider, die er auf dem Leib trug: eine bauschige Hose und eine zerrissene dreckige, blutgetränkte Djellaba.
Das Schlimmste aber war, daß er jetzt versuchen mußte, einen skeptischen Konsul davon zu überzeugen, daß er genau der Mann war, der vor noch nicht ganz drei Stunden vor den Augen des Konsuls das persönliche Flugzeug des amerikanischen Präsidenten bestiegen hatte.

VIII

Das Pokerspiel zu dritt war immer noch im Gang, als Jagger zum Aufenthaltsraum zurückkehrte. Er beugte sich über den Tisch und sagte zu Cooligan: »Wie steht's, Bert?«

Jagger zog ein Taschentuch heraus, um sich das Gesicht abzuwischen, als Cooligan erwiderte: »Gut – seit du fort bist. Du hast mir Glück gebracht.«

»Yeah?« fragte Jagger. »Wirklich? Dann schaut mal, was das euch bringt!« Er hielt sich das Tuch über Nase und Mund und setzte die Spraydose an. Die Karten, eine nach der anderen, entglitten den kraftlosen Händen, die drei Männer fielen mit dem Oberkörper auf die grüne Stoffbespannung des Tischchens, das fast umkippte. Aber Jagger erwischte es noch rechtzeitig, um es wieder aufzurichten. Auf gar keinen Fall konnte er sich irgendwelche auffälligen Geräusche leisten.

Jagger nahm Cooligan die Knarre ab und flüsterte: »Träume süß, Freundchen.«

Nun war das Cockpit an der Reihe. Kowalski sagte gerade zum Commander: »Nichts als dieser gottverdammte Schnee auf dem Bildschirm. Ich glaube, wir sollten Kontakt mit Neapel aufnehmen.« Fairman drehte sich zum Radarschirm um und grunzte irgend etwas Unfreundliches. Dann befahl er Latimer, sich mit der Bodenstation Neapel in Verbindung zu setzen.

»Kontrolle Neapel, Air Force One für Kontrolle Neapel«, sagte der Pilot. Neapel antwortete, noch immer mit derselben gestelzten Roboterstimme. »Vor uns schweres Radarecho im Entstehen, Neapel«, fuhr Latimer fort. »Erbitte neue Route für Genf.«

Neapel ging der Sache nach und funkte zurück: »Roger, Air Force One. Wechseln Sie auf Kurs zwo-sieben-sechs. Notieren Sie?«

Neapel erhielt die Bestätigung, und Latimer schaltete aus . . .

Im Hörsaal der soziologischen Fakultät der Universität Bologna stopfte Bartolomeo Volpe seine Lehrbücher in ein abgeschabtes Dokumentenköfferchen und machte sich mit Erlaubnis seines Professors, der wie Bartolomeo Kaderleiter der Roten Brigaden war, etwas früher davon. Etwa zur gleichen Zeit lehnte sich Christina Patakeminos in ihrem Stuhl im Hörsaal der soziologischen Fakultät der Universität Athen zurück, schloß die Augen und wartete ungeduldig auf die morgendliche Pause.

Bartolomeo bestieg ein Flugzeug in Richtung Süden und kam pünktlich zu der von der örtlichen kommunistischen Zelle festgelegten Zeit in Neapel an. Er stellte sich für einen Bus an, der ihn aus der Stadt herausbringen sollte, schaute auf seine Uhr und grinste beim Gedanken, daß die dunkeläugige Christina am Ägyptischen Platz in Athen jetzt genau dasselbe tat. Weder der Junge noch das Mädchen – sie waren erst seit einem Jugendseminar in Sofia vor sechs Wochen ein Liebespaar – wußten, woher die Kommunisten in Athen und Bologna *ihre* Ordres erhielten. Aber das kümmerte sie nicht; sie warfen ihre Bomben, wann und wo man es ihnen befahl, sie töteten, wann immer man ihnen zu töten befahl. Sie waren bewunderungswürdige Produkte des internationalen Terrorismus.

Diesmal aber ging es nicht um einen Mord, dachte der Italiener mit Bedauern, als der Bus ihn an der vereinbarten Stelle am Straßenrand absetzte. Dennoch sei es wichtig, hatte die Zelle gesagt: ein Anschlag auf die Wurzeln des internationalen Kapitalismus.

Die Elektrokabel, die die Bodenkontrolle Neapel versorgten, zogen sich in einer dunklen Rinne am Rand der Klippen abseits der Hauptstraße hin. Auch die Stromversorgung der Bodenkontrolle Athen war bewußt in der Nähe der Klippen verborgen worden, die aus der Ebene von Marathon zur Ägäis abfielen. Wieder verglich Bartolomeo die Zeit, seine Augen fixierten den kleinen Zeiger, der auf Null zulief.

Er brach den Deckel einer Abzweigdose auf und befestigte ei-

nen winzigen Zeitschalter an dem Metallgehäuse. Dann durchtrennte er ein paar Stromzuleitungen im Kabel und befestigte deren Enden an den Doppelenden des Zeitschalters. Die Uhrzeiger waren auf fünfunddreißig Minuten eingestellt. Hunderte von Meilen entfernt vollführte Christina Patakeminos getreu ihren Vorschriften die gleichen eingedrillten Handgriffe und lächelte in sich hinein bei der Vorstellung, daß südlich von Neapel Bartolomeo das gleiche tat. Sie drückten im Abstand von kaum einer halben Sekunde auf die Schalter ihrer Zeituhren.
Bartolomeo schraubte den Deckel seiner Abzweigdose wieder fest, kletterte vom Mast herunter und wanderte in die Nacht hinaus, eine Arie aus Verdis *Luisa Miller* vor sich hinpfeifend. Christina summte ein hübsches kleines Lied von Theodorakis und fuhr per Anhalter nach Athen zurück.

Jagger war überrascht, auf seinem Weg zum Cockpit der Air Force One Sabrina Carver zu begegnen. »Schwierigkeiten, Airman?« fragte er.
Sabrina schüttelte den Kopf. Ihre dunkle Haarmähne hob sich von den Schultern und fiel dann wieder zurück. »Reine Diplomatie«, erklärte sie. »Feisal, der arabische Junge, wissen Sie, wollte das Cockpit sehen. Colonel Fairman meinte, das gehe in Ordnung.«
Jagger nickte und schob sich an ihr vorbei, kaum daß er den Körperkontakt mit ihr wahrnahm, und fingerte am Gurt seines Pistolenhalfters herum. Sabrina zuckte die Achseln und murmelte: »Immer im Dienst, was, Mac? Sie sind wirklich ein Mensch von eiserner Pflichterfüllung.«
Jagger klopfte an die verschlossene Tür des Cockpits und wurde gleich hereingelassen. Im selben Moment rief der Fluglotse in Neapel: »Allmächtiger Gott!« weil das Radargerät ausgefallen war.
»He, was zum . . .«, rief der Funker.
»Ist wirklich alles futsch?« kreischte der Funküberwacher.

»Alles, wir, Athen und Air Force One inbegriffen«, gab der Fluglotse grimmig zurück. Er blinzelte ungläubig und schnaufte heftig.
»Den heißen Draht probiert?« fragte der Funküberwacher.
»Tot.«
»Scheiße.«
»Genau.«

General Morwood in der Funkzentrale des Pentagons drückte sich kaum gewählter aus, als er den Anruf aus Neapel erhielt.
»Ihr habt sie verloren?« Seine Augen wanderten zur Wandkarte, die, wenn sie auch kleiner als die der UNACO war, immer noch die winzige Spur der Boeing zeigte. »Aber wie *könnt* ihr sie verloren haben?« fragte er. »Wir haben sie noch immer auf Leitkurs des Trägheitsnavigationssystems.«
»Was ich sagen wollte«, rief der Mann vom Tower in Neapel eine Spur verzweifelt, »ist, daß unser Radar komplett ausgefallen ist. Soviel wir wissen, ist Air Force One noch vorhanden. Und wenn *Sie* es sagen, General, daß sie . . ., naja, dann genügt mir das.«
Morwood gab seinem engsten Vertrauten, einem dicken Oberst, einen Wink. »Unterrichten Sie Philpott bei der UNACO«, flüsterte er, die Hand vor dem Mundstück, »und dann hören Sie mir zu. Ich werde denen in Neapel und Athen die Köpfe abreißen.«

»Hallo, Mac«, sagte Latimer erfreut, als Jagger ins Cockpit kam, »langweilst du dich da unten?« Fairman grüßte, und Kowalski schenkte dem Sicherheitschef ein vages Grinsen. Feisals Augen weiteten sich angesichts der Instrumententafel.
»Naja«, gab Jagger zurück, »ich dachte, ihr Burschen könntet bißchen Abwechslung brauchen. He, Sonny«, sagte er gedehnt zu dem arabischen Jungen, »vielleicht gehst du lieber wieder auf deinen Platz zurück? Du kannst ja später noch mal hier vorbeischauen.«

Jagger sprach in leichtem und beiläufigem Ton, aber Latimer schaute dem Sicherheitsmann in die Augen und flüsterte: »Irgendwas nicht in Ordnung?« Jagger nickte. Feisal zögerte und wandte sich stumm dem Commander zu. Fairman klopfte ihm auf die Schulter und sagte: »Du hörst, was der Colonel gesagt hat. Also bis später.« Widerstrebend schob sich der Junge durch die Tür.

Fairman wartete, bis er die Tür geschlossen hatte und erkundigte sich dann: »Was, zum Teufel, ist schiefgegangen, Mac? Haben Sie Probleme, von denen wir nichts wissen?«

Jagger grinste verschlagen und schüttelte den Kopf. »Umgekehrt, Tom«, sagte er, »*ihr* seid es, *ihr* habt die Probleme.«

»Und die wären?«

»Hier«, sagte Jagger, zog seine Pistole und rammte sie dem Ersten Flugingenieur in den Nacken. »Keiner macht eine Bewegung«, befahl er.

Basil Swann gab stotternd die Nachricht weiter, daß die Funkzentrale Morwoods von einem Radarausfall in Neapel und Athen berichtet habe.

Philpott setzte sein Glas heftig auf den Tisch, erhob sich und ging, gefolgt von Sonja, zur Tür seines Büros. Er stolperte in die Funkzentrale und starrte auf den Wandschirm. Die grüne Schlange kroch noch immer langsam übers Mittelmeer hin.

»Ich wollte gerade hinzusetzen, Sir«, sagte Swann, »daß General Morwood der Meinung ist, Sie sollten sich keine Sorgen machen, da er die Spur der AF One immer noch hat und wir auch. Er meint, es könne sich lediglich um örtlich begrenzte Funkausfälle handeln.«

Erstaunt schaute Philpott ihn an. »*Zwei* örtlich begrenzte Ausfälle auf einmal? Neapel *und* Athen, beide zur gleichen Zeit, und das soll schierer Zufall sein? Nichts, um das man sich Sorgen machen müßte?« Sonja drückte seinen Arm.

»Wir lassen uns *nicht* aus der Ruhe bringen, Basil«, sagte sie, »aber besorgt sind wir schon.«

»Und verdammt mit Recht«, schnaubte Philpott. »Selbst wenn Morwood sich selbst davon überzeugen kann, daß irgendwas wie ein ungeheuerliches Gewitter zwei Radarschirme, die Hunderte von Kilometern voneinander entfernt stehen, zugleich lahmlegen kann, *mich* kann er davon nicht überzeugen.«

Swann schluckte mühsam und bat um Instruktionen. Philpott klopfte sich mit der blanken Faust in die Handfläche und runzelte angestrengt die Brauen.

»Es muß einfach Smith sein«, murmelte er, »und falls er es ist, muß er Helfer gehabt haben.«

»Sir?« fragte Swann.

»Merken Sie sich, Basil«, erwiderte Philpott und streckte einen Finger kerzengerade in die Luft, »ich möchte, daß das Kommando Neapel ein Geschwader mit Kampfflugzeugen zusammenstellt. Und veranlassen Sie das sofort, und ich meine SOFORT. Befehlen Sie denen da unten, sich auf Abruf bereit zu halten. Keinerlei Fragen, keine Argumente, ich will nur Action.«

Swann nickte: »Und wie lauten die Befehle für die Einheit?«

»Keine direkten Befehle. Lassen Sie sie auf Abruf bereitstehen. Sofortige Bereitschaft. Benutzen Sie mein rotes Telefon, das sollte die da unten überzeugen, daß ich es ernst meine.« Er fluchte und sank in seinen Fernsehsessel.

Basil Swann blinzelte hinter den Gläsern seiner Hornbrille und ging mit kleinen, gestochenen Schritten hinüber zum Bedienungspult des UNACO-Computers . . .

Fairman hatte sich eisern unter Kontrolle, und das vertrieb auch bei der Besatzung von Air Force One jeden Gedanken an Panik. »Wenn das ein Witz sein soll, Colonel«, sagte er bedächtig zu Jagger, »dann werden Sie mir dafür gradestehen.«

»Kein Witz, Colonel«, erwiderte Cody. »Ein Überfall.«

Fairman musterte ihn gründlich, aber weder in den Augen noch auf den Lippen des Mannes zeigte sich auch nur ein

Schimmer von Humor. Es gab nichts als den häßlichen Lauf der Pistole, die sich in den rasierten Nacken des Ingenieurs bohrte. »Man hat Sie . . . *Sie* sind *gekauft* worden?« fragte er sanft und ungläubig.

»So ungefähr«, zischte Jagger durch die Zähne. »Aber lassen Sie sich dadurch nicht beunruhigen. Merken Sie sich nur, daß ich ein qualifizierter und erfahrener Pilot bin; daß ich jedes Alarmsystem und jeden Knopf in der Maschine kenne, und daß ich, falls Sie nach einem langen sollten, Chucks Kopf wegpuste. Und noch etwas: abgeplattete Kugeln, kleines Kaliber, Dum-Dum-Varianten. Wenn die aus der Nähe abgefeuert werden, passiert dem Flugzeug überhaupt nichts, der Druck wird nicht fallen. Keinerlei Schäden rundum, bloß bei Chuck. Der wird tot sein. Sie sind der nächste, Tom. Benehmen Sie sich also.«

Dann vernahm die erstaunte Crew aus Latimers Kopfhörer eine weitere Stimme: »Kontrolle Neapel ruft Air Force One! Geben Sie Ihre Position durch! Geben Sie Ihre Position durch! Erbitten Antwort.«

»Nein«, befahl Jagger, langte mit der Hand nach vorn und riß den Kopfhörer runter. »Sie werden nicht antworten. Alle Mann die Geräte ausstöpseln.« Stumm und regungslos saßen sie da. Jagger drückte dem Ingenieur den Lauf seiner Pistole noch fester ins Fleisch und sagte ruhig: »Stöpsel raus, Herrschaften. Spielt nicht die Helden.«

Tom Fairman schaute unverwandten Blicks in Jaggers kalte, harte Augen. Der Commander beugte sich vor und riß den Stöpsel seines Kopfhörers aus dem Bedienungsfeld. Betäubt folgten die anderen seinem Beispiel . . .

Obgleich Fairman anfangs seinen Flugplan, der ihm vorschrieb, alle irgendwie kritischen Lufträume zu meiden, verflucht hatte, war ihm schließlich doch gestattet worden, den üblichen »Großen Kreis« zu fliegen, nämlich die Route vom Persischen Golf hoch zur Schweiz. Das bedeutete, über Saudi-Arabien hinweg nach Ägypten und dann von Afrika aus zum

Mittelmeer zu fliegen, dann Sizilien links und die italienische Küste rechts liegenzulassen und über Genua die Alpen zu erreichen. Dabei hätte er bei einer Flugzeit von etwa fünf Stunden 2660 Meilen zurücklegen müssen, weniger als die Hälfte der maximalen Flugstrecke.

Air Force One war zu dem Zeitpunkt, als Jagger ins Cockpit eindrang und Fairman dem jungen Feisal gerade den verschwommenen Fleck zeigte, der Kreta sein mußte, während die griechische Küste noch in der Ferne lag, drei Stunden und fünfundvierzig Minuten in der Luft und hatte 1950 Meilen zurückgelegt.

Mister Smiths Luftfrachter, der dem Flugzeug des Präsidenten aufs Haar glich, hatte inzwischen von dem verlassenen Behelfsflugplatz im Küstengürtel Jugoslawiens abgehoben. Sein Ziel – das Zusammentreffen mit der wirklichen Air Force One – lag fünfhundert Meilen weiter südwärts auf 37 Grad geographischer Breite und 19 Grad 15 Minuten östlicher Breite am unteren Rand des Ionischen Meeres. Allmählich kamen die zwei großen Flugzeuge einander näher . . .

Kowalski, der Navigator von Air Force One, studierte den von Jagger befohlenen neuen Kurs, ein amüsiertes Lächeln auf den Lippen. »Ich sehe es«, murmelte er, »aber ich glaube es nicht. Wo um alle Welt sollen wir hinfliegen? Und warum, um Gottes willen, sollen wir in schätzungsweise knapp zehn Minuten von 28000 Fuß Höhe auf 250 Fuß runtergehen? Das wird hinten allerhand Aufregung geben.«

Jagger beugte sich vor und richtete seine Kanone auf einen Punkt zwischen Kowalskis Augen. »Je schneller Sie die Sache in Angriff nehmen«, flüsterte er, »desto schneller werden Sie aus dieser unangenehmen Lage wieder herauskommen.«

Er richtete sich wieder auf. Latimer stieß eine Obszönität zwischen den Zähnen hervor und fingerte mürrisch an der Steuerung herum, genau im selben Moment, als die Besatzung der falschen Boeing – ein Pilot und ein Kopilot, beide Berufsflie-

ger aus Mozambique – auf eine Flughöhe von 2900 Fuß ging . . .
»Wiederholen Sie den neuen Kurs«, befahl Jagger, und Latimer setzte an: »Wir steuern einen Kurs von 350 Grad an und gehen auf 250 Fuß runter. Alsdann Aufschlag mitten auf der Straße von Otranto, ganz wie gewünscht, Sir.«
Jagger ignorierte die sarkastische Bemerkung und wandte seine Aufmerksamkeit wieder den Stromunterbrechern zu, die den Funkverkehr und die Navigationshilfen des Flugzeuges steuerten. »Alle rausnehmen«, bellte er den Flugingenieur an, der seinerseits hilfesuchend Fairman anschaute.
Der Commander verzog die Lippen und seufzte. »Er hat die Kanone, tun Sie, was er sagt.«
Jagger beglückwünschte ihn zu seiner Vernunft. Fairman schaute den Mann, den er für seinen Freund McCafferty hielt, drohend an. »Ich hoffe zu Gott, Sie wissen, was Sie tun, Mister«, sagte er, »denn wenn Sie hier alles ausfallen lassen, dann sind wir am Ende so gut ausgestattet wie die Brüder Wright bei ihrem ersten Flug, und die flogen nicht bei Dunkelheit übers Wasser. Genausogut könnten Sie mir befehlen, diesen Vogel hier gleich ins Meer stürzen zu lassen.«
Jagger richtete den Lauf seiner Pistole auf Fairman, aber der Commander zuckte nicht mit der Wimper. »Ich meine es ernst, Mac . . .«, setzte er hinzu. »*Sie* kennen sich doch aus. Ihnen muß ich doch nicht erklären, was los ist. Schließlich sind Sie selbst Pilot. Wir brauchen unsere Meßinstrumente. Lassen Sie uns nicht blind fliegen, sonst schaffen wir es nicht.
»Sie brauchen also . . . was?« fragte Jagger nun verunsichert. Die flüchtige Einführung in die Grundbegriffe des Fliegens vor seinem Einsatz hatte ihn keineswegs auf dies hier vorbereitet. Smiths Befehl hatte gelautet, McCafferty aus dem Verkehr zu ziehen und es nicht etwa mit dessen Kenntnissen aufzunehmen, die McCafferty sich in lebenslanger Praxis angeeignet hatte.
»Sie wissen verdammt gut, was ich brauche«, explodierte Fair-

man. Ich brauche die Funkhöhenmesser, den Wetterradar und das Flugsystem. Damit würden wir so einigermaßen, und ich meine einigermaßen, dahin kommen, wo Sie uns haben wollen, wenn auch die Landung wieder was anderes ist – was ganz anderes, das verspreche ich Ihnen. Die Funkverbindungen können Sie uns vorenthalten, okay, aber lassen Sie mir die Meßinstrumente.«

Jagger starrte von einem Gesicht zum anderen, als könne er dort eine Bestätigung für Fairmans Worte finden. Alle standen im Bann der hin und her fuchtelnden Pistole. Der Flugingenieur zögerte einen Augenblick, bevor er die Stromunterbrecher, die jede Verbindung des Liners mit der Außenwelt – oder doch zumindest die meisten – ausschalten würden, betätigte. Schließlich legte er die Hebel um – und beging dann den Fehler, seine Augen nervös zu einer Metallbox flattern zu lassen, die am Schott befestigt war.

»Was ist da drin«, brüllte Jagger, der dem Blick des Mannes gefolgt war. »Noch einige Stromunterbrecher«, erwiderte der Ingenieur in einem Ton, der etwas zu beiläufig war, um glaubhaft zu sein.

»Aufmachen«, kommandierte Jagger, und der Ingenieur wühlte in seinen Taschen, um einen Schraubenzieher zu suchen. »Sie können ihre Meßinstrumente haben, Colonel«, sagte Cody und wandte sich Fairman zu, »aber bringen Sie dieses Flugzeug auf Meereshöhe runter.«

Fairman befahl Latimer, das »fasten seat belts«-Zeichen einzuschalten und steuerte dann den neuen Kurs. Latimer bestätigte, daß er die vorgeschriebenen Kontrollen für den Sinkflug durchgeführt habe, und das Flugsystem brachte die Boeing in einer langsamen Rechtsdrehung auf den von Jagger bestimmten Kurs.

Cody behielt Latimer im Auge, bis seine Aufmerksamkeit von einer Schraube abgelenkt wurde, die sich vom Deckel der geheimnisvollen Box am Schott gelöst hatte. Der Ingenieur entfernte die Platte, und einige weitere Stromunterbrecher wur-

den sichtbar. Der Entführer machte eine Bewegung mit seinem Revolver. »Die auch«, sagte er, »reißen Sie sie raus.«
Der Flugingenieur schaute hilflos in Fairmans Richtung, aber Jagger hielt ihm die Pistole dicht vors Gesicht und sagte: »Sofort!«
Der Ingenieur folgte und reichte mit zitternder Hand hinauf. Das grüne Licht an Philpotts Wandtafel erlosch.

Philpott rieb sich die Augen. Er wandte sich Sonja zu, die nur sagte: »Mein Gott, sie ist verschwunden.«
Die grüne Schlange stand immer noch auf Philpotts Netzhaut. Er schloß die Augen, und über seiner Nasenwurzel zeigten sich Falten. »Es hat abgedreht«, sagte er langsam. »Unmittelbar bevor die Spur verschwand, hat das Flugzeug wahrhaftig abgedreht.« Er öffnete die Augenlider und starrte die Wandkarte an, als wolle er, daß die grüne Spur zurückkehre. »Es hat um etwa . . . fünfundfünzig Grad abgedreht.«
Swanns Stimme, schwach, aber seltsam tröstlich, kam vom Computerpult her. »Das kann ich bestätigen, Sir«, sagte er, »es schien seinen Kurs zu ändern, und zwar in Richtung Adria und nicht zum Mittelmeer oder zum Tyrrhenischen Meer hin.«
»Aber warum bloß?« murmelte Philpott. »Und warum haben wir die Spur verloren – oder handelt es sich hier um einen weiteren örtlich begrenzten Ausfall?«
Das Telefon läutete, und Sonja, die dem Hörer am nächsten war, riß ihn von der Gabel. Sie meldete sich und lauschte stumm. Dann sagte sie zu Philpott: »Es ist General Morwood, Malcolm. Sie haben die Spur ebenfalls verloren.«
Philpott sprang auf die Füße. »Sag ihm, daß ich mich in Kürze wieder melden werde«, sagte er brüsk. »Basil, diese Kampfflugzeuge. Ich möchte, daß sie aufsteigen, und zwar so schnell wie möglich, und sich auf die Spur von Air Force One setzen.«
Swann beugte seinen Kopf über das Pult und setzte seine Finger in Bewegung. Dann schrie Sonja: »Warten Sie.«

Philpott drehte sich um. Sie hatte die Hand erhoben und hörte gebannt Morwoods Funkzentrale zu. Dann bedeckte sie die Hörmuschel mit der Hand und sagte schnell: »Morwood sagt, die Radarstation Gibraltar behaupte, Air Force One noch auf dem Radarschirm zu haben. Sie hätten die Maschine in ihrem Grenzgebiet wieder erwischt, und sie sind sicher, sie richtig identifiziert zu haben. Es gäbe sonst keinerlei vergleichbaren Flugverkehr.«
Der UNACO-Direktor fluchte zwischen zwei Atemzügen und sagte rasch: »Basil, tun Sie, was ich gesagt habe. Bringen Sie die Kampfflugzeuge in die Luft. Was kümmert's mich, was das Pentagon sagt oder Radar Gibraltar. Da draußen ist irgendwas nicht in Ordnung, und das ist kein Zufall. Es ist Smith: Ich weiß, daß es Smith ist.«
Sonja winkte ihm zu und deutete auf das Telefon. »General Morwood«, flüsterte sie und übergab ihm den Hörer.
»Was zum Teufel ist da los, Philpott?« schrie Morwood. »Zuerst verlieren wir die Spur, und dann sagt Gibraltar, sie hätten sie wieder, alles bestens. Was bedeutet das um Gottes willen?«
»Es bedeutet, daß ich eine Eagle-Kette vom Kommando Neapel requiriert habe«, sagte Philpott knapp. »Es bedeutet, daß ich überzeugt bin, daß irgendwas mit dem Flugzeug des Präsidenten schiefgegangen ist, und daß ich da keinerlei Risiko eingehe.«
»Sie haben *was* getan?« brüllte der General.
»Sie haben es gehört.«
In der Funkzentrale des Pentagon trat Stille ein. Dann war Morwood zu vernehmen: »Richtig gedacht, Malcolm. Ich selbst hätte auch so gehandelt. Halten Sie mich auf dem laufenden. Ich rufe Sie an, wenn sich bei uns hier etwas tut.«
»Es gibt natürlich etwas, das Sie tun können, George«, fuhr Philpott unbekümmert fort. »Lassen Sie Air Force One durch Andrews aufspüren und veranlassen Sie die, herauszufinden, ob an Bord alles okay ist. Sagen Sie denen, wir wollen eine

hundertprozentige Bestätigung, daß dort alles absolut normal verläuft.«

Morwood brummte etwas und schnarrte seiner Ordonnanz einen Befehl zu. Die falsche Air Force One hatte, als der Luftstützpunkt Andrews sie ortete, schon längst ihren steilen Aufstieg beendet und lieferte Radar Gibraltar die leidliche Kopie eines Kursfluges. Sie hatte ihre Geschwindigkeit auf etwa hundertfünfzig Meilen die Stunde gedrosselt und verlor auch ständig an Höhe.

»Was ist denn bei euch los?« fragte Andrews. »Neapel und Athen behaupten, sie hätten euch verloren, und Ihr könntet euch nur noch durch Lichtsignale verständigen. Der Leitkurs ist auch futsch. Seid ihr auf Empfang?«

»Ich schätze, das System funktioniert an beiden Enden nicht mehr«, erwiderte der Skipper in einer mehr als treffenden Imitation von Latimers schleppendem Tonfall, der durch ein undefinierbares metallisches Krächzen der Übermittlungsvorrichtung gedämpft wurde.

»Bist du es, Pat?« fragte Andrews.

»Wer sonst?«

»Ist Tom da?« drängte Andrews.

»Hier Fairman«, antwortete der Kopilot. »Worum geht's denn hier eigentlich? Wir fliegen genau nach Vorschrift und sind auf dem direkten Weg nach Genf. McCafferty schickt liebe Grüße. Der hat sich für heute nacht was Besonderes organisiert, denke ich.«

Andrews probierte vorsichtig an den anderen Schaltern, gab sich aber schließlich zufrieden. Sie leiteten die gute Nachricht an Morwood weiter, und Morwood informierte Philpott, daß die Eagle-Kette inzwischen in der Luft sei, unwiderruflich . . . selbst wenn Philpott die Absicht haben sollte, sie zur Bodenstation zurückzurufen, was nicht der Fall war.

Der Skipper der »Zwillings«-Boeing überprüfte seinen genau kalkulierten Zeitplan und wies seinen Kopiloten darauf hin, daß es Zeit sei auszusteigen. Sie schnallten sich die Fallschirme

um und begaben sich zum Notausstieg. Das Flugzeug war auf automatische Steuerung geschaltet, und die beiden Männer würden bei der gedrosselten Geschwindigkeit und der geringen Höhe ohne weiteres dem Sog des Frachters entkommen.
Der Skipper blieb auf Empfang. Er wartete darauf, daß ein besonderes Funksignal den verschwommenen Tonsalat durchdringe. Es wurde von einem Schiff zwei Meilen weiter unten im Mittelmeer übermittelt. Er signalisierte es seinem Kollegen mit einem »Victory«-Zeichen und ging dann ebenfalls zur Ausstiegsluke.
Dann griff er mit der Hand nach oben, riß die Spitze einer Plastikbox ab, die mit dem Notausstiegszeichen verbunden war, und drückte auf einen Schalter.
Das Flugzeug wurde in die Dunkelheit gestoßen, und die beiden Männer sprangen hinaus in die wirbelnde Brise.
In der Kabine der wirklichen Air Force One sah Sabrina das Zeichen *»fasten seat belts«* aufleuchten und spürte, wie das Passagierflugzeug sank, als es nach Steuerbord drehte. »Gentlemen«, sagte sie, hüstelte dann probeweise und setzte erneut an, diesmal etwas lauter. Köpfe wandten sich um, und fragende Blicke hefteten sich auf sie.
Sabrina wies auf das Zeichen und sagte: »Der Flugkapitän bittet Sie, die Sitzgurte anzulegen.«
Hemmingsway schaute auf die elektrische Borduhr und wies darauf hin, daß sie immer noch fast tausend Meilen vom Bestimmungsort entfernt seien.
»Vermutlich eine kleine Turbulenz?« sagte der libysche Scheich Dorani fragend. »So etwas Ähnliches«, erwiderte Sabrina.
»Wir scheinen runterzugehen«, meinte Scheich Zayed Marouk Zeidan. »Das tun wir«, bekräftigte sein Enkel Feisal, »und zwar zirka fünfzig Fuß pro Sekunde.« Diese Neuigkeit, in präzisem und schneidigem Oxford-Englisch aus dem Mund eines zwölfjährigen Jungen, schien so absurd, daß Hemmingsway zu kichern anfing.

Er verstummte, als sich Scheich Arbeid, der Iraker, dem die Fähigkeit zum Small talk abging, zum erstenmal an alle wandte: »Der Junge hat recht. Wir sinken.«
Wieder wandten sich alle Blicke Sabrina zu. Sie errötete und sagte schnell: »Ich werde . . . äh . . . ich werde versuchen herauszufinden, was los ist. Zweifellos sind wir gerade in eine Schlechtwetterfront oder so etwas geraten.«
»Zweifellos«, kommentierte Zeidan überlegen.
»Unwahrscheinlich, trotzdem«, wagte Feisal zu sagen.
»Warum?« fragte Hemmingsway neugierig und verfluchte sich selbst, weil er einen Burschen, der jünger als seine eigenen Kinder war, um seine Meinung zu aeronautischen Fragen gebeten hatte, einen Jungen, dessen Wissen, soweit es über Sex und Popmusik hinausging, sich mit Sicherheit auf der Rückseite einer kleinen Briefmarke unterbringen ließ.
»Wir hätten nicht so tief runtergehen müssen«, erwiderte Feisal, »und wir scheinen auch nicht in eine Turbulenz oder in ein Luftloch geraten zu sein. Wir sinken einfach.«
Hemmingsway riß sich zusammen. »Ich bitte Sie«, sagte er, »ich bin hier in Abwesenheit des Präsidenten der Vereinigten Staaten Ihr Gastgeber an Bord des Flugzeuges, und da ich überzeugt bin, daß die Meinung unseres Freundes hier zunehmend an Interesse gewinnt, sehe ich keinen Grund, daß man uns nicht *sagen* sollte, was vor sich geht, anstatt uns *raten* zu lassen. Flieger«, sagte er zu Sabrina, »wir werden die Anweisungen des Commanders befolgen und unsere Sicherheitsgurte anbehalten. Und *Sie* werden jetzt jemanden vom Flugpersonal zu uns schicken, der uns eine Erklärung gibt, und zwar *sofort*.«
Sabrina wollte schon die Anweisung befolgen, als die Boeing plötzlich heftig ins Schlingern geriet. Scheich Dorani faßte nach den Griffen an seinem Sitz. Doktor Ibrahim Hamady aus Saudi-Arabien beugte sich vor, um eine Tasse zu retten, die vom Tablett rutschte, und Sabrina vernahm vom Heck des Flugzeugs her ein Geräusch, das sie genau indentifizieren

konnte. Es stammte von den Kesseln und Töpfen, die auf den Boden knallten. Scheich Zeidans imposantes Gesicht zeigte erschrockene Besorgnis, als ein keuchender Laut vom Sitz nebenan zu ihm drang. Er beugte sich über den Jungen, der nach Luft rang.

Der Bahrainer wandte sich Sabrina zu und schnippte gebieterisch mit den Fingern. »Seine Medikamente, schnell, junge Dame«, verlangte er.

Als sie sich zur Bordküche aufmachte, wo sie die Spritzen und die Insulinampullen zurückgelassen hatte, mußte Sabrina gegen die Neigung des Flugzeuges ankämpfen.

Sie traf niemanden, was sie aus einem unerklärlichen Grund mehr beunruhigte, als es sollte. Sie erreichte die Galley, stieß die Tür auf, und ihr erstaunter Blick fiel auf die Körper von Pete Wynanski und Flieger Jeanie Fenstermaker . . .

Die beiden Leitmaschinen der Eagle-Kette flogen rechts und links neben dem dunklen und drohenden Umriß der Boeing her. Der Flugzeugführer der Eagle rief das Flugzeug, die einzige Antwort aber, die er erhielt, war ein undurchdringliches atmosphärisches Rauschen.

»Nicht ein einziges Licht«, berichtete der Pilot des zweiten Kampfflugzeuges. »Ist auf deiner Seite was zu sehen?«

»Nichts«, erwiderte der Flugzeugführer. »Fall etwas zurück, ja? Versuch so nah wie möglich ranzukommen. Schau, ob du irgendwas ausmachen kannst . . . irgendwas. Eine Bewegung, ein aufflackerndes Streichholz. Irgendeine gottverdammte Einzelheit, um mich, die Bodenstation Neapel und die UNACO zu überzeugen, daß da nicht bloß ein Gespenst herumfliegt, wie es mir vorkommt. Ich kann so einen Bericht nicht abliefern, ohne einen Freifahrschein zur Idiotenfarm zu kriegen.«

Das zweite Flugzeug scherte aus, tauchte hinter der Boeing wieder auf und richtete seine Geschwindigkeit nach dem riesigen grauen Schatten aus. Der Pilot überprüfte, soweit ihm das

möglich war, jeden Zoll der Linienmaschine, kontrollierte die äußeren Kennzeichen und untersuchte jedes der Fenster am Rumpf, wenn das Mondlicht sie aufglänzen ließ. Er beschleunigte und spähte in das verdunkelte, leere Cockpit hinein.
Der Pilot fiel wieder ab und nahm Kurs parallel zu seinem Kollegen. »Nichts«, bestätigte er, rundum 'ne dicke fette Null. Nicht ein einziges Lebenszeichen. Irgend etwas Gottverfluchtes, Unvorstellbares muß passiert sein. Sie ist einfach verlassen worden . . . Mannschaft, Passagiere, alle . . .«
»Unmöglich«, erwiderte sein Flugzeugführer, und dann, drastischer: »Quatsch. Das da drüben ist Air Force One, Baby, nicht irgendein Wilder Reiter – und auch nicht die *Marie Céleste.* Die Besatzung von AF One schmeißt nicht einfach die Passagiere über Bord und springt aus einer Maschine, die in jeder Hinsicht absolut normal fliegt. Bist du sicher, daß du nicht irgendwas übersehen hast? Könnte dir ja unwichtig vorgekommen sein, uns aber den Schlüssel liefern, nach dem wir suchen.«
Stille, abgesehen vom atmosphärischen Knistern. Dann kam, zögernd und verwirrt, die Stimme des zweiten Piloten wieder. »Da war was . . . yeah . . . ich weiß nicht, irgendwas stimmt da nicht. Aber vielleicht seh' ich Gespenster – oder auch nicht.«
»Was war's denn?« drängte der Flugzeugführer der Eagle. »So sag' doch schon, um Himmels willen.« »Nun, es war die . . .«
Der Himmel wurde von einem blendenden Blitz erhellt, einem grellen orangefarbenen, dann blutigroten Licht, das in ein wütendes Gelb überging. Die Schockwelle hatte die beiden Kampfflieger noch kaum erreicht, als ihnen schon der ungeheure Knall der Explosion in die Ohren peitschte. Die beiden kleinen Flugzeuge bäumten sich auf, schossen durch die dünne Wolkenschicht und donnerten dann nach rechts und links davon, wobei jedes enge Kreise zog, um dann beizudrehen und im Sturzflug auf das Wrack der Boeing zuzufliegen, das vom Nachthimmel herunterfiel.

Der brennende, zigarrenförmige Rumpf der Boeing, dem die Kampfflugzeuge nachjagten, strahlte hell, bis er im Meer versank. Der Commander der Eagle gab seinen von Panik gezeichneten Bericht zur Bodenstation Neapel durch, wo man ihn in sprachlosem Entsetzen anhörte.
»Abgeschossen?« fragte Neapel.
»Nein!« brüllte der Flugzeugführer der Eagle, *»nicht* abgeschossen. Sie ist einfach – explodiert. *Keine* Rakete. Es muß eine Bombe gewesen sein. Eine Bombe . . . in einem leeren Flugzeug.«
»Leer?« fragte Neapel.
»Ganz sicher. Leer, und absolut dunkel.«
»Und es *war* Air Force One?« insistierte Neapel.
»Bestimmt.«
»Nein.«
In Neapel herrschte Stille, dann sagte die Roboterstimme: »Wer ist das eben gewesen?«
»Eagle Two«, bestätigte der Pilot des zweiten Kampfflugzeuges.
»Und Sie sagen . . .«, der Fluglotse ließ die Frage in der Luft hängen.
»Ich sage, daß ich nicht annehme, daß es Air Force One war«, fiel der Flieger ein.
Diesmal weigerte Neapel sich, die Stille zu unterbrechen, und der USAF-Pilot sagte: »Zuerst mal einige Informationen. Was für eine Sorte von Haupteinstiegsluke, Sie verstehen schon, von wirklichem Zugang, hatte Air Force One?«
»Was für eine Sorte von Hauptzugang«, gab Neapel verblüfft zurück. »Einen normalen, soweit ich weiß.«
»Maße, sagen wir vier Fuß?«
Gespannte, fast atemlose Stille herrschte jetzt in Neapel. Dann wieder der Fluglotse. »Wir haben die genauen Maße der Boeing vor uns liegen. Sie hat eine Einstiegsluke mit normalen Ausmaßen, berechnet für Passagiere von Durchschnittsgröße und -gewicht. Warum fragen Sie, Eagle Two?«

»Weil *dieser* Vogel sie *nicht* hatte«, krähte der Pilot des Kampfflugzeuges triumphierend. »Ich habe sie in der Luft auf gleicher Höhe taxiert und dann wieder auf dem Weg nach unten. Die Luke von *dieser* Air Force One war mindestens sieben Fuß breit.«

»Dann war es . . .«, begann der Flugzeugführer der Eagle.

»Dann konnte es nicht . . .«, fiel Bodenstation Neapel ein.

»Nein«, erwiderte Eagle Two, »es war weder ein BC-137C-Stratoliner noch irgendeine andere Boeing-707-320B. Ich vermute, daß man irgendeine alte Frachtmaschine aufgetakelt hat, damit sie wie Air Force One ausschaute.«

»Genau das vermute ich auch«, murmelte Malcolm Philpott, den man per Dreierschaltung eingeblendet hatte. »Und ich weiß sogar, wer dahintersteckt.«

Sonja Kolschinsky stürzte ins Büro, Anspannung und Besorgnis standen ihr im Gesicht geschrieben. »Ist es wahr?« fragte sie. »General Morwood sagt, Air Force One ist abgeschossen oder bombardiert worden. Ist das wahr?«

Philpott drehte sich in seinem Stuhl um und lachte zu ihr auf: »O ja, es ist wahr, mein Schätzchen. Aber sag General Morwood, er soll sich keine Sorgen machen: Wir haben noch eine.«

IX

Über den Resten eines Betonbunkers genau rechts vom Rollfeld, das dort plötzlich in eine tiefe Erdspalte überging, zeichneten sich gegen den dunklen Nachthimmel die verfallenen Überreste von Kriegsruinen ab. Man hatte, um die äußerste Grenze der benutzbaren Rollbahn zu markieren, Erdwälle aufgeschichtet, die dem Anprall eines landenden Düsenflugzeuges freilich beängstigend wenig Widerstand entgegensetzen würden.

Links und rechts entlang des Rollfeldes standen laut zischende Paraffinlampen, deren flackernde Lichter vom Wind hin und her getrieben wurden. Eine ganze Batterie davon markierte das Ende des Rollfeldes. Ganz ohne Zweifel war Mister Smiths Behelfsflugplatz in Kosgo nicht dazu bestimmt, eine Boeing 707 aufzunehmen.
Smith lehnte entspannt an einem kleinen Betonmäuerchen und dirigierte von dort aus die Aufstellung des gut vierzig Mann starken Empfangskomitees – alle in groben Kampfanzügen, alle schwer bewaffnet.
»Warum sind wir hier?« fragte das Mädchen. Ihr zartes Gesicht schaute unter der Kapuze eines Zobelpelzes hervor, die Hände steckten im dazu passenden Muff und die Füße in zobelverzierten Stiefeln.
»Wir warten«, erwiderte Mister Smith auf serbokroatisch.
»Worauf?«
Smith hob einen Finger zu den Lippen und sagte: »Pst, Kleines.« Sie folgte seinem Blick, der sich zum Himmel hob.
Kaum hörbar in der Seebrise durchschnitt das kehlige Röhren eines Düsenmotors die dicken, niedrig schwebenden Wolken.
Smith ließ seine Finger über die Lippen des Mädchens gleiten, das jede Fingerspitze einzeln küßte.

»Wie lang«, krächzte Fairman.
»Höchstens tausendfünfhundert Meter«, bestätigte Jagger.
»Höchstens?«
»Naja, die Bahn wurde für Düsenflugzeuge gebaut, aber nicht für große.«
»Es ist unmöglich«, protestierte Fairman.
Jagger schüttelte den Kopf. »Gute, altmodische Fliegerei, Tom. Sie müssen nur an die Erdspalte am Ende der Rollbahn denken.«
»Erdspalte?«
»Ja, die Rollbahn endet irgendwo im Nichts. Sie fällt ziemlich tief ab.«

»Gott im Himmel!«

Jagger lächelte und sagte: »Vielleicht hilft ja Beten?«

Kowalski machte darauf aufmerksam, daß an Backbord eine Insel auftauchte.

»Gut, aber sagen Sie das nicht uns«, bemerkte Latimer. »Sie sind der Navigator. Was ist es?«

Wenn sie ihren Kurs eingehalten hätten, erklärte Kowalski, müßte es sich um die Insel Vis handeln. »Noch andere Inseln zu sehen?« fragte er.

»Wo?«

»Steuerbord.«

Latimer versuchte, mit den Augen die Schwärze zu durchdringen und machte zwei Schatten rechter Hand aus. Er gab dem Navigator die Neuigkeit weiter. »Angelangt«, sagte Kowalski, »bei der ersten Insel handelt es sich um Hvar, die zweite ist Brac. Wir sind dicht vor der Landung.«

»Na sowas, danke«, sagte Fairman.

Der Commander erbat von Jagger weitere Einzelheiten über den Behelfsflugplatz. Die Rollbahn, informierte ihn der Doppelgänger, sei durch Paraffinlampen markiert. Fairman sackte das Kinn herunter. »Sagten Sie Paraffinlampen?«

»Natürlich, sie sind ausgezeichnet im Nebel.«

»Es ist nicht neblig«, betonte Latimer.

»Verlassen Sie sich drauf«, erwiderte Jagger, »die haben komisches Wetter hier unten.«

Fairman seufzte und sagte: »Weiter.«

Jagger grinste und versicherte dem Commander, daß sie die schlimmsten der schlimmen Neuigkeiten jetzt hinter sich hätten. »Das war die negative Seite der Angelegenheit«, setzte er hinzu. »Im übrigen sind die aber ziemlich gut ausgestattet. Sie haben ein Antwortgerät, das auf eurer Radarfrequenz operiert, so daß ihr haarscharf eure Position bestimmen könnt. Außerdem haben sie UKW-Drehfunkfeuer, batteriebetrieben natürlich, ihr könnt euch also auch genau über die Bodenbedingungen informieren.«

»Dann sprechen sie vielleicht auch Englisch?« fragte Fairman säuerlich, »nicht etwa Altsumerisch oder in Grunzlauten aus der Steinzeit?«
»Einer von ihnen spricht bestimmt alle drei Sprachen.«
Latimer fragte, ob das Flugzeug, da sie ja nun fast an Ort und Stelle wären, seinen UKW-Funk wiederhaben dürfe, damit sie die genaue Frequenz einschalten könnten. »Natürlich, Pat«, erwiderte Jagger, »du kannst den Funk haben, aber ich werde ihn abstimmen. Je weniger du weißt, desto besser.«
Jagger stülpte sich den Kopfhörer über, stellte mit seiner freien Hand Frequenz 118.1 ein und hatte die Verbindung mit der Bodenstation Kosgo. Den Übermittler übergab er Fairman. Der Commander vernahm eine präzise und kultivierte englische Stimme, die alle Einzelheiten herunterbetete, die er wissen mußte: Ausrichtung des Rollfeldes, atmosphärischer Druck auf Höhe des Flughafens, Windgeschwindigkeit und Windrichtung.
»Rufen Sie zurück«, setzte Smith hinzu, »wenn das Sendesignal auf Ihrem Bildschirm erscheint, der die genaue Position des Flugplatzes anzeigt.« Fairman knurrte irgend etwas und gab Jagger die Kopfhörer zurück, der daraufhin abschaltete.
»Na, zufrieden jetzt«, sagte der Doppelgänger.
Fairman ignorierte ihn und sagte zu Latimer: »Wir werden die Maschine niedrig und langsam runterziehen. Wenn das Echozeichen kommt, übernehme ich die Steuerung und versuche es mit 110 Knoten, dann werden wir einkurven und auf ›manuell‹ zurückschalten, falls wir, wie ich hoffe, die Positionslichter ausmachen können.«
Die Boeing flog weitere zwanzig Meilen auf einer Flughöhe von 250 Fuß, und zwar, zu Kowalskis ungeheurer Befriedigung, bolzengerade, wie der grüne Punkt auf dem Wetterradar bewies.
»Sagen Sie Ihren Freunden, daß wir auf Sichtweite heran sind«, instruierte Fairman Jagger und behandelte ihn unbewußt wie einen von der Air Force One-Besatzung – was er ja

in Fairmans Augen auch wirklich war, wenn auch nicht im Hinblick aufs Cockpit. Als Jagger die Nachricht weitergegeben hatte, fügte Fairman, ohne sich nach dem Doppelgänger umzudrehen, noch hinzu: »Falls Sie noch wissen, was Sie tun, dann schaffen Sie sich für die nächsten zehn, fünfzehn Minuten aus dem Weg.«

Jagger hielt sich hinten an Fairmans Sessel fest, als die Maschine sich aufbäumte, und führte dann den Lauf seiner Kanone so dicht an den Nacken des Commanders heran, daß sich dessen kurze Nackenhaare sträubten, obwohl das Metall ihn gar nicht berührte. »Hören Sie zu, Tom«, säuselte Jagger, »wenn Sie dieses Flugzeug nicht zu Boden bringen, dann werde ich es tun.«

»Das«, sagte Latimer, »würde ich gern sehen.«

»Aber Sie würden es nicht erleben, Pat«, erwiderte Jagger sanft, »da liegt der Hase im Pfeffer. Ihr würdet alle tot sein.«

Stille senkte sich über die Crew, und man konzentrierte sich fast zu verbissen auf das, was zu tun war. Jagger hatte ihnen seine Botschaft eingebleut, und nicht einer von ihnen bezweifelte, daß er meinte, was er sagte.

Sabrina schloß die Galleytür und legte den Sicherheitsverschluß vor. Zumindest lebten Wynanski und Jeanie noch, wenn sie auch vermutlich nicht so bald wieder zu sich kommen würden. Aber wer hatte es getan? Und warum? Und was konnte sie jetzt machen?

Sie kämpfte sich, nach jedem Halt greifend, an den Wänden entlang zur Kabine zurück, den Erste-Hilfe-Kasten aus Leder in der Hand. Dr. Hamady, der seinen Sicherheitsgurt gelöst hatte und sich besorgt über den behinderten Zeidan und seinen Enkel beugte, erhob sich, als sie die Balance verlor und gegen den Tisch knallte, um ihr zu helfen. Dann verharrten sie wie festgenagelt in ihrer gebeugten Haltung, bis Hamady merkte, daß das Flugzeug sich aus seiner steilen Lage wieder aufgerichtet hatte. Erleichtert richtete Sabrina sich auf. »Wir haben also«, sagte Dorani, »aufgehört zu fallen.«

Scheich Arbeid, der wortkarge Iraker, stellte eine Tasse auf die polierte Tischplatte vor sich. Sie ratterte leicht, blieb aber stehen. Er grunzte zustimmend.

Sabrina eilte zu Scheich Zeidan und nahm ihm sanft den Buben aus dem Arm, der jetzt fast bewußtlos war. Sie löste den Sicherheitsgurt und öffnete die Hosen von Feisals makellosem grauem Anzug. Zeidan griff mit der Linken nach der Lehne seines Rollstuhls und zog mit der Rechten die Beine des Buben auf seinen Schoß, bis dieser völlig ausgestreckt dalag. Sabrina rollte Feisals Hose und Unterhose herunter, drückte ein Stück Fleisch vom kleinen festen Hinterteil des Buben zusammen und tupfte es ab. Dann injizierte sie eine Dosis Insulin.

Fast augenblicklich hörte das fiebrige Gemurmel des Buben auf und sein Atem beruhigte sich wieder. Zeidan tupfte die Schweißtropfen vom Gesicht seines Enkels und flüsterte auf arabisch: »Schlaf gut, mein Schatz, mein Prinz.«

Sämtliche OPEC-Minister und auch ihre Adjutanten hatten nun wieder Platz genommen, und Hamady, der höflich abgewartet hatte, bis das Medikament verabreicht war, schaute nun ärgerlich zu Hawley Hemmingsway hin.

»Vor geraumer Zeit schon, Minister«, sagte er, »versprachen Sie, daß Sie herausfinden wollten, warum man uns diesen nicht unbeträchtlichen Gefahren aussetzt, von den Unannehmlichkeiten ganz zu schweigen. Sollte Ihnen aber nicht klar sein, wie sehr man *uns* in Gefahr gebracht hat, dann darf ich Ihnen doch zu bedeuten geben, daß der Enkel seiner Exzellenz, Scheich Zeidan, immer noch ernstlich erkranken könnte. Ich denke, Sie schulden uns eine Entschuldigung und eine ausreichende Erklärung.

Ich kann nur für den Monarchen und die Regierung von Saudi-Arabien sprechen, aber ich für mein Teil kann Ihnen versichern, daß wir weder diese Entschuldigung noch eine Erklärung akzeptieren werden, wenn beide nicht absolut zufriedenstellend sind und die Situation nicht sofort wieder normalisiert wird. Und was die Ölabmachungen betrifft, derentwegen wir diese demütigende Situation auf uns nehmen müssen . . . nun, das überlasse ich Ihrer Einbildungskraft, Mr. Hemmingsway.«

Der amerikanische Energieminister saß stumm und erschlagen da. Dann seufzte er tief und nickte langsam mit dem Kopf.

»Dr. Hamady, meine Herren«, sagte er, »ich habe nicht mehr Ahnung als Sie, was hier vor sich geht. Ich schlage vor, daß ich versuche, es herauszufinden.«

Er erhob sich, und seine Augen trafen die von Sabrina Carver, in denen unübersehbar die Warnung vor einer Gefahr stand, eine Warnung, die vorerst aber nur ihm allein zugedacht war, wenn auch Zeidan, wachsam wie immer, den Blickwechsel mitbekommen hatte. »Kommen Sie mit mir, junge Lady«, brummte Hemmingsway und ging in Richtung Cockpit davon.

»Lichter voraus, denke ich«, rief Latimer aus.

»Küstenlichter«, beruhigte Kowalski ihn. »Wir nähern uns jetzt dem Land. Könnte alles mögliche sein.«

Der Commander rief: »Landeklappen,« und Latimer streckte seine Linke aus, um auf den Schalter zu drücken, der sich mitten auf der Schaltkonsole befand. Die Positionsanzeiger rechts am Instrumentenbrett, die von Fairman und Kowalski – vor allem aber von Jagger – überwacht wurden, flammten auf.

Die Geschwindigkeit des Flugzeuges sank jetzt rapide, aber Fairman war sie noch zu hoch. Er befahl, das Fahrwerk auszufahren. Latimer befolgte seine Anweisungen wie ein Automat, sein attraktives Gesicht war von Anspannung und Erschöpfung gezeichnet. Ein hohles Rumpeln von unten zeigte an, daß das Fahrgestell ausgefahren war. Dieses Geräusch beim Einrasten des Fahrwerks pflanzte sich durch den Boden bis zu Jaggers Fußsohlen fort. Dann flammten über dem Bedienungspult auf Latimers Seite des Cockpits drei grüne Lichter auf.

Das Flugzeug wurde noch immer per Flugsystem gesteuert, aber die Boeing fing jetzt, wie alle Flugzeuge, die sich der Abreißgeschwindigkeit nähern, zu stampfen und zu schlingern an. Und die Wirbel und Luftströmungen, die Warmluftthermik von der See und den großzügig verstreuten winzigen Inseln her, trugen keineswegs dazu bei, die Landung zu erleichtern.

Sorgfältig schloß Sabrina die Kabinentür, und sofort ergriff Hemmingsway ihren Arm und flüsterte heiser: »Was, zum Teufel, geht hier vor, Airman? Sie wissen etwas, nicht wahr? Erzählen Sie!«

Sabrina entzog ihm ihren Arm und sagte: »Sie tun mir weh, Sir. Das ist nicht nötig. Ich werde Ihnen auch so sagen, was hier los ist – und das ist, wenn ich Sie gleich vorwarnen darf, keineswegs erfreulich.«

Aus Hemmingsways großem, blühendem Gesicht wich alle Farbe, als Sabrina ihm erzählte, was sich in der hinteren Bordküche abgespielt hatte. Er wollte etwas sagen, aber es hatte ihm die Sprache verschlagen.

»Wenn Sie mich nun fragen, Sir, ob wir entführt worden sind«, sagte Sabrina, »dann kann ich das nur bejahen. Ich glaube, es ist so. Was immer hier mit uns geschieht, ausgeheckt wurde es im Cockpit, das man bestimmt vor uns verschlossen hat. Aber ich glaube, es gibt eine Möglichkeit, wie wir uns Gewißheit verschaffen können, eine, die jedermann überzeugen wird.«

Sie ging mit ihm zu dem hinteren Aufenthaltsraum und drückte die Türklinke herunter, stieß aber sofort auf Widerstand. Die Tür ging nur etwa drei Zentimeter weit auf. Hemmingsway legte sich mit seinem Gewicht dagegen, und der Körper des Ingenieurs, der davor gelegen hatte, wurde über den Teppichboden geschoben, bis er vor dem Kartentischchen landete.

Sabrina verzog grimmig die Lippen. »Das habe ich am meisten befürchtet«, sagte sie und wies auf einen der drei Männer.

»Wer ist das?« frage Hemmingsway.

»Bert Cooligan, Agent des Secret Service. Und seine Pistole ist weg«, erwiderte sie.
»Und was bedeutet das?«
»Es bedeutet«, sagte Sabrina, daß Sicherheitschef Colonel McCafferty da vorn sein muß.« Sie wies mit der Hand in Richtung Cockpit. »Festgehalten, genau wie die Cockpit-Besatzung. Jetzt ist niemand mehr da, der uns helfen kann.«
Hemmingsway schaute ihr ernst in die Augen. »Nicht mal Sie, junge Lady, wie ich befürchte, denn Sie sind doch auch keine einfache Stewardeß, oder?«
Sabrina lächelte und sagte: »Nein, das bin ich nicht. Aber ich bin auf Ihrer Seite, genau wie Joe McCafferty. Bloß daß ich nicht bewaffnet bin. Aber das bringt uns keinen Schritt weiter.«
Der riesige Hemmingsway schien angesichts der bedenklichen Lage, in der sie sich befanden, förmlich zu schrumpfen. Dann aber riß er sich mit sichtlicher Anstrengung zusammen: »Das lasse ich nicht auf sich beruhen, Airman«, bellte er. »Ich gehe jetzt nach vorn. Ich werde herausfinden, wer uns gekidnappt hat, warum es geschehen ist und wohin man uns bringt.«
»Das würde ich Ihnen nicht raten, Sir«, sagte Sabrina besorgt.
Hemmingsway durchborte sie mit einem strengen, aber maßvollen Blick. »In gewisser Hinsicht, Airman«, fuhr er fort, »ist dies mein Flugzeug. Ich habe die Verantwortung, und es ist mein Job, etwas zu unternehmen. Und ich drücke mich nie vor der Verantwortung. Nie.«
Er begab sich mit Sabrina am Arm vom Aufenthaltsraum zum Cockpit und blieb vor der Tür stehen. Schon hatte er die Hand erhoben, um anzuklopfen, als hinter ihm eine scharfe, schneidende Stimme sagte: »Stehenbleiben.« Sie drehten sich um und blickten in Achmed Fayeeds Pistole, die auf das linke Revers von Sabrinas Blazer gerichtet war. Achmed tat ein paar Schritte zurück und gab ihnen durch eine Bewegung zu verstehen, ihm zu folgen. Hemmingsway öffnete die Kabinentür

und ließ Sabrina den Vortritt, und als der Araber ihn brutal an der Schulter packte, stolperte er hinterher. Dabei rannte er gegen einen Tisch und fiel hin; sein Kopf kam dicht neben Zeidans Rollstuhl zu liegen.

Zeidan heftete seine durchdringenden Augen auf seinen Adjutanten und sagte: »Was soll das, Achmed? Was soll diese Brutalität?«

Fayeed richtete sich auf und sagte höhnisch: »Sehen Sie es denn nicht selbst, Cousin? Dieses Flugzeug wurde unter mein Kommando gestellt. Es fliegt jetzt an einen Ort, den ich und meine Freunde bestimmt haben.«

»Und was passiert als Nächstes?« frage Dorani. Er war, genau wie die anderen Araber, völlig ungerührt.

»Das werden Sie schon rechtzeitig erfahren«, erwiderte Achmed. »Vorerst sind Sie alle meine Gefangenen. Bleiben Sie auf ihren Plätzen und legen Sie den Sicherheitsgurt an.«

Hemmingsway richtete sich auf. Er atmete fast so heftig wie Achmed einige Augenblicke zuvor.

»Damit werden Sie, verdammt nochmal, nicht durchkommen«, zischte er. »Dieses Flugzeug gehört dem Präsi . . .«

»Mir ist völlig klar«, schnitt Achmed ihm das Wort ab, »wem das Flugzeug gehört. Deshalb haben wir es ja gekapert. Und Sie irren sich in jedem Fall, Mr. Hemmingsway. Wir sind schon damit durchgekommen. Ihnen sind die Hände gebunden, Sie können uns durch nichts davon abhalten, unser Vorhaben auszuführen. Und auch Ihre Leute in Washington, und Ihre, Ihre . . .«, wütend lief er in der Kabine auf und ab, » . . . die wissen in Wirklichkeit überhaupt nicht, was hier passiert, und wenn sie's wüßten, sie würden's nicht glauben.«

»Warum nicht?« fragte Zeidan neugierig.

»Weil sie glauben, daß Sie alle hin sind«, erwiderte Achmed.

Sabrina erblaßte. Achmed sagte zu ihr: »Ihre Hilfe als Stewardeß wird nicht mehr länger benötigt, und in Ihrer Funktion als Geheimagentin hat man Sie kaltgestellt. Setzen Sie sich hin wie die anderen auch und legen Sie den Sicherheitsgurt an.«

Betäubt gab Sabrina nach. Philpotts schlimmste Befürchtungen hatten sich bewahrheitet. Man hatte die Boeing des Präsidenten in der Luft gekapert.
Ihr fielen seine Worte ein: »Wenn das passieren sollte, kann niemand Ihnen helfen. Dann müssen Sie selbst sehen . . .«

Fairman schwitzte, und er wußte, daß Latimer es bemerkt hatte. Der Commander fand es gar nicht so einfach, bloß dazusitzen, die Hände im Schoß zu falten und mit den Füßen leicht die Steuerung zu bedienen, einfach nur den Impulsen zu folgen, die das Computerhirn aussandte, das in Wirklichkeit das Flugzeug steuerte. Seine Augen huschten wieder zum Geschwindigkeitsanzeiger hin, der nach wie vor auf hundertzehn Knoten stand.
»Noch ungefähr drei Meilen, schätze ich«, sagte Latimer. »Sehen Sie irgendwas?«
»Absolut nichts«, erwiderte Fairman. Cody Jagger ließ ihn nicht weiterreden.
»Da«, schrie er und wies nach vorn. Sie versuchten, die bewölkte Nacht mit den Augen zu durchdringen, und dann sahen sie, nebelhaft und verschwommen, aber schon in nächster Nähe, ein Signallicht.
»Höhenmessereinstellung«, sagte Fairman erregt.
»Eins-null-null-neun«, antwortete Jagger, »Wind drei-sechsnull Grad mit eins-sechs.«
»Denn mal mit der Nase voraus, Baby«, sagte Fairman. »Ich übernehme die Steuerung.« Im Sprechen drückte er den Schalter links auf seinem Bedienungsfeld, um die automatische Steuerung abzuschalten und machte sich daran, die Boeing von Hand zu steuern.
Das Flugzeug vibrierte, als es in eine Turbulenz geriet, und der Steuerbordflügel sank steil ab. Fairman richtete ihn in einer Reflexbewegung wieder auf. Das Rollfeld kam im Schein der flackernden Paraffinlampen in Sicht. Fairman legte die Hände locker nach vorn, um zur Landung anzusetzen.

Er murmelte, daß er sich wie beim ersten Flugunterricht vorkomme: Sah man das Ende der Rollbahn vor der Frontscheibe hinuntergleiten, war man zu hoch, glitt es rauf, war man verdammt zu niedrig. Einstweilen aber verharrte es genau in der Mitte, und Fairman hoffte, ja betete darum, daß es dort bleiben möge.
Es war ein langer, gefährlich langsamer Sinkflug. Air Force One warf die Suchstrahlen ihrer Landescheinwerfer voraus, und hundert Tonnen Flugzeug folgten nach, auf die Spur zu, die Smiths Männer ausgegraben und hergerichtet hatten, die Spur, die zwischen den qualmenden Paraffinlampen zum Abhang führte.
Fairman ließ die Triebwerke auslaufen, und der große, silberne Airliner schoß mit quietschenden Reifen über die Rollbahn. Fairmans Fingerknöchel wurden weiß vor Anstrengung, als er das Steuer umklammerte und darum kämpfte, es unter Kontrolle zu halten.
»Bremsschub«, brüllte er. Latimer tat wie geheißen. Das Geräusch der Düsentriebwerke schwoll zu einem ohrenbetäubenden Dröhnen an, und die geballten 76000 Tonnen Druck wurden nun eingesetzt, um zu verhindern, daß das Flugzeug über die absurd kurze Landebahn hinausschoß.
Air Force One dröhnte und erbebte, die Geschwindigkeit der Triebwerke fiel rapide ab und drückte die Passagiere in der Kabine mit Gewalt in die Sicherheitsgurte. Alles was herumlag, persönliches Eigentum, Aktenköfferchen, Taschen, flog vom Tisch und knallte gegen die Trennwand.
Das Mädchen draußen legte, als der riesige Schatten über sie hinwegglitt, die Hand vor den Mund, um einen Entsetzensschrei zurückzuhalten. Sie klammerte sich an Smiths Arm, und er ließ sich willig hinter das niedrige Mäuerchen ziehen, als ob es tatsächlich Schutz vor dem rasenden Düsenflugzeug geboten hätte.
Fairman sah, wie sich der schwache, flackernde Damm aus Lichtern am Ende der Landebahn schneller und schneller nä-

herte. Und dann, plötzlich, war nichts als Schwärze vor der Windschutzscheibe.
Latimer, Kowalski und Jagger hielten sich an allem fest, was irgendeinen Halt bot, während die Boeing mit qualmenden Reifen hart nach rechts einbog. Sie kam fast im rechten Winkel zum Abhang zum Stehen, der Steuerbordflügel hing über die tiefe Spalte der Schlucht hinaus.
Latimer fuhr sich mit der Zunge über die trockenen Lippen und sagte: »Verdammt knapp.«
»Triebwerke abstellen«, sagte Fairman aufatmend. Der Pilot bewegte die Schalter, und das Brüllen der Düsentriebwerke erstarb zu einem Flüstern.
»Ausgezeichnet«, säuselte Smith. »Du siehst, meine schöne Branka«, sagte er zu dem Mädchen, »im Notfall ist auf die Luftwaffe der Vereinigten Staaten immer Verlaß.«

»Gleich zweimal Air Force One?« wollte Morwood wissen. Philpott erklärte es ihm: Die eine sei entführt und umgeleitet, die andere solange an ihrer Stelle eingesetzt worden, bis der Radar ihre Spur wieder aufgenommen hatte. Sie würde so lange auf dem korrekten Kurs und in der vorgesehenen Flughöhe bleiben, bis ihre Besatzung, vermutlich in der Nähe eines Schiffes, das sie aufnehmen würde, mit dem Fallschirm absprang. Die Bombe an Bord sollte Pentagon wie UNACO in totale Verwirrung stürzen, während man die wirkliche Air Force One einfach wegzauberte.
»Und wohin, wenn ich fragen darf?«
»Der Winkel, in dem die Spur auf dem Radarschirm kurz vor dem Verschwinden des Liners abgedreht hat, deutet auf Jugoslawien oder Griechenland hin«, vermutete Philpott.
»Nichts, was näher liegt?« sagte Morwood hartnäckig.
»Wenn ich raten sollte«, erwiderte Philpott, »dann würde ich auf Jugoslawien tippen. Wenn es sich um Smith handelt, und wenn er, wie ich annehme, Unterstützung hat, dann wird es Jugoslawien sein, weil er in Griechenland nicht genügend

Handlungsfreiheit hätte, und schon gar nicht die Art von Unterstützung, die er meiner Meinung nach hat.«
»Und woraus sollte die bestehen?«
»Aus dem KGB.«
Morwood schluckte die Information, im wahrsten Sinn des Wortes versucht, sie als ungenießbar wieder auszuspeien. Philpott unterbrach die anschließende Stille, um das Bild von Mister Smith, das sich in des Generals klugem Hirn schon abzuzeichnen begann, zu vervollständigen. Schließlich war das Pentagon überzeugt, daß die bislang bekannten Verbrechen Smiths gegen die Menschlichkeit, gegen Gesellschaftssysteme und Konventionen, gegen die verbriefte Ordnung und Sicherheit ausreichten, um tatsächlich diesen Mann hinter der Entführung von Air Force One, dem Flugzeug des Präsidenten, zu vermuten. Und als Philpott dann noch behauptete, daß hinter dem Verbrecher vermutlich die Sowjets stünden, akzeptierte Morwood auch das als Arbeitshypothese.
»Macht die Sache allerdings keineswegs leichter für uns, Malcolm«, fügte er hinzu.
»Das leuchtet mir ein«, gestand Philpott. »Die USA können, unter welchem Vorwand auch immer, unmöglich auf jugoslawischem Boden in Aktion treten. Unsere Anwesenheit in Griechenland wäre vielleicht noch durchgegangen, aber in Jugoslawien – ausgeschlossen. Das muß ich akzeptieren. Dazu kommt, was du noch gar nicht erwähnt hast, daß das ein Fall für die UNACO ist. Für sonst niemanden.«
Morwood kicherte. Amerika spiele diesmal wohl nur eine Nebenrolle – und die Gegenseite habe schon einen hübschen Vorsprung vor der UNACO.
»Wie das?« frage Philpott.
Aus Morwoods Kichern wurde bellendes Gelächter. »Hast du die letzte Übertragung von der Sitzung der Vereinten Nationen nicht mitgekriegt? Es wurde eigens eine Dringlichkeitsdebatte über die vermutliche Flugzeugentführung angesetzt, und die Russen reizen das Thema schon aus bis zur äußersten

Grenze ihrer Sanktionsmöglichkeiten, die, wie ich dir versichern kann, beachtlich sind. Du bist praktisch schon auf dem Verlierertrip, alter Junge, ehe du auch nur einen Schuß abfeuern kannst. Bin gespannt, wie du dich aus der Affaire ziehst.«
Philpott verfluchte sich insgeheim, daß er die, denen er verantwortlich war, nicht schärfer im Auge behalten hatte und befahl Swann, die Generalversammlung auf Videoband aufzunehmen. Es war allzu offensichtlich, daß Morwood, wenn er schon etwas unterschätzte, dann die schwierige Lage, in der die UNACO sich befand.
Saudi-Arabien hatte sich dem Irak, Bahrain, Iran und jeder anderen Kombination wütender OPEC-Würdenträger angeschlossen, um zuerst die Amerikaner und dann die UNACO anzugreifen, weil sie es zugelassen habe, daß genau vor ihrer Nase, im angeblich absolut sicheren persönlichen Flugzeug des US-Präsidenten, der internationale Terrorismus zugeschlagen habe.
»Ist das Leben unserer führenden Bürger für unsere angeblichen Verbündeten von so geringem Wert, daß sie unfähig sind, auf einem Flug von fünf Stunden für ihre Sicherheit zu garantieren?« donnerte Libyen.
»Nie zuvor haben selbst die imperialistischen Banditen der westlichen Welt eine so offenkundige und brutale Verachtung für die Diener des Islam gezeigt«, echote Iran. »Sind wir so sehr Dreck unter ihren Füßen, daß man uns mit dem ersten besten dahergelaufenen kriminellen Hund in Verbindung bringt und einem Mann ausliefert, der danach lechzt, die Gebote seines Meisters zu befolgen und seine Taschen mit einem Lösegeld zu füllen, von dem die Amerikaner zuverlässig wissen, daß nicht sie es aufbringen müssen?«
Philpott saß vor seinem Fernsehmonitor und wand sich. Aber es würde noch schlimmer kommen.
»Und dieser bläßliche Lakai der Vereinigten Staaten, die UNACO« (der Botschafter Bahrains stieß das Wort mit solcher Wut hervor, daß Philpott befürchtete, die Buchstaben an

der Tür seines Amtes würden davon schmelzen), »diese Kryptokapitalisten mischen sich in die gesamte Politik der UNO ein, deren Gehälter wir zahlen, deren Belegschaft in ihrer eitlen Selbstgefälligkeit wir unterstützen, die in der Tat die volle Verantwortung für die Sicherheit dieses Fluges übernommen hat ... ist es zu gehässig, den Verdacht zu äußern, daß man diesem Luftpiraten die Türen geöffnet, daß man Hände geschmiert und Seelen korrumpiert hat – daß Malcolm Philpott, Garant unserer Freiheit, Säule internationaler Redlichkeit, beherzter Anwalt der Unterdrückten und Gegner aller üblen Elemente ... ist es so unvorstellbar, daß Philpott vielleicht auch seinen Anteil an dieser faulen und feigen Verschwörung hat?«
Philpott griff nach dem Schalter, aber noch ehe die Bilder auf dem Monitor erloschen, sah er die russische Delegation die verschränkten Arme lösen und in zynischer Zustimmung auf den Tisch klopfen.

Smiths Guerillas spannten einen Traktor vor Air Force One und ließen das Flugzeug zu einem verfallenen, aber geräumigen Hangar ziehen. Dort trat ein einziger kleiner Kran in Aktion, der – bis auf die Haupteinstiegsluke – jeden sichtbaren Zoll der Boeing mit Zeltplanen bedeckte. Eine Gangway wurde angefahren, und Achmed Fayeed öffnete die Tür. Smith, der gerade den Hangar betreten hatte, stellte sich vor der Treppe auf, die behandschuhte Hand auf einen Ebenholzstock mit silbernem Knauf gelegt. Dunkelhäutige Leutnants umringten ihn, die Maschinenpistolen im Anschlag.
Achmed machte den Anführer. Er stand, breit grinsend, vor Smith und dreht nach Cowboyart die Pistole in den Fingern. Smith sagte nichts, streckte aber die Hand vor und legte sie in einer unmißverständlichen Geste der Zustimmung und Kameradschaft dem jungen Araber auf die linke Schulter.
Geiseln und Besatzungsmitglieder kamen, einer nach dem anderen, heraus oder wurden die Treppe hinuntergetragen, auf

die OPEC-Minister folgten Hemmingsway, dann Sabrina Carver. Zu ihrer Verwunderung deutete nichts auf McCaffertys Anwesenheit hin, und wilde Hoffnung erfaßte sie, daß er sich vielleicht doch noch in Freiheit befinden könnte, um im rechten Moment die Gefangenen herauszuschlagen. Außerdem rechnete sie damit, daß es ihr aufgrund ihrer Air Force One-Uniform und ihrer offensichtlichen Anonymität gelingen werde, ihre Identität zu verschleiern. Darin aber sollte sie sich täuschen.

Auf Smiths Gesicht stand jetzt ein eindeutig amüsiertes Lächeln, als er sah, wie sie Hemmingsway als Schutzschild benutzte. »Ich muß zugeben«, sagte er, »daß ich nicht erwartete, *Sie* an Bord dieses Flugzeuges vorzufinden. Aber warum denn das unschuldige Veilchen spielen, meine liebe Sabrina? Bescheidenheit hat Ihnen noch nie gestanden, wenn ich an das kurze Vergnügen vor unserem unseligen Eiffelturm-Abenteuer in meinem Schloß denke. Wäre es möglich, daß Sie nach – wie lange mag es wohl her sein? – nach dreieinhalb Jahren ihrer Berufung untreu geworden sind? Daß Sie nicht mehr bloß die exzellente internationale Juwelendiebin sind, sondern in den klösterlichen Bauch des Geheimdienstes gewandert sind? Vielleicht machen Sie sich die Mühe, Ihre Anwesenheit hier zu erklären?«

Achmed unterbrach ihn. »Nicht nötig, Mister Smith. Ich kann Ihnen sagen, was mit ihr los ist. Sie gehört zur UNACO.«

»Ach soooo«, sagte Smith gedehnt, »also eine von Mr. Philpotts emsigen kleinen Arbeitsbienen. Zweifellos haben Sie sich bei unserer letzten Begegnung ebenfalls für ihn prostituiert? Ja, Ihr Schweigen und Ihre offensichtliche Beschämung bestätigen es mir. Nun denn, Miss Sabrina Carver, ich habe Sie damals eindeutig unterschätzt. Seien Sie versichert, daß ich den gleichen Fehler nicht noch einmal machen werde. Achmed, ich übergebe sie deiner persönlichen Obhut. Mach mit ihr, was du willst – wenn sie nur hübsch leidet . . . Ich verlaß mich auf dich, Achmed!«

Fayeed ergriff sie am Handgelenk und zog sie zu sich hinüber. Sabrina fraß ihre Rachegedanken in sich hinein, denn sie wußte nur zu gut, daß jetzt nicht die Zeit dafür war. Erst mußte sie herausfinden, wo sie sich befanden, und mit Philpott in Verbindung treten. Und sie mußte sich um den Jungen kümmern. Achmed konnte warten.

Smith fuhr fort: »Aber es gibt noch einen, der mir hier abgeht. Könnte es sein, daß auch er unter dieser so ungewohnten Scheu leidet?«

»Keineswegs, Mister Smith«, rief Jagger vom Ausstieg des Flugzeugs her.

»Mein lieber Colonel«, krähte Smith, »bitte kommen Sie doch hierher zu uns, um unser Vergnügen zu vervollkommnen.«

Alle Augen ruhten auf ihm, als Jagger die Treppe hinunterkam, auf ihm und auf der Pistole, die er noch immer in der Hand hielt.

»Mein Gott, nein«, sagte Sabrina mit angehaltenem Atem. »Nicht du, Mac. Nicht du.«

»O doch«, höhnte Mister Smith. »Ich weiß wirklich nicht, wie wir das alles ohne Colonel McCaffertys nur allzu bereitwilligen Beistand fertiggebracht hätten.«

X

Der US-Konsul in Bahrain war ordentlich, pedantisch und ein Querkopf, und er hieß Mackie-Belton. Sowie er den schmutzigen, blutverkrusteten Menschen gesehen hatte, der mit Gewalt in sein Haus eingedrungen war und sein Dinner mit einer arabischen Dame von ungeheurer Diskretion, aber nur sehr wenig Geduld, gewaltsam unterbrochen hatte, stand sein Vorurteil fest. Und nun war es auch um Mackie-Beltons Geduld geschehen.

»Versetzen Sie sich doch in meine Lage«, sagte er mit Nachdruck, »und nennen Sie mir nur einen Grund – nicht ein halbes Dutzend oder zwanzig – bloß einen einzigen Grund, warum ich Ihnen glauben sollte. Sie stürzen hier unangemeldet herein, tragen schäbige arabische Kleidung und ein USAF-Hemd, USAF-Unterwäsche und -Socken. Ganz offensichtlich haben Sie sich auf irgendeiner miesen Saufparty herumgetrieben, und jetzt bestehen Sie, ohne auch nur den Schimmer eines Beweises zu haben oder sich irgendwie identifizieren zu können, darauf, daß Sie jemand sind, der Sie, wie ich mit eigenen Augen gesehen habe, einfach nicht sein können.
Und wenn ich mich einfach weigere, Ihre Story zu glauben, dann beschuldigen Sie mich, dann drohen Sie mir, werden unverschämt, schmeicheln mir, damit ich den Direktor der UNACO und die Funkzentrale im Pentagon anrufe – und dann geraten Sie auch noch völlig außer sich, wenn ich vorschlage, die Polizei zu rufen. Lassen Sie mich Ihnen sagen – und bitte kommen Sie mir nicht noch näher – daß der einzige Grund, weshalb Sie noch hier sind und die Polizei noch nicht, der ist, daß Ihre Geschichte so unglaublich, so unwahrscheinlich, so fantastisch ist, daß sogar ein Körnchen Wahrheit darin stecken könnte.«
Mac seufzte und fiel, die Beine von sich gestreckt, in einen klotzigen Sessel. Seine Finger zupften ruhelos an der Perlstikkerei des Polsters. Müde hob er die Augen zu Mackie-Belton auf, aber die unerbittliche Feindseligkeit des plumpen kleinen Mannes im weißen Smoking, mit dem dünner werdenden braunen Haar, das festgeklatscht die kahlen Schädelstellen überdecken sollte, mit den Bockszähnen, die in dem schmalen Mund schimmerten, nahm ihm jede Hoffnung. Die Bügel der Bifokalbrille des Konsuls waren an einer dünnen Goldkette befestigt, die um seinen Nacken lag. Vorn fiel die Brille, dem extravaganten Orden eines Potentaten aus dem Mittleren Osten gleich, auf sein weißes plissiertes Dinnerhemd.
»Was werden Sie also tun, Mr. Belton?« murmelte er.

»Mackie-Belton, wenn es Ihnen nichts ausmacht. Nun, ich werde zunächst weder mit dem Pentagon noch mit der UNACO Kontakt aufnehmen, sondern versuchen, irgend jemanden auf dieser Insel zu finden, der Sie vielleicht kennt und bestätigen kann, daß Sie Colonel Joseph McCafferty, von dem wir wissen, daß er sich an Bord der Air Force One befindet, zumindest einigermaßen ähnlich sehen – was Sie übrigens meiner Meinung nach nicht tun, wenn ich den Gentleman auch nur einmal getroffen habe.«

Mac stöhnte und legte die Hand über die Stirn – dann aber nahm er sie mit einem Ruck wieder fort und setzte sich kerzengerade in seinem Sessel auf, wobei seine flammenden Augen und sein stoßweiser Atem Mackie-Belton nur noch mehr verwirrten.

»Natürlich«, heulte er triumphierend, und Mackie-Belton wimmerte erneut, »natürlich haben Sie recht! Und jetzt halten Sie den Mund und hören Sie zu, denn ich werde Ihnen jetzt was erzählen, das Sie glauben werden.

Ankara, war es nicht Ankara? Unterbrechen Sie mich nicht, bewegen Sie sich nicht, halten Sie den Atem an . . . Ankara . . . ja, vor drei, nein vor vier Jahren. Man hatte mir die Brieftasche geklaut und das Geld abgenommen. Ich kam zu Ihnen . . .«, er runzelte angestrengt die Brauen und versuchte sich zu erinnern, »ich kam zu Ihnen in ein kleines grünes Büro . . .« (er schloß die Augen und ballte die Fäuste) » . . .mit einer verdammten grünen Palme in einer Ecke. Auf der Tür stand ›Konsulat: Dokumente und Beglaubigungen‹ oder irgendsowas.

Sie gaben mir fünfhundert Dollar, nicht wahr? Zwar zögernd, wie ich mich entsinne, aber Sie konnten ja meine Papiere einsehen und fanden, das alles stimmte. Ich überwies Ihnen die Summe, sobald ich wieder in London war. Um Himmels willen, Mr. Mackie-Belton, nur wir beide waren in dem Zimmer. Keine Sekretärin, keine Hilfskraft. Ich könnte das einfach nicht wissen, wenn ich nicht dagewesen wäre. Mir fällt sogar

noch ein, daß Sie als letztes sagten: ›Empfehlen Sie mich bei Fortnum & Mason‹, und ich erwiderte, daß mir Selfridge's Lebensmittelabteilung mehr liege, was Ihnen überhaupt nicht zu gefallen schien.
Na also, verdammt noch mal, habe ich recht? Und wenn ja, wer bin ich dann?«
Mackie-Belton runzelte die Stirn, hob die goldene Bifokalbrille an ihrer goldenen Kette hoch, hauchte erst auf ein Glas, dann auf das andere, holte aus seiner Jackettasche ein sorgfältig gefaltetes Taschentuch und polierte die Gläser mit wahrer Hingabe. Dann sagte er langsam: »Sie sind Colonel McCafferty.«
Mac lehnte sich im Sessel zurück, schlug die Beine übereinander, grinste und sagte: »Olé und Jippie! Dann können wir uns also an die Arbeit machen? Denn jetzt, Mr. Mackie-Belton, geht es um jede Minute. Die Air Force One wird entführt, verstehen Sie, Konsul!« Er erhob sich, wobei er seinen zwar widerstrebenden, aber gottergebenen Gastgeber überragte. »Vielleicht in diesem Augenblick.«
Im Verlauf der nächsten halben Stunde tobte, raste und kochte McCafferty, während Mackie-Belton die amerikanischen Botschaften in Ankara und London anrief, dann die Andrews Air Force Base, dann seinen Bruder an der Princeton University; und als er überzeugt war, genug persönliche Rückendekkung zu haben, um seine eigene Karriere nicht zu gefährden, falls sich Mac als außergewöhnlich begabter Irrer erweisen sollte, raffte er sich auf, Basil Swann anzurufen – der ihm nicht glaubte.
Mackie-Belton kaute an seinen Lippen, summte, unmusikalisch bis auf die Knochen, etwas vor sich hin und hob seine zerzausten Brauen, als er McCafferty den Hörer übergab, wobei er sich genauestens notierte, wie lange die Gespräche dauerten, um die Rechnung dann der UNACO zu präsentieren. Wenn aber Mac schon den Konsul stur gefunden hatte, so war er doch nicht annähernd vom gleichen Kaliber wie Basil

Swann. Vergebens kämpfte McCafferty gegen Basils unerschütterliche Logik an, wechselte dann die Taktik und ging zu persönlichen Erinnerungen über, die auch Mackie-Belton am Ende überzeugt hatten.

Ganz allmählich kamen Zweifel in Basils Stimme auf, und Mac ergriff die Gelegenheit, in einem Ton – den Swann (der sich noch nie zuvor mit McCafferty angelegt hatte) nicht überhören konnte – zu verlangen, mit Philpott verbunden zu werden. Eine Stunde und fünfzehn Minuten nachdem er in des Konsuls glücklicherweise einsam gelegene Villa getorkelt war, wo die keineswegs stoische Geduld der arabischen Lady inzwischen die Zerreißgrenze überschritten hatte, sprach Mac schließlich mit seinem Chef. Sie stückelten aus Fragmenten beiderseitiger Erinnerungen und inspirierten Vermutungen die Geschichte zusammen: Mac wußte nicht direkt, daß Smith beteiligt war. Er wußte aber von Dunkels, Achmed und der jugoslawischen Verbindung. Philpott wußte nichts von dem Anschlag in Bahrain, konnte aber die Lücken ausfüllen, indem er die Geschehnisse auf dem Radarschirm und das Verschwinden des Leitkurses von AF One zugleich mit der Explosion der falschen Boeing erwähnte.

Philpott faßte schließlich einen schnellen Entschluß. McCaffertys Geschichte grenzte ans Unglaubliche, darin waren beide Männer sich einig. Dennoch stellten sie fest, daß a) das Flugzeug des Präsidenten mit dem wirklichen oder falschen McCafferty an Bord entführt worden sein mußte, und daß b) Smith dahintersteckte, der auf irgendeine Weise und zu einem bislang noch nicht enträtselten Zweck ein Flugzeug nach Jugoslawien gelockt hatte, wo er eine russische Verbindung (fast mit Sicherheit zum KGB) besaß.

»Richtig«, sagte Philpott, »wir kommen voran – wenn auch, fürchte ich, nicht nach Jugoslawien. Wir müssen unsere Karten hier besonders geschickt ausspielen, Mac. Bei allem, was mit diesem Land und mit irgendeinem anderen Angehörigen des Roten Lagers zusammenhängt, befinden wir uns auf lebensgefährlichem Terrain. Sie mögen ja Mitglied der UNACO sein, aber sie würden wie die Tiger fauchen, falls ich die Unterstellung wagen sollte, daß irgendeiner von ihnen, wenn auch nur unbeabsichtigt, in irgend etwas verwickelt sein könnte.«

»Also wohin gehen wir, und was tun wir?« fragte McCafferty.

»Wir gehen nach Rom«, erwiderte Philpott, »und von dort aus legen wir los. Rom ist, wie Sie wissen, die beste Ausgangsbasis Europas. Es ist das reinste Vergnügen, mit den Italienern zu arbeiten. Sie sind so auf Doppelzüngigkeit eingestellt, daß sie sich regelmäßig ins eigene Fleisch schneiden.«

»Und was sollen wir tun, wenn wir dort sind?«

»Mit etwas Glück werden wir dort erfahren, wo dieser Bursche, dieser Dunkels ist, und dann können wir nur hoffen, daß er uns zur Air Force One führt.«

»Die in Jugoslawien ist«, betonte Mac.

»Inzwischen«, sagte Philpott vorsichtig, »werde ich die jugoslawische Regierung überzeugt haben, einer streng begrenzten UNACO-Einheit ihre streng begrenzte Kooperation zu gewähren.«

»Sie und ich?«

»Richtig, Mac. Und Sabrina Carver, die im Flugzeug ist, kommt noch dazu.«

An McCaffertys Ende der Leitung trat unheilschwangere Stille ein. Dann sagte er, wobei allmählich so etwas wie Verdacht und Wut in ihm aufstieg: »Ich wußte nicht, daß Sabrina Carver eine der unseren ist, Sir.«

»Nein«, sagte Philpott, »das wußten Sie nicht.«

Rechts von der steinernen Türumrandung hing ein fast zwei Meter langer Wandteppich bis zum Boden herunter. Wie das etwa gleich große, dunkle Ölgemälde mit den üppigen Farben daneben, zeigte die Tapisserie eine Jagdszene. Das verblichene Gewebe erzählte in dumpfen Braun-, Grün- und Blautönen, wie eine kleine Schar von Jägern einen Bären erlegte. Es war ein ungleicher Kampf, obgleich der Bär den Speeren eine Zeitlang erfolgreich die Zähne zeigte. Die Szene auf dem Ölgemälde war weniger ungewöhnlich: Ein Hirsch war in einer Schlucht von einer Meute knurrender Hunde, die von berittenen Jägern angefeuert wurden, gestellt worden. Die Hunde krümmten sich vor Blutgier. Nur der Hirsch wahrte einen Hauch von Würde. In seinen großen Augen stand eher Erstaunen als Furcht.

Das Auge glitt von diesem Bild aus fast gezwungenermaßen zu dem vollendeten Stück, das den langen Raum mit den weißen Wänden beherrschte: Es war der Kopf eines »Königs-« oder »Kaiserhirsches«, Spiegelbild des dem Tod geweihten Riesen auf dem Ölbild. Sein Zwölfendergeweih warf im Lampenlicht gleitende, spitze Schatten auf die Mauer. Unterhalb des Königs der Tiere, aber immer noch über Türhöhe, zog sich gleich einem Trauerfries eine Prozession plötzlichen Todes um das Zimmer herum: kleinere Hirsche, ein oder zwei Adler, ein Pilgerfalke, ein grinsender Bär, einige Schleiereulen, die obligatorischen Füchse und ein paar Jagdhunde. Dazwischen hatte man die Messingtrichter von Jagdhörnern und alte Gewehre angebracht.

Das Mobiliar war aus schwerem gemasertem Holz, und die Fensterkreuze bestanden aus Schmiedeisen. Das trübe Licht zweier Ölfunzeln warf lange Schatten, schaffte Nischen und gleitende Übergänge. Sabrina fand es ausgesprochen passend, daß Mister Smith seine Geiseln bei seinen Trophäen einsperrte. Und das fand, wie es sich herausstellte, auch Mister Smith.

Von den Geweihen und den ausgestopften Tieren gingen Angst und Verzweiflung aus, und beides übertrug sich auch auf die Gefangenen. Die Mitglieder der Crew sprachen nur im Flüsterton miteinander, meist sinnloses Zeug. Jeanie Fenstermaker preßte ein Taschentuch vor die Augen, während der kleine Wynanski sie tröstete; Cooligan lehnte, die Lippen in kalter Wut über McCaffertys Verrat zusammengepreßt, an einem Tisch weit weg von den Ingenieuren. Fairman, Kowalsky und Latimer unterhielten sich gedämpft über die möglichen Örtlichkeiten, zu denen man sie verschleppt haben könnte. Denn wenn sie auch ungefähr wußten, wo dieser Behelfsflugplatz in Jugoslawien lag, so hatte man ihnen doch auf der Fahrt zum Schloß die Augen verbunden, so daß sie sich nicht hatten orientieren können. Dorani war der einzige der Öltitanen, der, zu Hamadys Mißvergnügen, endlos Stumpen qualmte, während beide sich über Lösegelder unterhielten, und Hemmingsway überschüttete Scheich Arbeids taube Ohren mit einem Schwall von Worten. Nur Zeidan, unbeweglich und wachsam wie ein mächtiger Hirsch, ließ seine Augen umherwandern, erkundete die entferntesten Ecken des Raumes und suchte irgendwelche Schwachstellen, Unzulänglichkeiten, Mängel . . .

Der Minibus mit den verdunkelten Fenstern war außerhalb des Hangars von Kosgo zum Halten gekommen, und Scheich Zeidan hatte die eine Frage gestellt, die Smith den Geiseln gestattet hatte:
»Wer sind Sie, Sie Hund?« sagte der alte Araber. Smiths Hände streichelten den silbernen Knauf seines Ebenholzstockes.
Er tat drei Schritte und postierte sich vor dem verkrüppelten Scheich, die Augen verengt, der Mund einer Falle gleich, die zugefallen war. Zeidan hatte sich nicht einmal die Mühe gemacht, seinem Blick zu begegnen.
»Sie dürfen mich Mister Smith nennen.«
»Darf ich – Smith?«
Achmed packte den Rollstuhl und drehte ihn abrupt herum, so daß Zeidan ihm ins Gesicht sehen mußte. »*Mister* Smith, Cousin«, knirschte er, »vergessen Sie das nicht.«
Achmed drehte den Stuhl wieder um, und Feisal sprang hinzu. Der Junge brachte den Rollstuhl zum Stehen und sagte mit leiser Stimme, so daß nur Achmed und Feisal ihn hören konnten: »Du *Schlange.* Alle diese Kröten, diese Schurken werden sterben, aber dir werde ich einen so schrecklichen Tod reser-

vieren, daß die Made, die du dein Gehirn nennst, unfähig sein wird, ihn zu ertragen.«

Achmed wollte schon lachen, dann aber verzogen sich seine Lippen zu einem wütenden Knurren, und er schlug Feisal mitten ins Gesicht, so daß er direkt in Sabrinas ausgebreitete Arme fiel. »Was habe ich von einem senilen Krüppel und seiner zuckerkranken Brut schon zu befürchten«, schrie er.« *Ihr* seid es, die . . .«

»Halt die Klappe«, kommandierte Smith, und seine eisige Stimme durchbrach die gespielte Tapferkeit des Jungen. »Ihr haltet alle die Klappe! *Ich* werde euch sagen, wann ihr sprechen dürft, und das ist nicht jetzt! Und du« – er zeigte auf den Mann in Kriegsausrüstung, der aus dem Minibus gestiegen war – »bringst sie fort. Und zwar unverzüglich!«

Smith ergriff Brankas Arm und zog sie mit sich zum Auto. Fayeed, noch immer wütend, gab den Guerillas durch Zeichen zu verstehen, daß sie die Gefangenen fesseln und ihnen die Augen verbinden sollten. Dann wurden die Geiseln, taumelnd und hilflos, in das Transportfahrzeug gestoßen.

Der Bus fuhr auf der von Zagreb kommenden Straße landeinwärts bis nach Masienica und bog dann in eine Nebenstraße nach Knin ein, die steil hinauf in die Dinarischen Alpen führte. Die Gefangenen, deprimiert in ihrer Blindheit, konnten nicht sehen, wie das Land im hellen Mondlicht wilder und zerklüfteter wurde. Die Straße wand sich die Berge hinauf, ging dann in einen einfachen Feldweg über, bis endlich eine ebene Strekke kam, wo der Weg besser wurde.

Von zwei niedrigen dicken Steinwällen flankiert, klammerte die Straße sich an einen Hügel, der allmählich flacher wurde und in eine Art Amphitheater überging, einen Halbkegel, der in einen Bergvorsprung gehauen schien. Dort lag Schloß Windischgrätz.

Bei Tag war es ein überwältigender Anblick. Die Straße krümmte und wand sich bis zuletzt, und plötzlich stand das Schloß vor einem, dem Gebirge aufgepfropft wie das Stück

Kohle dem Gesicht des Schneemanns. Der schmale Weg weitete sich und bildete ein Quadrat, den Parkplatz. Smiths Besuchern gegenüber lag eine Zugbrücke, die einen buschbestandenen Graben überspannte. Sie führte zu einem Gang und zu einer Eingangshalle, die durch eine riesige gewölbte Toreinfahrt und geschnitzte Doppeltüren von der Außenwelt abgeschlossen war. Zugbrücke und Eingangsportal nahmen fast die ganze Breite dieser Außenwand ein, denn Schloß Windischgrätz war zwar ein langgestrecktes Gebäude, aber schmal und bogenförmig erbaut, um sich den Konturen des Felsens anzupassen.
Die stolzen Mauern wurden von spitzen Schieferdächern gekrönt, die ebenfalls in den Felsen hineingebaut waren. Hoch über dem Schloß türmte sich der bewaldete Felsen auf. Das Eindrucksvollste aber war die gähnende Öffnung einer darüberliegenden Höhle, die ins Innere des Berges führte. Einem Heiligenschein gleich schwebte sie über dem höchsten Punkt des Gebäudes. Die Dachschiefer wölbten sich zu pyramidenförmigen Türmchen, unter denen im verwitterten Stein der Mauern dunkle Fensterreihen saßen.
Schloß Windischgrätz, etwa fünfhundert Meter über dem Meeresspiegel gelegen, war ein Adlerhorst, uneinnehmbar, dem sich seit den Tagen Karls des Großen kaum jemand zu nähern gewagt hatte.
Mister Smiths Geiseln wurden über die Zugbrücke in einen Innenhof dirigiert, wo zwei Kanonen eine weitere Steinpforte bewachten. Dort befahl Smith, die Augenbinden und Fesseln zu entfernen und die Gefangenen in den Trophäensaal zu bringen. Scheich Zeidan wurde von zwei bulligen Mitgliedern der Entführertruppe die Treppe hinaufgetragen und sein Rollstuhl hinter ihm hergeschleudert.
Vor der Tür stand Smith, einen riesigen Schlüssel in der Hand. »Du gehst zum Funkraum«, befahl er Fayeed, »und wartest dort auf eine Verbindung mit Dunkels. Er sollte inzwischen unterwegs sein. Ich werde einstweilen unsere Gäste ein biß-

chen unterhalten. Sobald du hörst, was sich bei Dunkels tut, will ich informiert werden.«
Achmed eilte davon, und Smith drehte lautlos den Schlüssel im Schloß. Hinter ihm tauchten zwei Wächter auf, Maschinenpistolen im Anschlag wie zuvor.
Hemmingsway bemerkte säuerlich, er hoffe, daß sich Smith inzwischen über seine Forderungen im klaren sei. »Gewiß doch«, sagte Smith. Fairman fragte, wie lange Smith sie hier festhalten werde. Sie würden freigelassen, sobald er das verlangte Lösegeld in Händen habe, behauptete Smith.
»Aha«, sagte Hamady und atmete hörbar aus, »es geht also um ein Lösegeld.«
»Natürlich«, sagte Smith. »Dachten Sie, ich habe Sie kidnappen lassen, nur um mich an Ihrer Gegenwart zu erfreuen?«
»Wir haben uns tatsächlich schon gefragt,« sagte Zeidan nachdrücklich, »ob die Entführung nicht doch etwas mit unserem exponierten Status als Abgesandte der OPEC zu tun haben könnte; ob Ihre Motive vielleicht doch eher politischer als, sagen wir, kaufmännischer Natur sind.«
Smith in seinem Wahn schluckte die Beleidigung, ohne mit der Wimper zu zucken. »Ihr sogenannter exponierter Status, Scheich, ist für mich nur von kommerziellem Wert«, sagte er höhnisch. »In gewisser Hinsicht verabscheue ich das, wofür Sie stehen, die Tatsache nämlich, daß Sie die westliche Welt mit Ihrer Ölversorgung im Würgegriff haben, Ihre Gier, die primitive Grausamkeit Ihren Leuten gegenüber . . . Bloß bin ich weder Politiker noch Moralist, Euer Exzellenz. Ich betrachte Sie als mittelalterliche Raubritter. Meiner Meinung nach ist es schon längst Zeit, daß man Ihnen von Ihrem enormen Reichtum etwas wegnimmt. Ich bedauere, daß ein untadeliger Amerikaner unter Ihnen ist, und in der Besatzung dieses Präsidentenspielzeugs sehe ich nichts als ein vorübergehendes Ärgernis. Mit Miss Carver allerdings habe ich andere Pläne. Von Ihnen, Gentlemen«, und er zeigte auf die sitzenden Araber, »verlange ich nichts als Geld – in Naturalien.«

»Was für Geld und in was für Naturalien?« fragte Hemmingsway.
Überrascht musterte Smith ihn. »Vielleicht *möchten* Sie ja für diese Herren sprechen und ihretwegen feilschen, Mr. Hemmingsway. Also gut. Das Lösegeld beträgt fünfzig Millionen Dollar.«
Hemmingsway schluckte mühsam und fuhr sich mit der Zunge über die trockenen Lippen. »Und in welcher Form?«
»In geschliffenen Diamanten«, erwiderte Smith hart. »Sie sind so hübsch – und so ungeheuer verkäuflich, finden Sie nicht auch?«

Mackie-Belton bediente sich eines bahrainischen Polizeioffiziers von hohem Rang und äußerster Diskretion, um McCafferty mit Kleidung zu versorgen, die »für ein etwas kühleres Klima« angemessen war. Swann gab telefonisch die Nachricht durch, daß schon ein Düsenflugzeug zur Golfinsel unterwegs sei, das ihn von dort nach Rom bringen werde. »Mitsamt einigen Extras«, erklärte Basil. »Paß, Dokumente, Waffenausrüstung für Sie, Miss Carver und den Agenten Cooligan, Feldstecher, Walky-Talkies und dergleichen. Alles ist in einem Seesack an Bord des Flugzeuges. Sie haben also nichts weiter zu tun, als am Leonardo da Vinci-Flughafen in Rom damit herauszuspazieren. Der Düsenjet wird noch vor der Dämmerung in Bahrain sein. Viel Glück, Mac!«
»Danke, Basil«, erwiderte McCafferty und stellte, noch ehe Swann einhängen konnte, schnell die Frage nach Geld.
»Völlig blank, wissen Sie« erklärte er.
Swann kicherte, eine Seltenheit bei ihm. »Warum versuchen Sie's nicht mal beim Konsul«, schlug er vor und unterbrach die Verbindung.
»Das«, sagte Mackie-Belton später, als er von einer weiteren, seinem Ego nicht eben bekömmlichen Sitzung bei der arabischen Lady zurückgekehrt, fünfhundert Dollar hinblätterte, »das wächst sich allmählich zu einer üblen Gewohnheit aus.«

Um drei Uhr nachmittags sagte der Konsul mit Bedauern der arabischen Dame Goodbye, und um drei Uhr dreißig erhielt McCafferty den Anruf des bahrainischen Polizeihauptmanns, wonach Siegfried Dunkels die Insel verlassen habe.
»Mit welchem Ziel?« fragte Mac hoffnungsvoll.
Er sah geradezu, wie der Polizist schmunzelte: »Erster Stop in Athen, dann Zagreb.«
Zum gleichen Zeitpunkt sah sich Philpott noch außerstande, irgendwelche Instruktionen zu geben, da man ihn gerade erst zu einem entschieden eisigen Meeting mit dem starrsinnigen und humorlosen Generalsekretär der UNO befohlen hatte. So war Mac schon in der Luft, als der Befehl von der UNACO kam, sein Flugzeug nach Jugoslawien umzuleiten und dort dem Deutschen aufzulauern.

Als Smith die Geiseln das nächstemal besuchte, brachte er auch die bewaffneten Wächter wieder mit, dazu noch drei Guerillas, die Stative und eine große Elektrobatterie schleppten.
»Ich dachte mir, Sie bräuchten ein bißchen mehr Licht,« sagte er liebenswürdig, »und selbst wenn Sie's nicht brauchen, ich brauche es.«
Die Männer installierten die Ausrüstung und stellten riesige Photolampen im Raum auf. Fayeed gesellte sich mit einer Polaroidkamera dazu, und Smith postierte die Geiseln, die OPEC-Leute vorn, Besatzungsmitglieder hinten, vor einen absolut neutralen Wandabschnitt, von dem er alle Trophäen, Bilder und Möbel entfernen ließ – alles, was zu einer Lokalisierung der Örtlichkeit hätte führen können.
Nachdem er sich vergewissert hatte, daß keiner aus der Gruppe etwa ein verbotenes Signal mit Fingern oder Augen gab, nickte Smith Achmed zu, der zu knipsen anfing und verschiedene einigermaßen vernünftige Fotos hervorbrachte. Vier der Bilder fanden Smiths Zustimmung und er instruierte Achmed, sie sofort per Kurier nach Triest und Dubrovnik zu

schicken. »Sie müssen noch rechtzeitig für die Morgenausgabe der Zeitungen kommen«, betonte er, »zugleich mit den Einzelheiten der Lösegeldforderung.
Und vergiß nicht – auch eins an die Agentur Associated Press. Ich möchte, daß die Sache auch in den Vereinigten Staaten einschlägt wie eine Bombe. Schließlich handelt es sich um das Flugzeug des Präsidenten.«
Daraufhin murmelte Fairman etwas, und Smith beugte mit einem verständnisvollen Grinsen sein Ohr zu ihm hin. »Wenn ich richtig mitbekommen habe, was Sie sagten, Colonel«, meinte er freundlich, »dann äußerten Sie die Ansicht, daß man Air Force One durch Funkpeilung über Satelliten ausmachen könnte. Habe ich recht?« Fairman nickte widerwillig. »Das dachte ich mir«, fuhr Smith fort, »und ich bedaure, Sie enttäuschen zu müssen. Die Triebwerke wurden, sobald die Zeltbahnen ausgelegt waren, in Trockeneis gehüllt. Innerhalb von Sekunden waren sie ausgekühlt. Man kann das Flugzeug bedauerlicherweise unmöglich aufspüren. Und nun werden Sie« – er wandte sich an alle – »mit Erleichterung vernehmen, daß ich nicht die Absicht habe, Sie zu zwingen, die Nacht in dieser unwirtlichen Umgebung zu verbringen.
Achmed wird Sie zu den Quartieren führen, die für Sie vorbereitet sind. Ich fürchte, einige von Ihnen werden ihr Quartier mit jemandem teilen müssen. Ich kann nur hoffen, daß die Ihnen zugeteilten Partner Ihnen angenehm sind. Achmed?«
Wieder wurden die Geiseln hinausgeführt, und die einzige Schwierigkeit für Achmed ergab sich, als er versuchte, Sabrina und Feisal zu trennen. Er hatte sie für sich selbst gewollt, das Schicksal des Jungen ging ihn nichts an.
»Ich muß mit ihm zusammenbleiben«, wandte sie sich an Smith. »Er ist krank. Sie können bestimmt nicht wollen, daß ihm etwas zustößt. Er ist nicht einmal auf der Lösegeldliste.«
Zeidan unterstützte Sabrinas Bitte. Nur sie könne Feisal, falls er einen weiteren Anfall habe, behandeln und ihm seine Medikamente geben. Achmed war sichtlich verärgert, als Smith zu-

stimmte. Sabrina und Feisal wurden eine Treppe hinaufgeführt und in ein Zimmer gebracht, das man offenbar in aller Eile hergerichtet hatte. Es waren nur zwei Betten, ein Tisch und ein Waschbecken darin, und nebenan gab es eine Toilette. Das Auffallendste an diesem Raum war der lange Spalt, der die ganze Länge der Außenwand entlanglief, gegen die schlimmsten Witterungseinflüsse durch eine herunterhängende Dachrinne geschützt.

Die Öffnung war jetzt mit Glas verschalt, aber Sabrina vermutete, daß hier einst ein Ausguck gewesen war, von dem aus man das ganze Gebiet hatte überblicken können – vorausgesetzt, sie befanden sich so hoch in den Bergen, wie es die Eiseskälte im Zimmer vermuten ließ. Es gab keinerlei Beleuchtung in diesem Raum. So kleideten sie sich schnell aus, Sabrina hatte sich gerade in ihre Bettdecke gehüllt, als sie vom Hof den Lärm eines anfahrenden Motorrades hörte.

Sie schob die Bettdecke zurück und wickelte sich darin ein. Dann eilte sie zum Fenster. Feisal folgte ihr. Ein lautes Klick kam irgendwoher von links, und Feisal wisperte: »Das muß eine Zugbrücke sein.«

»Kluger Gedanke«, sagte Sabrina. Sie zitterte vor Kälte. Der Motorradfahrer fuhr knatternd davon, und sie konnten von ihrem hochgelegenen Ausguck aus verfolgen, wie sich die Lichter scheinbar meilenweit die kurvenreiche Strecke hinunterbewegten.

»Das war eine Honda«, sagte Sabrina zufrieden. Sie kannte sich mit Motorrädern fast so gut aus wie mit Autos und konnte auch beides fahren.

Feisal nickte zustimmend. »Hondamatic 400«, bestätigte er.

Sabrina starrte ihn an. »Woher weißt du denn das?« fragte sie.

Diesmal wieherte Feisal vor Vergnügen. »Er ist mindestens 180 Meter gefahren, ohne zu schalten. Bei einer Hondamatic muß man erst bei über 80 Stundenkilometern umschalten.« Sabrinas Augen weiteten sich. »Das wußte ich nicht«, versicherte sie.

»Was mich keineswegs überrascht«, bemerkte Feisal. »Woher sollte eine Frau das auch wissen!«
Sabrina versuchte, ein Grinsen zu verbergen. »Hör mal, du kleiner Klugscheißer«, begann sie, aber Feisal fiel ihr ins Wort. »Das sagen alle«, versicherte er ihr eitel. »Und nebenbei, Ihre nicht ganz schickliche Bekleidung hat sich verschoben. Darf ich Ihnen zu Ihren herrlichen Brüsten gratulieren?« Er sprang in sein Bett zurück und war in dem Moment, als sein Kopf das Kissen berührte, schon fest eingeschlafen.

McCaffertys Sonderjet brauste durch die Nacht und lieferte den Agenten sicher in Zagreb ab, noch ehe die Sonne im Osten aufgestiegen war. Mit seinem Seesack auf dem Rücken, der das Zeichen diplomatischer Immunität trug – ein eilig gefälschtes *laisser passer*, das Mac, wie Swann angedeutet hatte, unter den nützlichen Dokumenten im Flugzeug gefunden hatte – kam er ohne weiteres durch den Zoll. Die jugoslawischen Zöllner prüften das Papier und warfen neugierige Blicke auf den Seesack, winkten Mac aber durch.
Er benutzte seine neuen Kreditkarten, um sich einen Wagen zu mieten, einen kleinen Polski Fiat, der jedoch einen starken Motor hatte und dessen Tacho eine phantastische Höchstgeschwindigkeit versprach. Er mußte nicht lange warten. Dunkels Flugzeug kam pünktlich an, und Mac sah, auf dem Rücksitz seines Autos zusammengekauert, wie der Deutsche am Avis-Schalter die gleiche Schau abzog wie er selbst. Sobald Dunkels die Formalitäten erledigt hatte, rief ihm jemand von der Straße aus etwas zu.
Mac drehte sich um und sah einen schwarzen Mercedes mit Schweizer Kennzeichen, der am Straßenrand geparkt war. Dr. Steins gesprächiger Chauffeur grinste, als er Dunkels offensichtliche Überraschung sah. Der Deutsche sprang auf den Vordersitz, und der Mercedes schoß davon – der Fiat folgte ihm in angemessenem Abstand. McCafferty knirschte mit den Zähnen, als er mit dem Fuß aufs Gas trat. Er hatte mit

Dunkels abzurechnen. Und mit Smith. Er fühlte, daß diese Verfolgungsjagd der Start zur letzten Runde war.

XI

Dunkels fuhr südlich von Zagreb auf der M12a, die laut Hinweisschildern nach Busevec, Lekenik und Zazina führte. Die Straße war kaum befahren, und Mac mußte mit seinem Fiat gebührend Abstand halten, um nicht entdeckt zu werden. Nach ungefähr zehn Kilometern schwenkte der Mercedes mit Dunkels rechts nach Gora ein und bog dann nach links auf einen kleinen Privatflugplatz ab. Er bestand aus kaum mehr als einer Graspiste, die nicht länger als etwa fünfhundert Meter war. In der Nähe einiger verrosteter Wellblechbaracken, die als Hangar dienten, stand ein in Rußland gebauter Kamov-Hubschrauber.

Der Propeller des Hubschraubers wirbelte schon zum Abflug und der Mercedes fuhr geradewegs darauf zu. Ein paar Sekunden später sah McCafferty, wie Dunkels geduckt darunter durchlief und an Bord ging. Die Tür hatte sich kaum geschlossen, als der Motor auch schon auf Touren gebracht wurde und ein dumpfes Knattern den Abflug der Kamov anzeigte.

Mac fluchte vor sich hin. So etwas hätte er voraussehen oder er hätte auf Unterstützung warten sollen. Jetzt stand er hilflos da, ohne dem Deutschen auf der Spur bleiben zu können. Er parkte den Fiat auf einem Grasflecken hinter einem mit allerlei Abfall gefüllten Metallkorb, als der Mercedes an ihm vorbeischoß und zum Wenden ansetzte. Mac zog sich die Kapuze seines Anoraks über, um sein Gesicht zu verbergen, aber der Chauffeur fuhr an ihm vorbei, ohne auch nur hinzusehen. Dann steigerte sich das Motorengeräusch der Kamov zu ei-

nem Dröhnen, und der Hubschrauber flog über seinen Kopf hinweg; seine Abwinde streiften die Baumwipfel und preßten das Gras zu Boden.
Verdrossen startete der Amerikaner seinen Motor und fuhr die enge Straße zum Flugplatz entlang, um dort zu drehen und nach Zagreb zurückzufahren. Als er beim Wenden nach hinten schaute, fiel sein Blick auf eine Anzahl leichterer Flugzeuge, die in der Nähe der Baracken standen. Er gab einen leisen Pfiff von sich: »He, Weihnachten und Neujahr auf einmal, oder was seh ich da?«
Mac wendete erneut und fuhr den Fiat in eine Lücke zwischen zwei Schuppen. Dann stieg er aus, um das unerwartete Geschenk zu inspizieren. Es gab eine zweimotorige Cessna, eine alte Piper Tripacer, eine italienische Marchetti und, wie es schien, verschiedene Versionen der jugoslawischen UTVA. Er vergewisserte sich, daß weit und breit kein Mensch zu sehen war, und inspizierte dann die drei ersten jugoslawischen Flugzeuge. Er hatte noch nie eines geflogen, war aber, da er die einschlägigen technischen Zeitschriften las, informiert, daß die UTVA nur eine geringe Überziehgeschwindigkeit, dafür aber gute Kurzlandemöglichkeiten hatte und normalerweise überraschend gut beschleunigen konnte.
McCafferty rieb sich das Kinn und steckte sich einen Kaugummi in den Mund. »Grob geschätzt ist sie vierzig bis fünfundvierzig Meilen pro Stunde schneller als die Kamov«, sagte er zu sich. Dann kam ihm ein anderer Gedanke: Die UTVA konnte mindestens siebentausend Fuß höher fliegen als der Hubschrauber. Ein Grinsen verklärte sein Gesicht, und er sagte, diesmal laut: »Na, denn mal ran an den Speck. Schauen wir nach, ob irgend jemand so schlampig war, in einem von diesen Babies den Schlüssel stecken zu lassen.«
Er suchte sich das Flugzeug aus, das neben dem ersten Hangar abgestellt war. Und sofort stieß er auf Gold: Die Schlüssel waren da. Vorsichtig schlenderte er zum Fiat zurück, ständig nach irgendwelchen Lebenszeichen Ausschau haltend. Mac

nahm seinen Seesack aus dem Auto und verschloß die Autotür. Dann eilte er zur UTVA zurück, sprang ins Cockpit und absolvierte die vor dem Abflug vorgeschriebenen Tests, wobei er den Körper immer unter der Fensterlinie hielt.
Mac überprüfte den Hauptschalter, und der Indikator zeigte an, daß der Treibstofftank voll war. Die elektrische Anlage funktionierte, wie sich herausstellte, und es gab auch keine Kontrollschlösser am Steuerknüppel und am Seitenruderpedal. Flüsternd wünschte er sich selbst »Viel Glück« und drückte den Anlaßknopf.
Das war der gefährlichste Teil der Operation, denn der Lärm der UTVA würde ihn todsicher verraten – wenn es mit etwas Glück zu spät sein würde, ihn noch aufzuhalten. Das Triebwerk sprang sofort an, und das Glück blieb Mac treu: Er schaute aus dem Fenster, jetzt völlig unbekümmert, ob ihn jemand sah, denn inzwischen hatte er eine Pistole in der Hand und war entschlossen, notfalls von ihr Gebrauch zu machen – aber noch immer hatte er den Flugplatz für sich allein. Er zuckte mit den Schultern, gab Vollgas (auch wenn das keineswegs der üblichen Praxis entsprach), und brachte die Rumpfspitze des Flugzeugs in eine Position, die ihm die längstmögliche Startlaufstrecke verschaffte. Nach etwa hundert Metern reagierte das Heck des Flugzeugs auf die sanfte Vorwärtsneigung des Steuerknüppels. Sowie sich der Rumpf des reichlich altmodischen Flugzeugs allmählich hob, wurde auch die Sicht besser, und nach weiteren fünfzig Metern zeigte der Fahrtmesser schon fünfundvierzig Knoten. Er drehte die Höhenruder-Trimmung in die Reiseflug-Stellung und stieg sanft und steil auf, ohne daß er sich besonders hätte anstrengen müssen.
Als er das Ende des kleinen Flugplatzes überflog, zeigte der Höhenmesser schon zweihundert Fuß. Er gab einen erleichterten Seufzer von sich und drehte bei, um über das Flugfeld zurück in Richtung Süden zu fliegen und Dunkels' Verfolgung aufzunehmen. Als er unter sich wieder die verrosteten Baracken sah, war, so sehr er auch Ausschau hielt, noch im-

mer kein Anzeichen von Leben zu entdecken. »Wo zum Teufel ist der zuständige Mechaniker?« sagte er zu sich. Es mußte doch einen geben. Man konnte doch nicht einen ganzen Platz unbewacht lassen, auf dem so viele Flugzeuge herumstanden. Dann dämmerte es ihm: Smith mußte den Mechaniker bestochen haben, um Dunkels einen gefahrlosen Start zu ermöglichen.

McCafferty wandte seine Aufmerksamkeit wieder Dunkels zu. Die Kamov würde jetzt etwa einen Kurs von 190 Grad haben. Er ging auf denselben Kurs und stieg auf viertausend, um sein Blickfeld zu vergrößern und die Zeit, die der Deutsche ihm seit dem Start voraus hatte, wieder wettzumachen. Die Abtrift vom Kurs würde er mit der überlegenen Motorleistung der UTVA leicht aufholen können – besonders, wenn er die gebotene Geschwindigkeitsgrenze leicht überschritt. Er suchte das Land unter sich und die Luft um sich mit den Augen ab. Die Schönheit der dahingleitenden Landschaft, die im strahlenden Sonnenlicht liegenden bewaldeten Hänge, all das sah er nicht – er hielt nur Ausschau nach jenen verräterischen Zeichen, die den flüchtigen Hubschrauber verraten würden: ein Aufblitzen, wenn sich das Licht in dem wirbelnden Propeller spiegelte, ein schwarzer Fleck gegen das helle Blau, winzig wie eine Fliege, ein dunkler Schatten über einer grünen Wiese. Eine Straße, ein Fluß und eine Eisenbahnstrecke lagen unter ihm. Zu seiner Linken schmiegte sich eine kleine Stadt in eine Falte des sanften Hügels. Anhand einer zerknitterten Karte, die im Cockpit lag und nur noch aus Eselsohren bestand, identifizierte er die Stadt als Glina. Er schaute sich die Karte näher an: Der nächste Anhaltspunkt war Topusko – Steuerbord.

Er lehnte sich nach rechts, hielt Ausschau nach Topusko, und da sah er die Kamov. Sie flog so niedrig, daß es einen flüchtigen Moment so aussah, als krieche sie wie ein Auto auf dem Boden. McCafferty kicherte und spuckte den Kaugummi aus, der sowieso keinen Geschmack mehr hatte.

Noch während er McCafferty nach Jugoslawien umleitete, beschloß Philpott, daß er und Sonja sich an ihren ursprünglichen Plan halten und nach Rom aufmachen würden. Als VIPs hatte man sie schnell durch den Zoll in Fiumicino geschleust, und sie verließen den Flughafen, ohne daß man ihr bißchen Gepäck angetastet hatte. Sie ignorierten die unlizensierten Taxifahrer und auch die gelben Taxis und gingen zum Auto der NATO-Belegschaft, das unter einem Parkverbotsschild stand. Der abgehetzte hohe Offizier in der Uniform der britischen Armee, der neben dem Auto stand, nahm die Arme auseinander und machte zur Begrüßung eine Verbeugung. Er war groß, schon etwas grau, mit kühnen Augen und einem Schnurrbart wie eine Zahnbürste, der genau in den Mundwinkeln endete. »Morgen. Tomlin. Brigadier.«
Philpott erwiderte: »Morgen. Philpott. UNACO.«
Tomlin sagte: »Ich bin von der NATO. Neapel. Zuständig für die Öffentlichkeitsarbeit.«
Philpott sagte: »Meine Mitarbeiterin Mrs. Kolschinsky. Wir sind zuständig für jede Art von Arbeit.« Er nickte in Sonjas Richtung, und dann schüttelten beide dem Soldaten die Hand.
»Normalerweise haben wir ja keine – hm – durchreisenden Feuerwehrleute zu Besuch«, fuhr Tomlin ernst fort und ignorierte Philpotts düster zusammengezogene Brauen. »Da man mich aber nun einmal zu dieser Unzeit hierher beordert hat, scheinen Sie ja ganz schön wichtig zu sein.«
»Nicht wirklich«, erwiderte Philpott ungezwungen, »ich bin bloß ein ganz gewöhnlicher Bursche mit einigen gewöhnlichen Fragen, Brigadier.«
»Oh, großartig«, sagte Tomlin und brachte sie zum Auto. »Verdammt gute Show. Dann legen Sie mal los!«
Sonja faßte Philpott fest am Handgelenk und bewahrte ihn damit vor einem Wutanfall, wenn er es auch schwierig fand, seinen Zorn angesichts von Tomlins absoluter Sorglosigkeit ganz zu beherrschen. »Also zunächst mal: Gibt es irgendeine Nachricht über den Absturz der Air Force One?« fragte er.

»Aha«, sagte Tomlin und lehnte sich verschwörerisch vor, »ja, die gibt es.« Er befahl dem Corporal am Steuer des Wagens loszufahren und berichtete Philpott dann, daß man das Wrack lokalisiert habe.

»Aber . . .«, setzte er hinzu und der Mund blieb ihm offenstehen, als Philpott ergänzte, »aber es ist nicht Air Force One.«

»Genau«, bestätigte Tomlin. »Aber wie um alle Welt konnten Sie das wissen?«

Philpott klopfte sich an die Stirn: »Feuerwehrmanns Geheimnis«, flüsterte er. »Es war eine Boeing 707, stimmt's?«

Das stimme, gab Tomlin zu, aber es handle sich, soweit sie aufgrund der Überreste hätten eruieren können, nicht um einen Airliner, sondern um einen Frachter. Es gebe keine Registrationsnummer, und so könne es noch Tage dauern, bis man dem Flugzeug auf die Spur gekommen sei.

Philpott schluckte die Nachricht. Er hatte gehofft, Smith definitiv mit der Entführung in Verbindung bringen zu können, indem man den »Zwilling« sofort identifizierte, aber es sah so aus, als ob er auf diese Bestätigung noch warten müsse.

Ein Quäken vorn aus dem Auto kündigte eine Funkdurchsage an. Tomlin kurbelte die Trennscheibe herunter und bellte: »Was sagen die da, Corporal?«

»Hauptquartier, Sir«, erwiderte der NATO-Corporal. »Lösegeldforderung für die OPEC-Minister in Triest eingegangen und auch, glaube ich, in Dubrovnik. Irgendwas ist auch an eine der amerikanischen Presseagenturen gegangen.«

Der Brigadier war nun ganz dienstlich. »Also Hauptquartier. Und bleiben Sie dran.« Er plusterte sich auf, als sei er persönlich für die Einführung des Funkverkehrs verantwortlich und sagte zu Philpott: »Ganz hübscher Rummel, was?«

»Nein«, sagte Philpott, »das habe ich erwartet.« Der Soldat hob gekonnt eine Augenbraue, sagte aber nichts. Philpott setzte langsam zum vernichtenden Schlag an: »Und außerdem, Brigadier«, sagte er schlau, »steht es eins zu zehn, daß der Kerl, der hinter dem Lösegeld steckt, ein sogenannter Smith ist.«

Tomlin schnüffelte. »Bißchen – eh – allzu häufig, der Name, oder?«
Philpott kicherte. »Der Name schon, aber der Mann nicht.«
In der Funkzentrale des NATO-Hauptquartiers studierten Philpott und Sonja die Vergrößerungen der Polaroidfotos, die man auf Anfrage aus Triest und vom Associated Press-Büro in Belgrad telegrafisch übermittelt hatte. Tomlin legte eine davon unter ein Episkop, das das Bild groß an die Wand warf.
»Alles gut zu sehen, Sir?« fragte er, seit der Entdeckung, daß der Entführer tatsächlich Mister Smith hieß, entschieden geläutert.
Im Geist hakten Philpott und Sonja die Minister und Besatzungsmitglieder ab, deren Daten bei der UNACO gespeichert waren. Unauffällig überprüften sie ein Gesicht aus dem guten Dutzend besonders gründlich – denn Jagger befand sich – natürlich – unter den Entführten.
»Unglaublich«, murmelte Philpott. »Unheimlich«, sagte Sonja. »Die ungeheuerlichste Fälschung, die ich je gesehen habe. Jeder . . . selbst Macs Mutter würde schwören . . .«
»Brigadier«, schnitt Philpott ihr mit einer bestimmten, aber nicht unfreundlichen Geste das Wort ab, »haben Sie sich schon irgendeine Vorstellung über den Hintergrund des Schnappschusses machen können?«
Ohne zu zögern antwortete der Brigadier, daß es sich wohl um ein Schloß handeln müsse. »Gekachelter Boden«, erklärte er lässig, »rohes Mauerwerk. In England haben wir einige davon, wissen Sie.«
»Nein, habe ich nicht gewußt«, sagte Philpott interessiert, »davon müssen Sie mir gelegentlich erzählen.«
Die sarkastische Bemerkung war bei Tomlin verschwendet. Der nickte bloß und wiederholte: »Kein Zweifel, ein Schloß.«
Philpott stimmte zu und fragte den Brigadier, ob er irgendwelche Schlösser in Jugoslawien kenne.
»Was, da soll es sein?« blökte Tomlin.
Philpott nickte. »Und vermutlich gibt es da so viele, daß man

das Richtige ohne irgendeinen Anhaltspunkt wohl kaum finden kann.«

Ein Angestellter brachte einige Kopien mit der Lösegeldforderung, und Philpott stieß – wie zuvor Hemmingsway – einen Pfiff aus, als er las, daß Smith geschliffene Diamanten im Wert von fünfzig Millionen Dollar forderte. »Verdammt viel Geld«, sagte er nachdenklich.

»Und was ist mit dem Rest?« sagte Tomlin unsicher.

»Rest?« fragte Philpott zurück.

Tomlin schwenkte das Blatt mit der Notiz von Associated Press, die den ganzen Vorfall schilderte – im Gegensatz zum UNACO-Bericht, der in einzelne Abschnitte, jeweils mit Analyse, aufgeteilt war, von denen Philpott nur den ersten besaß. »Falls die arabischen Nationen – oder irgendwer . . . hier ist die UNACO genannt . . . Smiths Forderungen nicht erfüllen, wird er alle drei Stunden einen der Minister umbringen . . . Mein Gott«, flüsterte Tomlin, »er muß wahnsinnig sein. Glauben Sie, daß er das wirklich meint?«

Philpott schaute vom UNACO-Report hoch. »Oh, der ist schon ernst zu nehmen«, sagte er feierlich. »Und er dürfte auch verrückt genug sein, es auszuführen.«

Sonja preßte die Lippen zusammen, so daß sie eine einzige waagrechte Linie bildeten. »Gibt es eine Frist, Brigadier?«

Tomlin schaute sich noch einmal die Unterlagen an, die er in der Hand hielt. »Die gibt es«, bestätigte er. »In einer Stunde von . . .«, er schaute auf seine Uhr, » . . .jetzt an. Falls die UNACO mit Smiths Bedingungen einverstanden ist, muß sie das über AFN Rom genau um 10 Uhr Ortszeit durchgeben lassen.« Er schaute Philpott gerade in die Augen. »Das ist Ihre Sache, Sir«, fügte er hinzu.

Philpott atmete tief ein und mit einem Seufzer wieder aus, in dem Resignation und Frustration lagen.

»Eine Stunde«, murmelte er . . ., »nur eine Stunde, bis wir vielleicht Hawley Hemmingsway verlieren.«

»Warum Hemmingsway?« fragte Sonja.

Philpott lächelte. »Kannst du dir vorstellen, daß Smith einen wertvollen Araber vor einem nutzlosen Amerikaner dran glauben läßt?«

Eine steife Brise brachte Philpotts Haar durcheinander, und die warme Sonne auf der Piazza Barberini zwang ihn dazu, seine Augen zu beschatten und den Ober anzublinzeln.
»*Signore*?« fragte der Ober.
»Eh . . . *capuccino*«, erwiderte Philpott. Dann sah er einen Mann von der Metrostation her über die Straße kommen.
»*Signore*!« rief er dem entschwindenden Ober nach. Der Ober drehte sich um, sogar sein frisch gebügeltes weißes Kellnerhemd schien vor Ablehnung zu knistern. »*Due capuccini*«, bestellte Philpott. Der Ober wiederholte: »*Due. Prego, Signore*«, und schlurfte davon. Der Mann von der Metro kam näher und setzte sich unaufgefordert und ohne ein Lächeln an Philpotts Tisch . . .

Das erste, was die UNACO tun mußte, nachdem sie jeden Aspekt der Lösegeldforderung untersucht hatte, war zu überlegen, wie man Zeit gewinnen könne. Als zweites mußte man das Lösegeld zusammenbringen. Das war die leichtere Aufgabe. Sonja ließ sich auf Philpotts Anweisung hin mit den Diamantenbörsen in Johannesburg und Amsterdam sowie dem Präsidenten von De Beers verbinden. Die Summe wurde auf Bürgschaft der UNACO hin zur Verfügung gestellt. Mit dem nächsten Flug von Schipol nach Fiumicino sollte ihr Äquivalent in geschliffenen Diamanten aus Amsterdam übernommen und dann Smith ausgehändigt werden.
Inzwischen hatte Philpott alle Aspekte dieser Situation eingehend überprüft. »Ich muß Zeit gewinnen, um Smith zu finden«, sagte er und schlug mit der Handfläche auf den Tisch in der Funkzentrale der NATO. »Man darf ihm das Kommando nicht überlassen. Wenn wir erst einmal über Radio unsere Zustimmung zu seinen Bedingungen gegeben haben, wird er

doppelt so schnell mit dem Ort für die Übergabe des Lösegeldes herausrücken und sich, ehe wir uns überhaupt umschauen, damit aus dem Staub machen.«

»Aber Sie werden doch die Radiomeldung durchgeben lassen, Sir?« fragte Tomlin bedacht. »Ich weiß, daß das jedem von uns gegen den Strich geht, Sir, aber Sie sind doch sicher auch der Meinung, daß wir das Leben keines der OPEC-Minister riskieren dürfen. Es sei denn, Sie glauben, daß Smith nur blufft?«

Philpott strich sich langsam mit der Hand über die Stirn und ließ dann die Finger über sein Gesicht gleiten. Er schaute aus dem Fenster und starrte auf den stummen Strudel des römischen Verkehrs drunten. »Er mag vielleicht insofern bluffen, als er nicht *selbst* einen Minister umbringt«, erwiderte er schließlich. »Killen ist nicht Smiths Stil. Andererseits aber werden naturgemäß labile Leute um ihn herum sein . . . von zweien habe ich eine ungefähre Vorstellung. Abgesehen davon wird Smith sicherlich keine so überzeugende Exekution veranstalten, um dann noch irgendeiner der Geiseln Gelegenheit zu geben, uns davon zu berichten. Zweifellos verfügt Smith über Funk – und den wird er dazu benutzen, uns zu erpressen; er wird in so kurzen Intervallen funken, daß wir die Frequenz unmöglich feststellen können.«

Tomlin nickte düster. »Und wir würden nicht wissen, ob das alles stimmt oder nicht«, bestätigte er. »Wir müßten annehmen, daß es tatsächlich so ist. Ein Bluff, auf den wir nicht reagieren könnten.«

Die beiden Männer saßen eine Minute lang so da, jeder in seine Gedanken versunken, dann rutschte Philpott mit einem Ruck auf seinem Stuhl nach vorn und schrieb etwas auf den Notizblock, der vor ihm lag. Er riß das Blatt ab und gab es Tomlin.

Der Brigadier las und lächelte dann leicht verwirrt. »So leicht soll das sein?« fragte er. Philpott zuckte mit den Schultern. »Wir müssen uns Zeit erkaufen.«

»Aber Sie wissen doch gar nicht, wie Sie mit Smith Kontakt

aufnehmen können. Wir haben doch keine Ahnung, wo er steckt«, warf der Brigadier ein.
»Das versuche ich ja gerade herauszufinden«, erwiderte Philpott. »Ich muß ihn ausräuchern. Lassen Sie die Radionachricht um neun Uhr dreißig durchgeben, dann wird Smith, das garantiere ich Ihnen, um zehn wieder da sein. Und bis dahin habe ich herausgefunden, wie ich an ihn herankomme.«
»Und wenn nicht?«
»Wenn nicht, dann verlieren wir Hemmingsway.«
Tomlin biß sich betreten auf die Lippen und sagte: »Ich bin wirklich froh, daß ich dieses Risiko nicht wahrnehmen muß. Ihr Präsident wird es weder sonderlich begrüßen, einen Freund noch auch sein Flugzeug zu verlieren, wenn Sie mir diese Bemerkung gestatten, Sir.«
Philpott nickte zustimmend. »Wir müssen unsere Chancen bei Smith da beim Schopf fassen, wo wir sie kriegen, Brigadier«, fuhr er fort. »Und die Ruhe behalten. Präsident Wheeler weiß ganz genau, daß ich nicht die Absicht habe, Hawley Hemmingsway oder einen der Ölminister zu opfern. Ich glaube, daß ich es schaffen kann, aber ich brauche Zeit – und Zeit haben wir nicht. Wenn Sie mir jetzt ein paar Minuten gestatten?«
Tomlin nickte und begab sich zum anderen Ende der Funkzentrale. Philpott wählte eine Telefonnummer, und als der Mann in der Botschaft der UdSSR »*Buon giorno, Signore*« sagte, antwortete er auf russisch.
Philpott spielte sein Spiel auf Verdacht. Sollte es fehlschlagen, so wären sie Smith auf Gedeih und Verderb ausgeliefert, und der amerikanische Staatssekretär schwebte in höchster Gefahr, ermordet zu werden. Er schluckte die Galle, die ihm aufgestiegen war, und sagte: »Ich möchte mit General Alexis Nesterenko sprechen.«
Die erwartete Stille trat ein, bevor der Mann die erwartete Antwort gab: Es gebe keinen General Nesterenko bei der Botschaft. Unbeirrt fuhr Philpott fort: »Vielleicht kennen Sie ihn besser bei seinem Codenamen Myshkin.« Er konnte das Klik-

ken hören, als der zuständige Kommandant des KGB sich einschaltete.
»Wir kennen niemanden dieses Namens und wissen auch nicht, was Sie mit dem Codenamen meinen«, sagte der Diensthabende stur.
»Na gut«, sagte Philpott, »dann muß ich annehmen, daß Sie sich weigern, Ihren Vorgesetzten eine Information weiterzugeben, die für ihre weiteren Pläne so eminent wichtig ist, daß sie sie unbedingt erhalten sollten. Ich werde mich folglich verabschieden.«
»Eh, warten Sie noch einen Augenblick, *Signore*«, unterbrach ihn der Mann am anderen Ende und ging zum Italienischen über. »Sie . . . haben nicht . . .«, er versuchte ganz offensichtlich, Anweisungen auszulegen, die ihm über eine andere Leitung zugeflüstert wurden. »Sie haben uns Ihren Namen nicht genannt.«
»Mein Name ist Malcolm Philpott, und ich bin der Direktor der United Nations Anti-Crime Organisation. Ich verstehe nicht, wieso Sie das interessiert, da Sie ja vorgeben, den Mann, dem ich diese Information weitergeben möchte, nicht zu kennen.«
Wieder Stille, und Philpott konnte hören, wie sich das Klicken in der Leitung vervielfachte, als ob Grashüpfer sich paarten. Dann war die Telefonzentrale wieder da: »Es ist so wie Sie sagten, Mr. Philpott, wir kennen weder den Mann, von dem Sie sprachen noch den anderen Namen, den Sie gebrauchten. Aber vielleicht wäre es nützlich, wenn Sie uns den unmittelbaren Anlaß für dieses Telefonat nennen könnten?«
»Wozu?« fragte Philpott unschuldig.
Wieder stolperte der Diensthabende über seine Worte, brachte es dann aber doch fertig, die lahme Entschuldigung herauszustottern, daß das vielleicht der bewußten Sache nützen könne.
Philpott spielte noch eine weitere Minute mit ihm und sagte dann etwas schroff: »Na schön, ich werde in genau zehn Mi-

nuten im Ristorante Aurelio an der Piazza Barberini sein. Ich trinke einen Kaffee an einem Tisch auf dem Gehweg. Vermutlich leiste ich mir auch eine Zigarre. Zweifellos werde ich den Ober beleidigen, indem ich mich weigere, die Rechnung zu zahlen. Die Piazza Barberini liegt, wie Sie sicher wissen, ganz in der Nähe der amerikanischen Botschaft in der Via Veneto.«
»Wir wissen, wo die amerikanische Botschaft ist, *Signore*«, erwiderte der Diensthabende steif und unterbrach die Verbindung.

»Sie müssen meinen Anruf erwartet haben», behauptete Philpott amüsiert, als der Kaffee kam. Myshkin schnaubte mißbilligend und änderte die Bestellung für sich auf *caffè negro*. Philpott entschuldigte sich und zog die zweite Tasse *capuccino* zu sich herüber.
»Sagen Sie, was Sie zu sagen haben, und bitte schnell«, sagte Myshkin beißend.
»Sind Sie überhaupt nicht daran interessiert, zu erfahren, woher ich weiß, daß Sie in die Sache verwickelt und daß Sie überhaupt in Rom sind?« fragte Philpott.
»Das wußten Sie nicht«, fiel Myshkin ein, »es war nur ein Schuß ins Blaue. Und Sie können auch nicht mit Sicherheit wissen, daß ich oder mein Land in die Affäre verwickelt sind, um die es Ihnen im Moment geht.«
»Warum sind Sie dann hier?« fragte Philpott mit höflichem Nachdruck. Er konnte es sich nicht leisten, den Russen zu verschrecken, wenn er auch den begründeten Argwohn hatte, daß Myshkin nicht die mindeste Absicht hatte, sich einschüchtern zu lassen.
Myshkin ließ es zu, daß die Spur eines Lächelns sein umwölktes Gesicht überzog. »Neugier, Mr. Philpott, sonst nichts. Mein schneller Aufstieg zu einer Machtposition im Politbüro hat wohl nicht nur die westlichen Geheimdienste, sondern auch die UNACO interessiert, sonst würden Sie weder meinen wirklichen Namen, geschweige denn meinen Codenamen

kennen. Es könnte aber auch . . .«, er zögerte, als gebe er eine Schwäche zu,« . . . vielleicht könnten wir uns auch gegenseitig helfen.«
»Schon zu tief drin, Myshkin?« fragte Philpott ironisch.
»Nicht im mindesten«, protestierte Myshkin. Er zündete sich mit einem Dupont-Feuerzeug eine stinkende Zigarette an und schlürfte seinen Kaffee. Dann betrachtete er prüfend seine Fingernägel und schaute genüßlich über den Platz. Vier Mädchen, hübsch, gepflegt, jung und verführerisch, gingen in Richtung Via Veneto. »Ein verbotenes Rendezvous?« flüsterte er Philpott zu. »Eine Verabredung mit irgendwelchen Geldonkels in einem dieser sündteuren Hotels?«
»Zu dieser Tageszeit?« erkundigte sich Philpott und genoß die Verwirrung des Russen. Dann schaute er auf seine Uhr, und ihm wurde klar, daß die Scharade jetzt bald ein Ende haben mußte. Eindeutig wollte der KGB keine Initiative ergreifen, also mußte die UNACO es tun.
Langsam und nachdem er sich eine Zigarre angesteckt und eine Rauchwolke in Myshkins Richtung gepustet hatte, begann er: »Da Sie die Angelegenheit erwähnten, um die es mir im Moment geht, wie Sie sich, wenn ich mich recht entsinne, ausdrückten, würden Sie es unhöflich oder unpassend finden, wenn ich offen darüber spreche?« Myshkin gab vor, nichts gehört zu haben. Philpott grinste und schnippte etwas Zigarrenasche auf den Boden.
»Daß die UNACO beteiligt ist, ist wohl offensichtlich«, fuhr Philpott fort. »Ein Überfall auf das persönliche Flugzeug des Präsidenten ist an sich schon schlimm genug, wenn es sich bei den Passagieren aber um OPEC-Leute handelt, dann ist das eindeutig etwas, was die ganze Welt mißbilligen muß – oder zumindest nicht ignorieren kann. Der Verbrecher Smith, dessen Name Ihnen vielleicht nicht unbekannt ist . . .« Myshkin überlegte etwas und schüttelte dann den Kopf, » . . . dieser Smith ist, von welcher Seite aus man es auch betrachtet, in den Augen der Welt ein kriminelles Individuum. Es handelt sich

bei seiner Tat um einen Akt zynischen Brigantentums, der mit allem Nachdruck von den rechtlich denkenden Nationen, die sich ihrer Kultur und Zivilisation bewußt sind, verurteilt werden muß.«

Myshkin nickte ernst und drückte seine Zigarette energisch im Aschenbecher aus. Dann schaute er Philpott fragend an und nahm dankend eine Zigarre aus dem hübschen Lederetui des Amerikaners, auf dem in Gold geprägt stand: »Mit Zuneigung und Hochachtung: Leonid Breschnew«.

»Natürlich«, sagte Philpott, »handelt Smith als Einzelgänger, da es für jede Nation undenkbar wäre, besonders aber für eine, die auch noch Mitglied der UNACO ist, das Vorgehen einer solchen Kreatur zu billigen, von Unterstützung gar nicht zu reden«.

»Natürlich«, sagte Myshkin zustimmend.

»Eine solche Nation, falls sie existieren sollte, würde sich die Feindschaft jedes UNO-Mitgliedes einhandeln, besonders aber der Länder, die ihren Einflußbereich auf so problematische Gebiete wie den Mittleren Osten ausgedehnt haben. Denn genau diese Gebiete könnten für einen Staat, der so unklug wäre, einem Piraten wie Smith, einem Mann ohne irgendein Gefühl der politischen Zugehörigkeit und ohne Gewissen, Unterstützung zu gewähren, von lebenswichtigem Interesse sein.«

»Natürlich«, sagte Myshkin und widmete sich betont dem Studium der Rechnung. »Diese modischen *ristoranti* sind nicht billig, Mr. Philpott.«

»Und genauso steht es mit dem internationalen Ansehen, General Nesterenko«, warf Philpott ein. »Und um auf die betreffende Sache zurückzukommen – eine solche Nation könnte sich ernstlich im Irrtum befinden, falls sie annehmen sollte, daß Amerika allein die Schuld an jenem unglücklichen Zwischenfall auf sich nehmen wird, der den Tod eines oder sogar mehrerer OPEC-Minister zur Folge haben könnte.«

Myshkin schaute ihn scharf an. »Was veranlaßt Sie, das zu sa-

gen?« fragte er brüsk. Philpott nannte ihm die Lösegeldbedingungen von Smith und die damit verbundene Drohung.
»Es sieht ganz danach aus, als ob Amerika augenblicklich den Hauptanteil der internationalen Kritik auf sich gezogen hat«, bemerkte der Russe.
»Aber nur so lange«, erwiderte Philpott ernst, »wie die Welt die Identität der Nation nicht kennt, die Smith bei seiner Entführung unterstützte. Sowie aber feststeht, daß Smith aktive Unterstützung erhielt, daß man ihm sogar Leute und Waffen zur Verfügung gestellt und zusätzlich die Ausreise in ein gastfreundliches Land erleichtert hat, wird sich die Verachtung der betroffenen Nationen zweifellos dem Land zuwenden, das all dies ermöglichte.«
Der Russe grinste geradezu bewundernd. »Ihre Diät, Mr. Philpott«, sagte er trocken, »muß ausschließlich aus Karotten und Fisch bestehen. Sie sind ein Meister darin, Schüsse ins Dunkel abzufeuern.«
Philpott rief nach dem Kellner und bezahlte die Rechnung mit einer Fünftausend-Lire-Note, wobei er das Wechselgeld weder zurückerwartete noch erhielt. Sorgfältig legte er ein Exemplar der Zeitung *Il Messagero* auf den Tisch zwischen sich und den Russen.
»Ich weiß, daß Ihre Landsleute stolz darauf sind, über die politische Entwicklung in Italien immer auf dem laufenden zu sein«, sagte er. »Unter der ersten Seite liegt der Text der Botschaft, die in etwa drei Minuten über AFN Rom gesendet wird. Um zehn Uhr wird sie wiederholt. Es handelt sich nicht um die Botschaft, die Smith erwartet hat. Statt dessen wird darin um eine Frist von zwei Stunden gebeten. Ich würde es als Direktor der UNACO begrüßen, ja, ich würde es als Entgegenkommen empfinden, wenn man Smith etwas unter Druck setzte, damit er einwilligt. Und es ist klar, daß Smith, sollte irgendeinem der Minister auch nur das geringste zustoßen, bis ans Ende der Welt gejagt werden wird. Vielleicht, mein lieber Myshkin, machen Sie sich die Mühe, darüber nachzudenken,

wie man Mister Smith diese Nachricht am besten übermitteln kann.«

Myshkin schaute ihn zweifelnd an. »Ich, Mister Philpott? Was um alle Welt veranlaßt Sie, anzunehmen, daß ich einen Kanal zu diesem Monstrum haben könnte?«

Philpott beugte den Kopf. »Wenn ich Ihnen diesen Eindruck vermittelt haben sollte, General, dann entschuldige ich mich in aller Form dafür. Wir werden uns zweifellos bald wiedersehen.«

Er ging auf die Piazza Barberini hinaus, und ein großer dunkelblauer NATO-Wagen, auf dessen Kühler eine Flagge wehte, fuhr neben ihm vor. Philpott stieg ein, und das Auto fuhr fort.

Myshkin zog noch einmal kräftig an seiner kubanischen Zigarre, schüttelte die Aschenkrone ab und warf dann den glühenden Stummel zu Boden. Als er auf den Platz hinausging, trat er darauf. Eine schwarze Zil-Limousine mit flatternder Sowjetfahne hielt dicht neben ihm. Er drehte sich um, und die Tür flog auf . . .

Fünf Minuten nach zehn läutete im Funkraum der NATO das Telefon, und Smith sagte: »Zwei Stunden, Mr. Philpott, nicht eine Sekunde mehr.«

»Sie haben mein Wort«, erwiderte Philpott, darauf bedacht, den Anrufer, da Tomlin neben ihm stand, nicht zu identifizieren. »Das gestattet uns lediglich, ein paar Formalitäten zu erledigen.«

»Keine Tricks, Philpott«, warnte Smith. »Nicht nur die Amerikaner und Araber, auch ihre bewundernswerte Sabrina Carver ist meiner Gnade ausgeliefert, denken Sie daran.«

»Stimmt«, gestand Philpott, »wenn ich auch zuversichtlich bin, daß Sie keinem etwas antun werden. Sie müssen inzwischen – vermutlich durch Dunkels – wissen, daß mein Freund, der ehemalige Sicherheitschef von Air Force One, in Bahrain aus der Gefangenschaft entflohen ist. Er war die einzige Karte in Ihrer Hand, an der die Russen einigermaßen interessiert sein konnten. Und die werden ganz sicher nicht begeistert davon sein, daß er ihnen durch Ihre Schuld entwischt ist. Natürlich haben Sie sich inzwischen eine hübsche Geschichte ausgedacht, aber sie würden *mir* glauben, Smith, wenn ich ihnen erzählte, daß er entflohen ist. Ich glaube kaum, daß Sie möchten, daß ich's den Russen erzähle.«

»Daher ja auch mein Einverständnis mit dem erbetenen Aufschub«, antwortete Smith. »Nutzen Sie Ihre Zeit klug, Herr Direktor.«

»Darauf können Sie sich verlassen«, sagte Philpott und warf Tomlin einen Blick zu.

XII

Soweit McCafferty es beurteilen konnte, hatte der Pilot der Kamov offenbar den Befehl, im Tiefflug der Radarkontrolle zu entgehen. Mac drosselte den Motor, um bei Dunkels Verfolgung seinen Höhenvorteil besser nutzen zu können. Der Hubschrauber versuchte eindeutig, auch das kleinste Dorf zu vermeiden, von größeren Häuseransammlungen ganz zu schweigen.

Der Amerikaner war aufgrund der Vorsichtsmaßnahmen des Kamov-Piloten überzeugt, daß dieser wußte, daß ihm von oben die meiste Gefahr drohte. Er würde also seine Augen offen halten. Wer die Absicht hatte, die Kamov zu verfolgen, konnte sich nur vor oder hinter ihr halten, dachte Mac.

Er wechselte die Geschwindigkeit, trat kräftig ins Ruder, drückte den Knüppel in die Ecke und stürzte im Side-Slip erdwärts. Dann stieg er steil wieder hoch und flog dann in einer Höhe von fünfzig Fuß etwa eine Viertelmeile waagerecht hinter der kleinen Kamov her, die buchstäblich die Baumwipfel abrasierte.

Auf den nächsten hundert Meilen sah McCafferty tatsächlich nichts als eine Anzahl grüner und brauner Farbflächen, die kaum in sein Bewußtsein drangen. Er konzentrierte sich ganz auf den stahlgrauen Rumpf der Kamov, die jetzt enge Täler hinaufflog, über Bergspitzen tanzte, mit den Wipfeln der großen Waldbäume flirtete und über ein Dutzend saphirblauer Seen hinwegbrummte.

Es vergingen eineinhalb Stunden, in denen McCafferty versuchte, Höhenruder, Steuer- und Querruder auszubalancieren, in denen er unzählige Male beschleunigte und die Geschwindigkeit wieder drosselte, um nicht gesehen zu werden und doch mit seinem Zielobjekt in Verbindung zu bleiben, dessen Geschwindigkeit zwischen neunzig Meilen (die auch Mac leicht halten konnte) und weniger als fünfzig Meilen in der Stunde variierte. Und diese Geschwindigkeit war durchaus problematisch, weil sie die UTVA zum Überziehen zwang, so daß sie verzweifelt mit nachlassender Stabilität und zu wenig Höhe zu kämpfen hatte, wenn sie sich von den Auswirkungen auch nur des winzigsten Fehlers ihres Piloten erholen wollte. Der Schweiß lief in Strömen über Macs Gesicht, und er fluchte wüst vor sich hin.

Plötzlich stieg der Boden langsam an. Macs Höhenmesser zeigte zwölfhundert Fuß über Null, die Ausgangsposition, die er vor dem Abflug vom niedrig gelegenen Flugplatz bei Gora festgelegt hatte. Besorgt betrachtete er das, was vor ihm lag. Da gab es Berggipfel, die noch fünf- bis sechshundert Meter höher zu sein schienen. Er warf einen eiligen Blick auf die Karte und sah, daß er die Dinarischen Alpen vor sich hatte.

Als er zurückschaute, war die Kamov verschwunden.

McCafferty kämpfte verzweifelt gegen eine Panik an. Der Hubschrauber konnte nicht einfach vom Erdboden verschwunden sein. Macs erster Impuls war, Gas zu geben und so schnell wie möglich weiterzufliegen, aber Instinkt und Vernunft hielten ihn zurück. Irgendwo war die Kamov bestimmt noch. Sein Problem war bloß, daß er sie nicht sehen konnte.

Er ließ die UTVA in steilen Spiralen aufsteigen, damit sie unauffällig die Gegend überfliegen konnte. Innerhalb von rund drei Minuten zeigte der Höhenmesser viertausend Fuß mehr an, und Mac nahm wieder seinen normalen Kurs auf. Er schaute nach Steuerbord, um das felsige Terrain abzusuchen. Dann grinste er und sagte: »Heiß, äußerst heiß.«
Das Rätsel war gelöst. Der Hubschrauber war über eine natürliche Gletscherformation hinweg in ein steil abfallendes Tal entwischt, das wie ein Daumenabdruck in den steilen, hoch aufragenden Bergen aussah. Dort gab es eine grasbewachsene, von Bäumen gesäumte Plattform, die am Ende der sich nach oben windenden Straße in den Berg hinein gebaut war.
Diesem natürlichen Vorsprung gegenüber lag, zuerst nur als ein verschwommener Fleck auszumachen, dann aber zu beachtlicher Größe heranwachsend, ein Schloß. Gefährlich hoch gelegen, lehnte es sich gegen einen Bergeinschnitt.
Etwas tiefer hatte man ein flaches Stück aus dem Berg gehauen und eingeebnet. Dort stand die Kamov, deren Propeller sich nur noch langsam drehte.
Siegfried Dunkels war an seinem Bestimmungsort angelangt.

Ein Assistent stürzte in aller Hast in die Computerzentrale der NATO und fragte nach Philpott. Von einem rothaarigen amerikanischen Major mit einem gereizten Wink weitergeschickt, flüsterte der Kurier dem UNACO-Direktor nervös zu, daß ein Transportflugzeug bereitstehe, um ihn vom Leonardo da Vinci-Flugplatz nach Zagreb zu bringen.
Philpott war gerade mit Sonja Kolschinsky beschäftigt, die ihm versicherte, daß die Diamanten beisammen seien und durch einen leitenden Angestellten der Amsterdamer Diamantenbörse überbracht würden; zugleich mußte er sich mit Tomlins offenbarer Entschlossenheit, die UNACO von *seiner* Entschlossenheit zu überzeugen, auseinandersetzen.
»Ich habe ebenfalls ein Geschwader von P-90ern aufgestellt,

das die Strände und Salzbänke absuchen kann, überhaupt jedes offene Gelände, das eine 707 aufnehmen könnte«, erklärte der Brigadier.

»Jugoslawische Strände?« fragte Philpott erstaunt. »Jugoslawien ist, wie Sie wissen, Brigadier, nicht Mitglied der NATO.«

Tomlin sah aus wie ein verlegener Schuljunge, der aus einem Striplokal kommt. »Ich bin mir dessen bewußt, Sir«, sagte er brüsk, »aber da wir Jugoslawien neben Italien, Sizilien, Griechenland und den griechischen Inseln, Korfu und der albanischen Küste scheinbar nur beiläufig in das abzusuchende Gebiet einbeziehen, habe ich mit den jugoslawischen Behörden zumindest Verbindung aufgenommen und das Problem erörtert, von dem man dort seit den Nachrichten natürlich ebenfalls weiß. Auch *dort* befürchtet man, daß Air Force One und die Gefangenen in Jugoslawien sind, und . . .«

»Und man meint, daß Sie schlicht Treibstoff verschwenden, wenn Sie irgendwo sonst suchen, gleichzeitig aber läßt man Sie nicht ins Land. Ist es so, Brigadier?«

»So ungefähr«, murmelte Tomlin.

»Genau deshalb fliege ich nach Zagreb«, setzte Philpott hinzu, »denn wenn die Jugoslawen nicht wollen, daß die NATO überall in ihrem wunderschönen Land herumtrampelt, dann müssen sie dulden – ja ihre Mitgliedschaft in dieser Organisation verpflichtet sie sogar dazu –, daß ein kleines Kontingent der UNACO sie vertritt.« Tomlin bekannte sodann mit einem schüchternen Grinsen, daß er seine Piloten instruiert habe, die Suche in den Gebieten außerhalb des jugoslawischen Luftraums nicht allzu nachdrücklich zu betreiben. »Wir werden nicht allzu viel Treibstoff vergeuden, Sir«, setzte er hinzu, »schon deshalb nicht, weil wir keine Ahnung haben, wo man ein Flugzeug dieser Größe überhaupt verstecken könnte.«

Philpott hörte auf, Papiere in eine Aktentasche zu stopfen und schenkte dem Soldaten einen mitfühlenden und zugleich wissenden Blick. »Sie werden es nicht finden, Brigadier. So ein Flugzeug läßt sich nicht einfach verstecken, also wird Smith

es untergestellt haben. Er wird auch dafür gesorgt haben, daß es nicht durch Hitzesensoren aufgespürt werden kann. Er wird es ausgekühlt haben, oder was weiß ich . . . Sollte ich Smith auch nur einigermaßen kennen, dann steht die Maschine jetzt längst irgendwo unter einer Zeltplane.«
Tomlin nickte. »Vermutlich haben Sie recht«, seufzte er. »Ich werde die Jagdhunde zurückpfeifen. Übrigens«, setzte er hinzu, »gibt es noch etwas, was mich beunruhigt.« Er wartete einen ermunternden Wink des Leiters der UNACO ab und sagte dann: »Tatsache ist doch, daß Triest völlig außerhalb unseres Aktionsradius' liegt. Warum hat Ihrer Meinung nach Smith die Lösegeldforderung dorthin geschickt?«
Philpott dachte nach und sagte dann: »Ihre Frage ist nicht unberechtigt, Brigadier, keineswegs unberechtigt.« Tomlin errötete vor Freude. »Ich kann nur vermuten«, fuhr Philpott fort, »daß man uns damit auf die falsche Fährte locken wollte. Jetzt, da Sie es erwähnen, bin ich mehr und mehr der Meinung, daß Dubrovnik dem von uns vermuteten Aktionszentrum näher liegt. Es wird also gut sein, von Zagreb aus zu starten. Denken Sie weiter nach. Sie können das wirklich sehr gut, Brigadier!«
Und damit lehnte sich Philpott vor, um Sonja einen Kuß zu geben, wobei sich Tomlins Röte noch vertiefte, und verließ dann den Raum, einen Schwarm uniformierter Helfer im Gefolge. Sein Flugzeug war erst drei Minuten in der Luft, als bei Sonja Kolschinsky das Telefon läutete und eine atemlose Stimme sagte: »Ist der Chef da, Sonja? Ich muß unbedingt mit ihm sprechen. Hier ist Joe McCafferty. Ich habe Smith gefunden.«
Sonja gab dem rothaarigen Major einen Wink mit der Hand, der sofort hochschnellte und erst vor ihrem Stuhl wieder zum Halten kam. »Egal was es kostet und wie schwierig es ist,« sagte sie, »aber ich möchte, daß man den Anruf von dieser Leitung hier«, – sie zeigte auf den Hörer in ihrer Hand, »zu Mr. Philpotts Flugzeug durchlegt, und zwar *sofort*.«
»Ja, Ma'am«, erwiderte der Major, »o ja, Ma'am.« Er schoß in

Richtung Funkraum davon, als hinge es allein von ihm ab, den Dritten Weltkrieg zu verhindern . . .

Sabrina und Feisal hatten das Frühstück abgelehnt. Aber Feisal mußte zu festgesetzten Zeiten essen, und so stocherten sie nun lustlos in einer morgendlichen Zwischenmahlzeit herum, die Smith in die Dachkammer hinaufgeschickt hatte. Es war irgend etwas, das Haferschleim ähnelte. Pampige Brocken schwammen darin herum, und schon bald fanden sie das Zeug ungenießbar. »Ich hatte keine Ahnung, daß jugoslawisches Essen so mies ist«, begann Sabrina und bedauerte gleich darauf, damit angefangen zu haben, denn Feisal ließ sich sogleich ausführlich über mitteleuropäische Eßgewohnheiten aus.
Als sie allerdings ihre Augen in gespieltem Entsetzen zur Dekke hob, gab er es auf. Doch sie schaute noch immer unverwandt hoch, und er folgte ihrem Blick. Sie hatte etwas entdeckt, das ihnen zuvor nicht aufgefallen war – eine schmale Öffnung in der Decke, durch die der nackte Fels sichtbar wurde. Sabrina schaute in das Loch hinein. »He«, rief sie aus, »ich kann das Tageslicht sehen, Feisal.«
Der Araber lief zu ihr hinüber, und beide ließen ihre Finger über den bloßen Fels gleiten. Es handelte sich tatsächlich nur um einen schmalen Spalt in der Zimmerdecke, durch den ein Schimmer Tageslicht einfiel.
»Ich fürchte, daß das für mich nicht breit genug ist«, sagte Sabrina zweifelnd.
»Aber für mich« behauptete Feisal. »Wir Araber achten auf unseren Körper. Wir halten Diät, wissen Sie.«
»Verstehe«, sagte Sabrina eilig. »Schau, Feisal, ich weiß, daß du es gut meinst, aber ich frage mich, ob ich dich das Risiko eingehen lassen darf, dieses Loch hochzukriechen. Dein Großvater wäre wütend auf mich, wenn . . .«
»Und er wäre wütend auf *mich*, wenn ich es *nicht* täte«, sagte Feisal widerspenstig. »Und damit hat sich die Sache. Wenn Sie jetzt so freundlich sein würden, mich hochzuheben . . .«

Gerade als Sabrina sich vorbeugte, damit er ihr auf den Rükken steigen konnte, hörte sie, wie sich der Schlüssel im Schloß drehte. Als die Tür aufflog, saßen beide am Tisch. Bert Cooligan taumelte ins Zimmer.

»Er war so verrückt, einen Ausbruchsversuch zu machen«, sagte Achmed Fayeed, der hinter dem Agenten auftauchte. »Und Sie dürfen es sich hinter die Ohren schreiben: Flucht aus Schloß Windischgrätz ist unmöglich. Zum Dank für seine Mühe darf Mr. Cooligan Ihnen jetzt Gesellschaft leisten.«

Cooligan setzte sich aufs Bett und massierte seine übel zugerichteten Glieder. Er sei seinen Bewachern bei einem Gang zur Toilette entschlüpft, erzählte er, und hatte es sogar bis zum Innenhof geschafft, als Fayeed vor seinen Augen die Zugbrücke hochgezogen hatte.

»Tapfer von Ihnen, Bert«, tröstete Sabrina ihn, »aber ich glaube, es ist wirklich zwecklos, wie der Mann gesagt hat.«

Cooligan schaute sie verschwörerisch an. »Glauben Sie doch das nicht, mein Goldkind«, flüsterte er. »Ich bin der letzte, von dem sie erwarten, daß er's noch einmal versucht, nachdem ich einmal entwischt und wieder geschnappt wurde. Aber genau das werde ich tun: es wieder versuchen.«

»Großartig«, lobte Feisal ihn, »seien Sie versichert, daß ich Ihnen jeden Beistand gewähren werde.«

Cooligan glotzte den Jungen an und atmete schwer. »Du hast doch wohl nicht gesagt . . .«

Sabrina grinste. »Er hat es gesagt, fürchte ich, und nicht nur einmal. Aber er hat seine Gründe.« Und sie zeigte auf die Maueröffnung in der Zimmerdecke.

Sie schauten sie sich gemeinsam an. Der Agent nickte zustimmend und hatte im gleichen Moment Feisal schon hochgehoben. Mit ausgestreckten Armen stemmte er ihn in das Loch hinein. »Hast du Platz?« rief er.

»Mehr als genug« rief Feisal zurück und zog sich in dem Loch so weit nach oben, daß er den Lichtschimmer zum Erlöschen brachte . . .

Mac scherte erneut aus und umflog das Schloß in weitem Bogen. Dann flog er das Tal entlang und sah dabei den holprigen Karrenweg, der als Straße diente. Ansonsten schien rundum niemand zu wohnen, denn das Tal, das aus der Luft besonders eng aussah, wand sich durch eine Schlucht und stieg dann in engen Kurven zu einer flachen Hochebene auf. Der Amerikaner flog nun so hoch, daß er sogar bis zur Adria sehen konnte, vor deren Küste die winzigen Inseln schwammen.
Sein Plan stand fest: Er mußte landen und versuchen, mit Philpott Kontakt aufzunehmen, denn er hatte nicht den mindesten Zweifel, daß er Smiths Hauptquartier und das Gefängnis der Geiseln gefunden hatte. Das Gebiet, das, einer Bratpfanne nicht unähnlich, unter ihm lag, mußte der Eingang zum Tal sein, und dort erspähte er auch genau das, was er suchte: ein zerfallenes Haus, das in einem einstmals sicher schönen und riesigen Parkgelände lag, dessen Spuren aus der Luft noch deutlich auszumachen waren. Jetzt weideten da, wo einstmals die große Rasenfläche war, Schafe und Ziegen, aber ihm schien es, daß die Wiese glatt und flach und mit ihren etwa 300 Metern auch lang genug war, um dort zu landen.
Er bereitete sich auf das Landemanöver vor, flog aber zuvor noch einmal im Tiefflug über das Gebiet hinweg, um die Tiere in eine Ecke der Weide zu scheuchen. Dann machte er eine kurze Drehung und war zur Landung bereit. Die UTVA glitt – mit genau fünfundvierzig Knoten – über die brüchigen Mauern hinweg, und Mac setzte so vollendet auf, daß er sogar nur zwei Drittel der Strecke brauchte.
In der Nähe einer riesigen Baumgruppe und vom Haus nicht allzu weit entfernt, sah er eine große offene Scheune. Der Amerikaner gab noch einmal Gas und rollte darauf zu. Die Scheune war zerfallen, das Dach durchlöchert, aber sie bot dem kleinen Flugzeug genug Platz.
Kurz darauf wanderte McCafferty, der aus der Luft ein Dorf erspäht hatte, das nicht allzu weit entfernt schien, schon den kaum sichtbaren Pfad entlang wie ein entschlossener Tourist

auf Abwegen. Er hatte den Seesack geschultert, den Anorak darübergehängt und pfiff zufrieden das Lied vom »Fröhlichen Wandersmann«.
Er wechselte mit riesigem Verlust die Dollars aus Mackie-Beltons Barschaft in Dinare um, goß in einem Café ein paar Bierchen hinunter und erfragte sich den Weg zur Dorfpost, in der es, wie er herausgefunden hatte, das einzige Telefon weit und breit gab.
Zwanzig reichlich entnervende Minuten später war er dank der interpretatorischen Hilfe der sechzehnjährigen Tochter des Gastwirts wundersamerweise mit Philpott verbunden, der fünf Meilen über ihm kreuzte.
Er gab dem UNACO-Direktor die Lage des Schlosses durch. Es war Schloß Windischgrätz, wie er von seinen neuen Freunden erfuhr. Außerdem erklärte er Philpott, wie er nach Luka, dem Dorf, wo er sich aufhielt, gelangte. Sie verabredeten sich für den frühen Abend.
»Vermutlich werde nur ich kommen«, warnte ihn Philpott. »Aber zuvor muß ich herausfinden, wie die Jugoslawen zu uns stehen. Ich habe keine Ahnung, ob die jugoslawischen Behörden mir irgendwelche Hilfe oder vielleicht sogar ihre Mitarbeit gewähren, deshalb verspreche ich dir besser auch keine Befreiungsarmee. Aller Voraussicht nach wird sie nur aus mir und dir bestehen, Joe.«
»Dann sieh zu, daß du gut in Form bist«, gab Mac fröhlich zurück, obwohl er dem, was auf sie zukam, keineswegs vertrauensvoll entgegensah.
Philpott legte auf, und während sich McCafferty per Esel und zu Fuß aufmachte, Schloß Windischgrätz auszukundschaften, setzte das Flugzeug des UNACO-Direktors zur Landung in Zagreb an.

Feisal zwängte seinen schlanken Körper aus dem Loch heraus und stand, wie er feststellte, direkt über dem senkrecht abfallenden Berg. Er schluckte und zog den Kopf wieder zurück, schaute dann nach oben und nach beiden Seiten. Der Spalt mündete im Eingang der Höhle über dem Schloß, und der Junge überwand den Rest ohne Schwierigkeiten. Er stand jetzt praktisch auf dem Dach des Schlosses und bewegte sich vorsichtig zu einem der Pyramidentürmchen hin. Von dort aus sah er den Abhang, die Straße und das Tal.

Er ging um die Pyramide herum und kam zu einem flacheren Teil des Daches. Von der Spitze des Turms ragte ein Flaggenmast auf, dessen Haltetau schlaff am Mast baumelte.

Der Junge lächelte und wollte schon den Turm ersteigen, als er von unten Stimmen hörte. Feisal kroch auf Knien bis zum Ende des Daches. Die Stimmen kamen aus einem Lüftungsschacht, der, wie er annahm, vom Trophäensaal, wo die Geiseln gefangen waren, nach oben führte. Mister Smith sprach.

». . . sieht es also so aus, Gentlemen, als ob Ihre jeweiligen Regierungen sich weniger um Ihr Leben als um die vergleichsweise läppische Summe sorgen, die es kosten wird. Zumindest gibt es für den Wunsch nach einer Verlängerung der Frist auf zwei Stunden keine andere Erklärung. Ich kann nicht glauben, daß sie so verrückt sind, sich Gedanken darüber zu machen, wie sie uns aufspüren wollen, denn damit würden sie unvermeidlich Sie alle opfern. Ich wiederhole, ich kann nur vermuten, daß man Ihrer aller Leben gegen bloße fünfzig Millionen Dollar in Diamanten in die Waagschale wirft.«

Smith hatte die Minister von der Crew, die für ihn wertlos war, getrennt. Links und rechts von ihm standen Dunkels und Jagger, beide mit Schmeisser-Maschinenpistolen bewaffnet, und Fayeed führte einen Guerilla-Trupp an, der den restlichen Trophäensaal bewachte.

Hawley Hemmingsway, unbestreitbar der größte und stärkste Mann im Raum, kreuzte die Arme und sagte mit einem verächtlichen Schnaufen: »Vielleicht ist nur keine der betroffenen Regierungen scharf darauf, mit einem Mann wie Ihnen, dem Abschaum der Menschheit, zu tun zu haben, Smith. Das wäre zumindest verständlich.«

Smith sah ihn mit nachsichtiger Ironie an, aber der Pfeil hatte gesessen. Noch nie hatte Smith Kritik vertragen können; es gehörte zur Selbstverteidigung dieses Größenwahnsinnigen, daß er immer und überall Recht haben, über jeden Tadel erhaben sein und ob der Ästhetik und Perfektion seiner Verbrechen gefeiert und bewundert werden mußte. Außerdem bildete er sich auch viel auf seine eiserne Selbstkontrolle ein, die ihn fast nie im Stich ließ. Jetzt allerdings hatte er sie bitter nötig, um seine Wut zu unterdrücken. Er legte sich schon eine entsprechend bissige Antwort zurecht, als ihn Scheich Zeidan der Mühe enthob.

Der alte Araber hob beschwichtigend die Hand und brummte Hemmingsway zu: »Immer mit der Ruhe, mein Freund, immer mit der Ruhe. Nur Geduld. Sie würden sich doch auch nicht mit einem rasenden Hund anlegen? Natürlich nicht. Sie würden Ihre Meinung für sich behalten und ihm aus dem Weg gehen.«

Smiths Zähne schlugen aufeinander und seine Augen bohrten sich in Zeidans, aber er konnte dem brennenden, geringschätzigen Blick des Mannes im Rollstuhl nicht standhalten. Hemmingsway aber, der Bostoner Aristokrat mit dem Blut von nachweislich seit sechs Jahrhunderten in Amerika ansässigen englischen und kolonialen Ahnen in den Adern, hatte es noch nie nötig gehabt, im Umgang mit so erbärmlichen Kreaturen wie der, die jetzt vor ihm stand, sein Temperament zu zügeln.

Er nahm die Arme auseinander, ließ sie locker herabfallen und zog zischend die Luft ein; die Augen traten ihm vor Wut fast aus den Höhlen. Er fühlte sich zutiefst verletzt. »Ich danke Eurer Exzellenz für den Rat«, sagte er, »aber ich habe einen nicht geringen Teil meines Lebens damit zugebracht, im Krieg und in der Politik mit Ungeziefer wie diesem umzugehen. Denen kann man nur immer wieder einbleuen, daß Männer wie Sie und ich und Ihre Kollegen nicht eingeschüchtert werden *können* und sich nicht einschüchtern *lassen*. Wir können und werden in dem miesen Spiel dieser Schacherer nicht die Bauern abgeben, die man als Handelsware über die schäbige Theke reicht, nur damit diese Kreaturen zu dem Geld kommen, das ihr widerliches Dasein verlängert, nur um ihnen . . .«

»Warum klappen Sie nicht einfach den Mund zu, wie der Mann gesagt hat?« Die trockene und höfliche Stimme Jaggers stoppte Hemmingsways Ausbruch, und jeder im Raum fühlte sich plötzlich bedroht. Dr. Hamady schaute sich nach der Stimme um und fuhr sichtlich zusammen, als Jaggers kalter Blick ihn traf. Dorani zerrte nervös an Hemmingsways Ärmel, aber der Amerikaner schüttelte ihn ab. Scheich Arbeid wandte seinen Blick von Jaggers Augen – und sah, wohin er auch blickte, in andere Augen: tote Augen, Augen von Adlern, Hirschen, Bären, großen, wütenden Hunden, vorwurfsvolle Augen, die nichts verziehen.

Auch Hemmingsway war jetzt bis zum Äußersten gereizt. Wenn Smith zumindest noch die Verantwortung und die Ausstrahlung dessen besaß, der die Befehle gab, so lag Jagger, der abtrünnige Amerikaner, der um des Geldes willen Verrat beging, für Hemmingsway so weit jenseits dessen, wofür er noch Verachtung empfinden konnte, daß dieser endgültig die Nerven verlor.

»*Sie*, McCafferty«, schnaufte er, »*Sie* . . . ohne *Sie* wäre nichts von all dem passiert. *Sie* haben sich verkauft, sich, Ihr Land und Ihre Ehre, an dieses Lumpenpack, an diese Läuse, nur um Ihre Taschen aufzufüllen und sich dann im ersten besten Abwasserkanal davonschwemmen zu lassen.« Schaum stand ihm vor dem Mund, und er machte ein paar Schritte auf Jagger zu, bis nur noch etwa drei Meter zwischen ihnen lagen.

»Kommen Sie zurück, Hemmingsway«, bat Dr. Hamady.

»Keinen Schritt näher, Freund«, sagte Jagger, »wagen Sie es nicht!« Aber Hemmingsway hörte ihn nicht. Er zitterte vor Wut und verschlang den Mann, der vor ihm stand, mit Augen und Sinnen.

»Daß Sie es wagen, mit mir zu sprechen, ist schon so widerlich, daß ich beim bloßen Gedanken daran kotzen könnte«, tobte er. »Verglichen mit Ihnen ist Smith ein Ritter in glänzender Rüstung. Und wenn es das letzte ist, was ich tun werde, McCafferty, aber ich werde alles daransetzen, daß Sie für Ihren Verrat büßen müssen. Ich werde mich darum kümmern, daß Sie zahlen für die Uniform, die Sie beschmutzt haben und die Sie noch immer tragen. Hören Sie, Sie Stück Dreck, Sie stinkender Abschaum . . . hören Sie? Ich werde Ihren Körper mit meinen eigenen Händen in Stücke reißen«, ein weiterer Schritt vorwärts, »ich schlitze Ihnen . . .«

Ohne zu zielen, ohne sich auch nur zu bewegen, legte Jagger den Finger an den Abzug seiner Maschinenpistole und schickte eine Ladung Metall in Hemmingsways Körper, der sich noch immer mit ausgestreckten Armen auf ihn zubewegte. Eine Hand fiel herunter, am Handgelenk abgetrennt; Hemmingsways Gesicht verschwand in einem Klumpen von Blut und splitternden Knochen; sein Rumpf wurde fast in zwei Teile gerissen, als die Geschosse durch ihn hindurchschlugen, und jeder im Raum war wie betäubt von dem entsetzlichen Getöse und dem Qualm der Maschinenpistole.

Smith hatte einen schwachen Versuch gemacht, den Doppelgänger zurückzuhalten; aber hier wäre jeder Versuch nutzlos gewesen, denn Jagger war einer aus dem Dschungel, einer ohne Gewissen, der weder Finessen noch Skrupel kannte. Und auch keine Selbstbeherrschung, da er sie nie gebraucht hatte. Wenn Hemmingsway geglaubt hatte, es schon mit den widerlichsten Kreaturen zu tun gehabt zu haben, einem Typ wie Jagger war er noch nie begegnet, einer absolut amoralischen Bestie aus dem Zwielicht der Unterwelt.

Als alles vorüber war, legte Smith Jagger die Hand auf den Arm. Er schaute dem Doppelgänger ruhig und unverwandt in die Augen, bis das mörderische Brennen darin erlosch.

»Soweit, Gentlemen«, sagte Smith feierlich, und wandte sein gutaussehendes, falsches Gesicht wieder den Arabern zu, »soweit ist es also gekommen. Sie haben meine Ehre und die meines Mannes verletzt. Ich bin, wenn Sie es auch nicht glauben werden, ein Mann von Ehre. Dies hier habe ich *nicht* gewollt . . . daran werden Sie nicht zweifeln können. Aber vielleicht wird es Ihnen eine Warnung sein, Ihnen und Ihren Regierungen, die Ihnen so wenig Achtung erweisen, daß sie mich nicht ernst genommen haben.«

»Wie ich schon sagte . . .« Die Stimme versagte ihm, so daß alle Mühe hatten, ihn zu verstehen, »wie ich schon sagte, bin ich ein Mann von Ehre. Ich halte mein Wort. Ich habe mich bei Malcolm Philpott von der UNACO mit meinem Wort verbürgt, daß ich, falls diese das mir zustehende Lösegeld nicht unverzüglich aufbringt und mir das bestätigt, alle drei Stunden einen von Ihnen töten werde.

Ich sollte Ihnen nun vielleicht mitteilen, daß ich ohnedies die Absicht hatte, mich Mr. Hawley Hemmingsways genau um Mitternacht zu entledigen. Er hat sich durch seine eigene Unbesonnenheit um eine Stunde seines Lebens gebracht. Solche Leute sind Narren. Sie, glaube ich, werden vernünftiger sein.«

Smith drehte sich auf dem Absatz um und verschwand, die Geiseln vor Entsetzen erstarrt zurücklassend, als hätte man sie mitten in einer Ballettszene eingefroren.

Feisal klammerte sich an den Turm und kämpfte mit den Tränen, als ihm dort oben im leichten Wind die Ungeheuerlichkeit dessen, was sich im Trophäensaal zugetragen hatte, bewußt wurde. Dann aber besann er sich wieder auf seine Aufgabe und arbeitete sich mit Ellbogen, Armen und Händen wieder zurück zu dem Spalt.

Im Loch in der Decke erschienen seine Beine, und Cooligan rief: »Laß dich fallen, Sonny, ich fang dich auf.« Feisal fiel in Cooligans Arme. Der trug ihn zum Bett zurück, wo sich Sabrina besorgt über ihn beugte. Der Junge war hochrot im Gesicht, und der Schweiß lief ihm über die Schläfen. Sabrina gab ihm eine weitere Injektion und zwang ihn, etwas von dem Haferschleim und ein Stück Schwarzbrot zu essen. Allmählich sank das Fieber.

Cooligan wartete geduldig, bis der Junge sich wieder erholt hatte, denn er und Sabrina hatten die Schüsse auch gehört und hofften, daß Feisal ihnen vielleicht Einzelheiten berichten könnte. Der kleine Araber kaute verzweifelt an seinem Essen, und Sabrina klopfte ihm auf den Rücken und wischte ihm den Mund ab. »Erzähl uns, was los war, Feisal, wenn du kannst«, sagte sie sanft.

Er setzte sich auf und klammerte sich an Sabrinas Arm. »Sie haben ihn getötet, Sabrina, sie haben ihn umgebracht«, schluchzte er.

»Wen?« fragte Cooligan.

»Mr. Hemmingsway, den amerikanischen Gentleman. Es gab einen schrecklichen Streit zwischen Mr. Hemmingsway und Mr. Smith, und mein Großvater sagte zu Mr. Hemmingsway, er solle doch ruhig sein, und dann hat jemand anderes gesprochen, und Mr. Hemmingsway hat ihm geantwortet und ihm Sachen gesagt . . . und . . .«, die Stimme versagte ihm.

»Und was?« insistierte Sabrina.

»Und – und der andere Mann hat ihn erschossen. Er muß tot sein, ich weiß es. Es wurden eine Menge Schüsse abgefeuert. Und es hat so lange gedauert. Dann hat auf einmal niemand mehr etwas gesagt, bis dann Mister Smith gesagt hat, er hätte Mr. Hemmingsway sowieso erschossen, aber noch nicht jetzt.«

Cooligan ließ den Jungen sich in Sabrinas Armen ausweinen. Feisal schnüffelte und blinzelte und sagte dann: »Ich weiß, was Sie von mir erwarten, Mr. Cooligan. Ich will es Ihnen auch sagen, soweit ich kann. Der Mann, der Mr. Hemmingsway umgebracht hat, war, glaube ich, Colonel McCafferty. Ich bin nicht ganz sicher, aber so ist es mir da oben vorgekommen.«

Der Agent richtete sich auf. »Es hört sich irgendwie . . . es hört sich einfach nicht ganz richtig an. Ich weiß, daß Mac sich verkauft hat, aber er ist doch bei Gott kein Killer, einer, der es aus Wut oder Rache tut. Es . . . es haut einfach nicht hin. Könntest du dich geirrt haben, Feisal?« Der junge Araber schüttelte den Kopf. »Das glaube ich nicht.«

Cooligan verzog die Lippen und strich sich übers Kinn. »Das bringt dann das Faß zum Überlaufen«, fuhr er langsam fort. »Als erstes werde ich, wenn ich hier rauskomme, diesen Höllenhund dahin schaffen, wo er hingehört . . . noch sechs Fuß tiefer als der Mann, den er ermordet hat.«
Erst dann bemerkte Sabrina, die Feisal noch immer in den Armen hielt, das Seil, das er sich fest um den Körper geschlungen hatte. Sie befühlte es neugierig, und er gestattete ihr, es ihm abzunehmen.
Cooligan sprang zum Bett hin und ergriff das Tau. »Wo hast du es gefunden?«
Feisal erklärte, daß es vom Flaggenmast heruntergehangen habe. Vermutlich, meinte er, sei es lang genug, daß Cooligan sich daran zu einem der unteren Stockwerke abseilen könnte. »Sie können durch diesen Ausguck dort kriechen . . .« Er zeigte zur Außenmauer. »An diesem Fenster hier sind keine eisernen Riegel angebracht, weil man nicht annimmt, daß jemand verrückt genug wäre, hier hinauszuklettern. Aber da Sie nun über ein Seil verfügen . . .« Feisal hatte seine Zuversicht wiedergefunden und war in belehrender Laune. Cooligan brauchte keine zweite Einladung.
Er ging zur Maueröffnung. »Frisch gewagt ist halb gewonnen«, sagte er und schaute sich nach etwas um, womit er das Glas zertrümmern konnte.

Am Flughafen Zagreb wurde Philpott von einer Anzahl eifriger jugoslawischer Würdenträger, angeführt vom stellvertretenden Innenminister, empfangen. »Meine Regierung«, verkündete der Politiker, »wird alles tun, was in ihrer Macht steht, um diese Angelegenheit zu einem befriedigenden Ende zu bringen. Als loyales Mitglied der UNACO sind wir wild entschlossen, mit Kriminellen wie Smith aufzuräumen und die Ausweitung des internationalen Terrorismus zu verhindern.«
»Sehr anständig, Minister«, erwiderte Philpott und dachte bei

sich, daß Myshkin wohl schon am Werk gewesen war. »Dann darf ich wohl annehmen, daß Sie bereit sind, mir jede notwendige Unterstützung zu gewähren, damit ich Smiths Hinterhalt im Sturm einnehmen kann?«
»Eh – wissen Sie denn, wo er ist, Mr. Philpott?« Philpott bestätigte, daß er das wisse, worauf der Minister überlegte, ob ein massierter Einsatz von Streitkräften wohl klug sei.
Philpott grinste bei dem Gedanken, daß der stellvertretende Minister sicherlich nur sehr ungern jugoslawische Streitkräfte bei einer Aktion einsetzen würde, an der die Russen beteiligt waren. Er versicherte dem Politiker, daß auch er annehme, daß eine kleine UNACO-Streitmacht eher in der Lage sei, in Smiths Lager einzudringen, als eine Truppe, die frontal angreife, da erstere weniger Angriffsflächen biete. »Haben Sie eine Transportmöglichkeit für mich?« fragte er.
»Aber gewiß doch«, rief der stellvertretende Minister, »einer unserer besten Hubschrauber wartet hier am Flughafen auf Sie. Sie können nach Belieben über ihn verfügen.«
Er zeigte in eine weit entfernte Ecke des Flugplatzes, wo ein ganz offenbar gut gepflegter Hubschrauber stand. Man informierte Philpott, daß der Pilot über genaue Karten des Gebietes verfüge, in dem Smith sich vermutlich versteckt halte – wo immer das sein mochte. Philpott drückte seinen Dank aus und war schon auf dem Weg zum Flugzeug, als er seinen Namen hörte. Die UNACO sei am Telefon, sagte der stellvertretende Minister. Eine dringende Botschaft.
Philpott erkannte schon an Sonjas Tonfall, daß es eine wenig angenehme Neuigkeit gab.
»Smith hat seine Bedingungen für die Lösegeldübergabe bekanntgegeben«, sagte sie, nachdem er sich gemeldet hatte. »Ich gebe sie dir durch, ja?«
»Nein«, sagte Philpott, »die schlechte Nachricht zuerst.«
»Schlechte Nachricht?« wiederholte sie. »Nun gut . . . es gibt eine . . . Malcolm, er hat Hawley Hemmingsway umgebracht.«

»O mein Gott«, stöhnte Philpott, »ich hätte nie gedacht, daß er das wirklich tut. Es ist mein Fehler, Sonja, ich habe mit dem Leben des armen Hawley gespielt.«
Sie machte ihm klar, daß es nutzlos sei, sich derlei Vorwürfe zu machen, denn Hemmingsway sei nicht Smiths Plan entsprechend umgebracht worden. »Er hat es nicht selbst getan. Nach Smiths Funkdurchsage wurde Hemmingsway wegen mangelnder Kooperation und weil er Smith beleidigt hat erschossen.«
»Und wer hat geschossen?«
»Das haben sie nicht verraten.«
Philpott seufzte erbittert. »Dann hat Smith es geschehen lassen«, sagte er nachdrücklich, »aber ich möchte nach wie vor wetten, daß es zu seinem Plan gehörte. Vielleicht konnte er es nicht verhindern, aber ich bezweifle, daß es soweit gekommen wäre, wenn er es wirklich hätte verhindern wollen. Es muß ihm ganz gut in den Kram gepaßt haben, daß einer seiner Leute den wilden Affen spielte.«
Sonja beließ es eine Weile bei der tröstlichen Stille, dann berichtete sie Philpott, daß Smith nun gedroht habe, sämtliche Geiseln zu töten, sowohl die Araber als auch die Mitglieder der Crew, wenn irgendein Versuch zu ihrer Rettung unternommen werde.
»Ich glaube, er meint, was er sagt, Malcolm«, flüsterte Sonja. »Ich glaube, er ahnt, daß wir ihn eingekreist haben. Er weiß von McCaffertys Flucht aus Bahrain, und er muß die Wahrheit ahnen: daß Mac sich dem Deutschen, diesem Dunkels, bis zum Schloß an die Fersen geheftet hat. Er weiß, daß du in Zagreb bist, das haben die Russen wohl durchsickern lassen, und vermutlich denkt er, daß du mit einer ganzen Streitmacht unterwegs zum Schloß bist. Ich glaube, daß er lieber alle tot sieht, sich selbst eingeschlossen, als daß er an Übergabe denkt.«
Philpott kicherte trocken und ohne eine Spur von Humor. »Ganze Streitmacht«, murmelte er. »Einer, der über die besten

Jahre schon hinaus ist und ein Flieger, den sie ziemlich übel zugerichtet haben, ich bitte dich!«

XIII

Philpotts übel zugerichteter Flieger schlug sich durchs Gestrüpp und fluchte wohl zum hundertsten Mal, als er zum vermutlich tausendsten Mal hinfiel. Wäre McCafferty nicht schon zuvor ausreichend mit Hieben bedient worden, hier bekam er nun den Rest.

Ursprünglich hatte er vorgehabt, sich dem Schloß nicht von unten, von der Straße, sondern von oben her zu nähern. Und das hieß bedauerlicherweise, sich von seinem traurig dreinblickenden Esel zu trennen und allein auf Klettertour zu gehen. Die Abhänge fielen inzwischen fast senkrecht ab, und er hatte das Tier, so weit er es wagen konnte, ohne vom Schloß aus gesehen oder vom Esel abgeworfen zu werden, mitgenommen.

Aber jetzt schnaubte der Esel, brüllte und weigerte sich, auch nur einen Schritt weiterzugehen. McCafferty konnte es ihm nicht übelnehmen. Er sah zu, wie sich das Tier schlitternd und fallend wieder den Berg hinunterquälte und hoffte, es vielleicht später, wenn er es zu seiner Verabredung mit Philpott brauchte, wiederzufinden. Auch seinen Seesack hatte er nicht mehr bei sich. Vermutlich würde die Tochter des Posthalters der Versuchung nicht widerstehen können und ihn durchsuchen.

Nun war er also zu Fuß unterwegs, klammerte sich an die kümmerlichen Büsche, rieb sich den Staub aus den tränenden Augen und quälte sich durch das Unterholz. Er hatte sich ein Funksprechgerät mitgebracht. Bewaffnet war er mit einer halbautomatischen Maschinenpistole, die an einem ledernen

Riemen über seiner Schulter hing und ihn beim Klettern ziemlich behinderte. Schließlich erreichte er einen Bergvorsprung, auf dem er sich zumindest flach ausstrecken und wieder zu Atem kommen konnte. Als er wieder durchatmen konnte, setzte er sich auf, um seine schmerzenden Muskeln zu entspannen, und zog den Reißverschluß seines Anoraks hoch, denn es war beißend kalt. Unter ihm lag Schloß Windischgrätz.

Aus der Vogelperspektive war das Schloß noch weit eindrucksvoller. Mac sah die beiden Innenhöfe und den Graben, über den normalerweise die Zugbrücke führte. Linker Hand zog sich bewaldetes Gelände hoch. Der dichte Baumbestand wurde mit zunehmender Höhe immer spärlicher, und da, wo Mac stand, war es fast kahl.

Von seinem Bergvorsprung aus konnte der Amerikaner praktisch den ganzen Schloßberg überblicken, und er beschloß, die Gelegenheit zu nutzen, und Schloß und Umgebung von dort aus zu erkunden. Deutlich folgte das Bauwerk mit seiner Rundung der natürlichen Ausbuchtung des Berges. Und dort stand mit laufendem Propeller die Kamov auf einer provisorischen Rampe. Von Macs Standpunkt aus links lag ein großer Parkplatz, der bis zum Berg reichte. Er war von Bäumen umgeben, die sich auch den Hügel hinaufzogen. Und dort sah McCafferty den rennenden Mann.

Er stellte seinen Feldstecher schärfer ein und war so sehr damit beschäftigt, den stolpernden und zuweilen kriechenden Mann zu beobachten, daß ihm die Bedeutung des wirbelnden Propellers erst zu Bewußtsein kam, als die Kamov schon über die nahen Wälder hinwegflog. Zugleich sah Mac, und er verfluchte sich insgeheim, daß es ihm erst so spät auffiel, den Suchtrupp an den Abhängen unterhalb des Schlosses, über die der Hubschrauber wie ein wütendes Insekt hinwegfegte.

Aber das Wild, das man jagte – und wer außer dem laufenden Mann hätte es sein können? – befand sich oberhalb des Schlosses. Sicher war der Mann aus dem Schloß ausgebro-

chen, und er war seinen Verfolgern um eine Nasenlänge voraus.
Und jetzt hatte man zur Treibjagd geblasen. McCafferty richtete seinen Feldstecher erneut auf den Flüchtling, aber er wußte, noch ehe er sich Gewißheit verschafft hatte, daß es sich nur um Bert Cooligan handeln konnte.

Cooligan hatte den Strick fest an einem Dachvorsprung vertäut und sich zum ersten Stock abgeseilt. Er landete vor einem, wie sich herausstellte, leeren Zimmer und gab Sabrina ein Zeichen. Sie löste den Strick und warf ihn zu Cooligan herunter.
Er zertrümmerte ein weiteres Fenster und wiederholte seinen Trick. So war er schon ein ganzes Stück tiefer gekommen, war aber noch immer etwa zehn Meter vom Boden entfernt. Jede Sekunde, die er weithin sichtbar an der Mauer hing, bedeutete höchste Gefahr. Das Gelände unter ihm schien bis auf eine Plane mit ihm vage bekannt vorkommenden Konturen verlassen zu sein.
Cooligan ließ den Strick zurück, suchte sich für die letzte Etappe seines Abstiegs einen Halt für die Füße – und erstarrte. Ein bewaffneter Wächter tauchte auf und entfernte die Plane von einem Kuriermotorrad. Hätte er seine Augen gehoben, wäre ihm bestimmt der Agent aufgefallen, der regungslos über seinem Kopf hing und nicht zu atmen, geschweige denn zu hoffen wagte, daß sich weiter niemand zeigen werde.
Aber der Wächter blieb allein, blickte bewundernd auf das Motorrad – eine solche Maschine würde er sich nie leisten können – und entfernte sich schließlich achselzuckend, um seinen Posten am Haupttor wieder einzunehmen.
Cooligan ließ sich das letzte Stück fallen. Er landete fast genau auf dem Motorrad. Im gleichen Moment hörte er von oben das letzte, was er zu hören wünschte: einen lauten Warnschrei. Die natürliche Biegung der Schloßmauer und der leicht überhängende Vorsprung des ersten Stockwerks boten

Cooligan einen gewissen Schutz, weshalb er auch das Motorrad nicht gleich hatte bemerken können. Er setzte sich auf die Maschine, ließ den Starter an und gab Gas. Das triumphierende Geräusch des aufheulenden Motors ließ Achmed Fayeed oben in der Dachkammer erstarren, dem natürlich gleich aufgefallen war, daß Cooligan abgehauen war.
Von seinem Standpunkt aus konnte der Araber das Gelände nicht überschauen, nur das Dröhnen des Motorrades gab ihm die ungefähre Richtung des Flüchtlings an. Dennoch schickte er ihm eine Salve aus der Maschinenpistole hinterher, die auch die Wachen am Eingangstor alarmieren sollte. Aber da hatte Bert den Innenhof schon passiert und raste wie der Teufel der Freiheit entgegen.
Der Wachhabende am Tor beging den Fehler, gleich auf sein schwankendes Ziel anzulegen. Er hatte schon zwei Schuß abgegeben, als ihm klar wurde, daß es aussichtslos war, Cooligan so treffen zu wollen. Also warf er das Gewehr fort und machte sich eilig daran, die Zugbrücke hochzuziehen.
Bert sah, wie die Kurbel sich drehte und die dicken Eichenbohlen an ihren rostigen Ketten sich vom Boden hoben. Nicht einmal das Dröhnen der Maschine übertönte den quietschenden und rasselnden Mechanismus. Als Bert die Wachen passierte, schwebte die Zugbrücke schon etwa einen Meter in der Luft. Aber für Cooligan gab es jetzt kein Halten mehr.
Der Wachmann ließ vor Schreck die Kurbel fahren, als die Honda auf die Brücke aufprallte. Donnernd fielen die alten Bohlen wieder herunter, die Honda raste weiter, schoß ins Leere hinaus und kam erst etwa vier Meter weiter wieder auf den Boden. Bert brüllte auf und gab Gas, und Achmed Fayeed oben am Ausguck ließ einen Kugelhagel aus seiner Maschinenpistole los. Zwei Wächter unten an der Brücke unterstützten ihn mit ihren Gewehren, aber Cooligan raste davon. Er versuchte den Geschossen seitlich auszuweichen – da sah er den Mann, der eine geschlossene rotweiße Stahlschranke bewachte, auf die er geradewegs zusteuerte.

Sofort bog Bert nach rechts ab. Die Maschine machte erneut einen Luftsprung und holperte dann durch das Unterholz. Dreißig Meter vor Bert lag die bewachte Schranke, dreißig Meter zurück die bewachte Zugbrücke, aber sämtliche Wächter hatten gesehen, welche Richtung das Motorrad eingeschlagen hatte.
Im Fahren überlegte sich Bert, daß es das beste wäre, mit dem Motorrad zur Talsohle hinunterzuschlittern, aber ehe er noch dazu kam, knallte die Maschine mit Vollgas gegen einen verrotteten Baumstumpf.
Cooligan wurde in einen Busch katapultiert, aus dem er sich leicht verkratzt wieder befreite. Dann rannte er weiter. Nur wenn es ihm gelang, hinter die Barriere zu kommen, hatte er vielleicht eine Chance, die Straße zu überqueren und sich in die Berge zu schlagen. Weiter oben konnte er seine Verfolger vielleicht abschütteln.
Er hatte Glück. Niemand entdeckte ihn. Er rannte, ständig nach Deckung suchend, weiter, als McCafferty ihn sah . . .

Philpott saß bei einem Scotch on the Rocks und überflog erneut die Notizen, die er sich beim Telefonat mit Sonja zur Lösegeldübergabe gemacht hatte. Es stand noch ein Funkbild aus, das ihm von Rom aus nach Zagreb übermittelt werden sollte. Der jugoslawische Minister hatte versprochen, es ihm per Expreßboten direkt zum Flughafen zu schicken. Vorerst aber war noch ein anderer Besucher bei Philpott. Der Mann hatte eine bauchige Tasche aus glattem Gemsenleder bei sich und schüttelte sie bedeutungsvoll.
»Ich habe Ihnen gebracht, was Sie haben wollten, Mr. Philpott«, sagte der Diamantenhändler. Er übergab die Tasche Philpott, der ihren Inhalt nicht einmal überprüfte. Ein Mitglied der Amsterdamer Diamantenbörse war absolut vertrauenswürdig.
Man ließ den Eilboten mit dem Funkbild ein. Philpott studierte das Foto mit einem Vergrößerungsglas. Es zeigte eine win-

zige Insel – die »Untertasseninsel«, laut Kommentar. Ein Kartenhinweis lag ebenfalls bei. Die Insel schien sich kaum über den Meeresspiegel zu erheben und lag, wie man aus der Karte ersehen konnte, vor der dalmatinischen Küste. Das felsige Eiland mochte etwa zwischen fünfzig und hundert Quadratmeter groß sein. Es wirkte flach und kahl – bis auf einen Mast mit einem im rechten Winkel angebrachten Querbalken, der einem Galgen gleichsah.

»Ist das etwa ein Galgen?« fragte Philpott besorgt.

Der stellvertretende Minister beugte sich über das Foto.

»Es sieht wie ein Galgen aus, aber logischerweise kann es keiner sein«, sagte er. »Warum sollte sich einer die Mühe machen, seine Opfer umständlich zu einer Insel zu transportieren, auf der ein Galgen steht, wenn er sie viel bequemer im Gefängnishof liquidieren lassen kann.«

Der senkrechte Pfosten, dessen Querbalken übers Meer hinausragte, war mittels eines Haltetaus an einem Bolzen befestigt, den man in den Felsboden der Insel getrieben hatte.

»›Stecken Sie die Diamanten in einen Lederbeutel, der oben fest zu verschließen ist. An seinem Verschluß soll ein Stahlring von genau fünfzehn Zentimeter Durchmesser befestigt werden‹«, las Philpott ungläubig aus Smiths Anweisungen vor. »›Hängen Sie den Ring über den vorstehenden Balken.‹«

»Ist das alles?« fragte der stellvertretende Minister.

»Nein«, erwiderte Philpott. »Es geht weiter: ›Setzen Sie keinen Fuß auf die Insel. Die Operation muß von einem Boot aus durchgeführt werden. Ich warne Sie: Die Insel ist vermint. Das Lösegeld muß sich um 20 Uhr heute abend am angegebenen Ort befinden oder ein weiteres Leben ist verwirkt. Und vergessen Sie nicht: Jeder Befreiungsversuch wird mit dem Tod *aller*, ich wiederhole *aller* Geiseln beantwortet.‹«

»Äußerst merkwürdig«, kommentierte der Politiker und erkundigte sich bei Philpott, was sie unter diesen Umständen für ihn tun könnten.

»Befolgen Sie genau Smiths Anweisungen«, antwortete Philpott. »Lassen Sie ein Boot zur Insel aufbrechen aber keineswegs dort landen. Hängen Sie den Beutel mit den Diamanten auf den vorstehenden Balken, sonst nichts, genau wie vorgeschrieben. Keine Tricks! Kein ausgetauschter Inhalt! Ich möchte, daß geschliffene Diamanten im Wert von fünfzig Millionen Dollar in diesem Beutel sind, und ich möchte, daß sie genau da sind, wo Smith sie haben will, und genau zu dem von ihm genannten Zeitpunkt. Später werde ich Ihnen weitere Direktiven geben können, nehme ich an.«

Der Minister verbeugte sich. »Ich glaube, Sir, daß ich Sie ausreichend darauf hingewiesen habe, daß ausschließlich Sie für die gesamte Operation verantwortlich sind. Falls also etwas schiefgehen sollte ...« Er ließ die möglichen Konsequenzen offen.

»Was, glauben Sie, wird Smith unternehmen, um in den Besitz der Diamanten zu gelangen?« fragte der Politiker und verzögerte den Abflug von Philpotts Hubschrauber noch mehr.

Philpott drehte sich um und sagte: »Wenn ich das wüßte, dann wüßte ich auch, wie ich ihn aufhalten kann. Aber ich weiß es nicht.« Er begab sich zum Abfertigungsfeld des Flugplatzes und bestieg den Hubschrauber.

Die Sonne stand schon tief, und McCafferty nutzte die langen Schatten, sich auf seinem Bergvorsprung so weit vorzuarbeiten, daß er sich genau über Cooligan befand. Langsam und vorsichtig machte er sich an den Abstieg, denn er wollte weder Cooligan alarmieren noch die Aufmerksamkeit des Hubschrauberpiloten auf sich lenken. Als er sich nur noch wenige Meter über Cooligan befand, rief er leise: »Bert, ich bin's, Mac!«

Cooligan wandte sich heftig um und reagierte so, wie Mac es nie und nimmer erwartet hätte: Er warf sich, dunkelrot vor Wut, seinem Retter entgegen.

Es wäre Mac ein leichtes gewesen, sich den offenbar völlig durchgedrehten Agenten mit der Maschinenpistole vom Leib

zu halten. Aber er war so perplex, daß er sich auf ein Handgemenge mit Cooligan einließ.
»Du dreckiger Hund, jetzt mach ich *dich* fertig, genau wie du Hemmingsway fertiggemacht hast!« Cooligan keuchte, als er McCafferty an die Kehle fuhr. Mac taumelte, brachte es aber immer noch nicht fertig, sich gegen seinen Freund zu wehren oder gar die Waffe zu gebrauchen.
»Was zum Teufel soll das heißen, Bert«, zischte er durch die Zähne. »Und sei um Gottes willen leise, sonst erwischen sie uns alle beide.«
Sie kämpften erbittert miteinander. Cooligan, von Raserei und Haß getrieben, ging wie ein Berserker auf ihn los. Blindlings schlug er McCafferty mit der Faust ins Gesicht und erwischte ihn dabei am Jochbein. Mac taumelte, sein Fuß verfing sich in einer Wurzel und er stürzte zu Boden. Cooligans Augen glühten, als er vorwärts sprang, um McCafferty seinen Schuh ins Gesicht zu treten. Verzweifelt rollte Mac sich zur Seite und versuchte dabei immer noch, Cooligan klarzumachen, daß er einen grauenhaften Fehler mache, daß er sein Freund, der alte Mac sei, und daß er einen Doppelgänger habe . . .
Cooligan verfehlte Mac beim ersten Fußtritt, wirbelte auf dem Absatz herum und trat mit dem anderen Fuß zu. McCafferty, der sich noch immer sträubte, von seiner Waffe Gebrauch zu machen, erwischte den Fuß kurz vor seinem Gesicht, drehte ihn mit aller Gewalt um, und Cooligan schrie auf vor Schmerz, drehte sich um die eigene Achse und trat erneut zu. Mit ausgestreckten Armen versuchte er noch, die Balance zu halten, fiel dann aber mitten aufs Gesicht und rang verzweifelt nach Luft. Das war Macs Chance. Er nahm alle Kraft zusammen, schnellte vom Boden hoch und ließ sich flach auf Cooligans Rücken fallen. Dann faßte er Berts Arm, drehte ihn um und hielt ihn, zwischen die Schulterblätter gepreßt, fest.
»Und jetzt wirst *du* zuhören! Sag nichts. Hör nur zu! Es gibt zwei von uns, du Blödmann! *Zwei*! Nur *so* konnte uns Smith

an Bord der Air Force One austricksen. Sie haben einen *Doppelgänger* von mir eingesetzt – und der ist jetzt hier draußen und sucht nach dir. Ich konnte abhauen in Bahrain, wo sie mich entführt hatten. Und jetzt bin ich auf Philpotts Befehl hier. Ich treffe ihn unten im Tal. Und wirst du um Himmels willen *jetzt endlich aufhören,* dich gegen mich zu stellen und dich retten lassen, du Arschloch!«

Cooligans ganze Wut war im Kampf verpufft. Erschöpft lag er auf dem Gesicht und hörte zum ersten Mal, was McCafferty sagte. »Dann bist du . . . du bist . . .?«

»Ja, ich bin Joe McCafferty, Bert. Er ist . . . ich weiß nicht, irgendwer sonst. Irgendeiner, den Smith durch eine plastische Operation so hat frisieren lassen, daß er aussieht wie ich, spricht wie ich, handelt wie ich . . . gut genug, um alle im Flugzeug zum Narren zu halten und euch mitsamt Flugzeug zu entführen. Und jetzt müssen wir ihn stoppen, Bert. Ich glaube, ich weiß, wie das anzustellen ist.«

Er ließ von Cooligan ab, hielt ihn aber zur Sicherheit immer noch auf Gewehreslänge von sich. Cooligan setzte sich auf und betrachtete mißtrauisch die Waffe. »Ich nehme an . . . na, ich muß dir wohl glauben, Mac«, sagte er langsam. »Irgendwas schien mit dir – ich meine mit *ihm* – auch wirklich nicht in Ordnung, schon im Hotel in Bahrain, und dann im Flugzeug. Und ich wußte auch die ganze Zeit, daß du, selbst wenn du dich verkauft hättest, doch nicht fähig gewesen wärest, das zu tun, was du angeblich getan haben sollst.«

Er schilderte die Einzelheiten von Hemmingsways Ermordung. Betroffen schüttelte McCafferty den Kopf. Er hatte Hawley Hemmingsway gekannt und seiner Aufrichtigkeit und Entschlossenheit wegen gemocht. Was sie jetzt tun sollten, fragte Cooligan. Mac erkundigte sich, ob der Doppelgänger immer noch die Air Force One-Uniform trage, was Bert bestätigte.

»Dann tausche die Kleider mit mir«, verlangte Mac. »*Ich* werde jetzt da unten als Doppelgänger auftreten und denen be-

fehlen, die Jagd abzublasen. Dann haben die erst mal kein Öl mehr im Tank und wir haben Zeit zum Überlegen.«
Schnell wechselten sie die Kleidung. McCafferty nahm über Funk Kontakt mit den Guerillas auf und befahl ihnen, sich wieder ins Schloß zu begeben. Dabei hielt er ständig Ausschau nach dem Doppelgänger, der sich ja der Suchmannschaft angeschlossen haben konnte. Unter einem eilig erfundenen Vorwand trennte er sich dann wieder von der Kampftruppe. Gerade hatte er sich wieder bei Cooligan eingefunden, als ein lautes Poltern von unten ihre Aufmerksamkeit erregte. »Die Zugbrücke ist runtergegangen«, sagte Cooligan.»Irgendwer verläßt das Schloß.«
Sie sahen den Minibus über die hölzerne Brücke holpern und dann, von einem Lastwagen und zwei Jeeps gefolgt, die Straße bergabwärts nehmen. Mac setzte den Feldstecher an die Augen und zählte die Passagiere im Bus.
»Es ist Smith mit den Geiseln«, sagte er zu Cooligan. »Ich glaube, daß alle im Bus sind. Es sei denn, eine . . .«
»Wer denn?« fragte Bert.
Mac zögerte. »Ich weiß nicht, ob sie überhaupt mit dabei war; aber sie sollte am Flug teilnehmen.«
»Meinst du Sabrina Carver?« fragte Bert.
»Ja, alle außer ihr waren da.«
»Dann muß sie noch im Schloß sein«, sagte Cooligan. »Und Mac, da ist noch was, was du nicht weißt. Sie gehört nicht nur zur Crew von Air Force One, sie ist auch Agentin der UNACO. Sie gehört zu deinen Leuten, und sie ist in Lebensgefahr.«
»Das weiß ich nur zu gut, Bert«, sagte McCafferty, »und deshalb mache ich mich jetzt auf die Socken. Ich muß sie rausschlagen.«

McCafferty ließ ein Funksprechgerät bei Cooligan zurück und befahl ihm, in Deckung zu bleiben. »Ich habe einen Plan«, erklärte er, »mit dem ich schon mal glänzend gefahren bin. Ich

sehe keinen Grund, warum's nicht wieder klappen sollte. Ich behalte deine Uniform noch an, wenn's dir nichts ausmacht.«
Er ging zum Schloß zurück, immer noch das Gewehr geschultert, und wurde von den Wachen festgehalten. McCafferty, der sich jetzt in der geradezu schizophrenen Situation befand, in diesem hirnrissigen Stück, das Smith inszeniert hatte, sich selbst zu spielen, erklärte den Wachen kurz, daß einer der Jeeps, der die Geiseln begleitet habe, einen Motorschaden habe. Die meisten der Guerillas hatten offenbar das Schloß schon verlassen, und Mac nutzte die Gelegenheit, noch ein paar mehr loszuwerden. Er befahl den Wachen, bei der Reparatur des Jeeps zu helfen und ihn, falls er nicht zu reparieren sei, von der Straße fortzuschaffen.
Zwei der Guerillas blieben als Wachen am Hauptportal zurück, und Mac machte sich, Cooligans Beschreibung folgend, auf die Suche nach der Dachkammer, in der Sabrina festgehalten wurde. Er stieg die schmalen Stufen hinauf, klopfte an die Tür der Mansarde – und hörte die Stimme eines Mannes, die einen widerlichen, heiseren Triumphschrei ausstieß . . .

Sabrina befürchtete, daß die Wachen Cooligan, noch ehe er den Boden erreichte, gefangennehmen oder töten könnten, so schnell hatte man seine Flucht entdeckt. Ein verhängnisvoller Zufall wollte es, daß sich Achmed, angestachelt von dem brutalen Mord an Hemmingsway, ausgerechnet zu diesem Zeitpunkt entschlossen hatte, Sabrina Carver dafür büßen zu lassen, daß sie ihn an Bord der AF One hereingelegt hatte. Sie sollte leiden – wie Smith es befohlen hatte.
Achmed hatte sich eingehend mit dem schönen Mädchen in der Dachkammer des Schlosses beschäftigt. Er mußte Sabrina erst von Feisal isolieren und sie sich dann gefügig machen. Also rannte er hoch zur Dachkammer, drehte den Schlüssel im Schloß und stieß die Tür auf. Sabrina und Feisal standen noch immer am Fenster, um Cooligans Abstieg zu überwachen. Aber Achmed hatte schließlich eigenhändig den Secret Service

Agenten in der Dachkammer eingesperrt, und so kapierte er gleich, was geschehen war. Er brüllte nach einer Wache, rannte zum Fenster, zerschmetterte mit dem Kolben seiner Maschinenpistole das Glas und ließ eine Maschinengewehrsalve auf den nur hin und wieder auftauchenden Flüchtling los. Fluchend mußte er mitansehen, wie sich Cooligan auf der geklauten Honda davonmachte und über die Zugbrücke schoß. Er schrie dem Guerilla, der auf seinen Befehl hin erschienen war, zu, Feisal in den Trophäensaal zu bringen und entweder Smith oder Dunkels zu informieren, daß der Agent geflohen sei. Sabrina wollte sich Feisal anschließen, aber Achmed packte sie am Arm und stieß sie brutal ins Zimmer zurück. Er versetzte ihr einen Schlag mit dem Handrücken, so daß sie aufs Bett fiel und das Gefühl hatte, der Kopf werde ihr zerspringen.

Der Araber hatte immer noch das Gewehr auf Sabrina angelegt, als sich die Tür hinter dem Guerilla und dem verängstigten Jungen schloß. »Jetzt ist Schluß«, sagte er drohend. »Du hast uns zum letztenmal reingelegt, und ich glaube, Mister Smith wird sich nicht allzu viele Gedanken machen, was mit dir passiert. Ich weiß, er denkt wie ich: Es wäre wirklich eine Schande, ein so offensichtliches Talent wie dich zu vergeuden und gleich umzubringen.«

Er hatte sich in Wut geredet und brüllte jetzt: »Du verdammte Yankee-Hure, du gehörst mir mitsamt deinem Körper. Und jetzt wirst du für alles zahlen, kapiert? Und falls du noch keinen Araber im Bett gehabt hast, ich kann dir versichern, daß wir Experten im Umgang mit Weibern sind. Du wirst eine Erfahrung wie die nicht mehr machen können.« Er lachte, aber es war kein gutes Lachen. »Garantiert nicht mehr«, sagte er, »aber weshalb soll deine letzte Liebesnacht nicht auch deine beste sein?«

Achmed preßte die Maschinenpistole unter den Arm und hatte so eine Hand frei, um den breiten Ledergürtel an seinem Kampfanzug zu lösen. »Die Fummeln runter, du Schlampe«,

kommandierte er. Als sie sich nicht rührte, riß er ein Messer mit langer Schneide aus seinem Gürtel. »Strippen, hab ich gesagt. Wird's bald. Oder ich schneide dir sämtliche Fummel vom Leib, egal, ob dann deine Kleider mitsamt deiner hübschen hellen Haut runterkommen.«
Sabrina sah ihn nur unverwandt an. In ihren blauen Augen stand nichts als Entschlossenheit. Achmed ging langsam auf sie zu, den Gürtel halb offen, das Gewehr in der einen, das Messer in der anderen Hand. »Wie hast du's denn gern?« flüsterte er, »sanft und zärtlich oder hart und brutal? Lust oder Schmerz? Ich werde dich haben, ob du willst oder nicht, ob du willig bist oder nicht, ob du dich wehrst oder nicht. Mir ist es scheißegal, in welchem Zustand du bist, wenn ich erst deine Beine auseinander habe. Ich kann dich genausogut tot wie lebendig nehmen.« Sabrina kroch ein eisiger Schauer über den Rücken, als sie, trotz des groben Materials seiner Uniform, sah, daß sein Entschluß unwiderruflich feststand. Sie hatte gehofft, ihn herausfordern und dann zu einer überhasteten Reaktion verleiten zu können, wenn sie ihm einfach keine Antwort gab. Aber er ging mit dem Messer um wie ein erfahrener Messerheld, und die Pistole, die mit der Mündung auf ihr Gesicht zeigte, schwankte nicht.
Die Lippen zusammengepreßt, die Augen funkelnd vor Wut, kniete sie sich aufs Bett und zog ihren Blazer aus. Dann nestelte sie an den Knöpfen ihrer Bluse herum, riß die Haken am Rock auf und stellte sich, ohne die Hände zu benutzen, auf die Füße. Sie beugte sich über Achmed Fayeed, der sich auf dem Bett ausgestreckt hatte. Irgendwo fuhren irgendwelche Fahrzeuge fort, aber sie achtete nicht darauf. Sie schlüpfte aus der Bluse, zog den Reißverschluß des Rocks herunter, die Kleider fielen auf die Bettdecke, und sie trat einen Schritt zurück.
Sabrina führte zwar einen raffinierten Strip vor, aber ihm fehlte auch die geringste Andeutung von Stil und Raffinement. Sie verhielt sich wie eine Frau, die vergewaltigt werden soll. Einen Moment lang ließen ihre Augen von Achmed ab,

und ihre Zähne schlugen trotzig und herausfordernd aufeinander. Niemals, schwor sie sich, würde sie von alleine zu ihm gehen. Achmed Fayeed würde nur zu bald schon herausfinden, daß sie, Sabrina Carver, Möglichkeiten hatte, ihn noch auf dem Gipfel seiner Lust kleinzukriegen!
Sie fegte Bluse und Rock vom Bett, stand da, fast nackt, und schaute auf ihn herunter, die Hände über der Brust verschränkt. »Den Rest«, flüsterte Achmed, »den Rest runter.«
Sie machte keinerlei Anstalten, dem Befehl zu folgen.
»Knie dich hin«, befahl er, und sie ließ sich zusammensinken, bis sie vor ihm kniete. »Den Rest«, sagte er wieder und zeigte mit dem Lauf seiner Maschinenpistole auf ihren BH und den Slip.
Schneller als seine Augen folgen konnten, hatte sie die Hand am Griff der Pistole. Sein Finger geriet in den Abzug. Er stieß einen Schmerzensschrei aus und entriß ihr die Pistole. »Dafür wirst du mir büßen«, brüllte er, »bei Gott, du wirst dafür büßen.«
Sabrina hatte die Augen auf den Lauf der Pistole gerichtet. Sie sah das Messer erst, als die scharfe Klinge ihren BH vorn aufriß. Er fiel herunter, und auf der nackten Haut ihrer Brüste zeigte sich eine feine Blutspur. Sie versuchte, ihre Brüste mit den Händen zu bedecken, als Fayeed zwei Finger in ihren seidenen Slip hakte und ihr das Nichts von einem Kleidungsstück von den Hüften zerrte. Sie konnte den Schrei aus Schmerz, Wut und dann Angst nicht unterdrücken, den einzigen Laut, der bis dahin ihren Lippen entflohen war.
Sabrina fiel auf das Bett, und ihre Beine öffneten sich. Als der Araber sie so sah, riß er sich den Gürtel herunter, um sich ebenfalls auszuziehen. Das Messer warf er auf den Holzboden, wo es zitternd steckenblieb. Dann ließ er die Maschinenpistole fallen. Er stieß in seiner Muttersprache einen wilden Triumph- und Lustschrei aus – und sank dann halb über ihr zusammen. In diesem Augenblick zog McCafferty ihm den Kolben seiner Maschinenpistole über den Schädel.

Mac zerrte den Araber vom Bett und ließ ihn auf den Boden fallen. Sabrina griff hastig nach ihren Kleidern, um ihre Erniedrigung und ihre Scham zu verbergen. Aber ihre Augen glühten vor Verachtung.
»Nicht gerade die netteste Art, jemanden anzuschauen, der einen gerade vor einem Schicksal bewahrt hat, das schlimmer ist als der Tod. Und vor dem Tod vermutlich auch«, sagte McCafferty. »Sie müssen sich ja nicht gerade bedanken, aber Sie sollten mir zumindest nicht das Gefühl geben, es wäre Ihnen lieber, daß *ich* da unten und *er* oben auf dem Bett läge und seine widerliche Tour abzöge.«
»Wenn's darum geht«, fuhr Sabrina ihn wütend an, »dann würde ich in gewisser Hinsicht Achmed Ihnen vorziehen. Er hat sich zwar wie ein Stück Vieh benommen, aber immerhin hat er mich wirklich haben wollen. Er ist ein echter Wüstling. Aber Sie, Mister, stecken von oben bis unten voller Tricks. Sie sind so gemein und dreckig, daß ich lieber sterben würde, als mich von Ihnen anfassen zu lassen.«
Mac seufzte. »Allmächtiger, dieser Kerl macht mir wirklich das Leben zur Hölle, ohne auch nur das Geringste von mir zu wissen.«
Sabrina zog schützend die Bettdecke über sich. Sie wollte nicht nur ihre Blöße bedecken, ihr war auch kalt. »Was meinen Sie damit?« fragte sie. »Von wem sprechen Sie?«
McCafferty erklärte ihr alles. Und er war keineswegs überrascht, daß sie ihm, wie zuvor Basil Swann und Bert Cooligan, kein Wort glaubte. Aber schließlich gelang es ihm doch, sie zu überzeugen. Sie redeten noch immer, als Achmed sich das Messer vom Boden angelte und versuchte, es dem Amerikaner in den Bauch zu stoßen. Sabrinas Schrei warnte McCafferty. Er beugte sich gerade noch rechtzeitig zurück, so daß ihm die Klinge nur die Haut aufritzte.
Wieder holte Mac mit der Maschinenpistole aus, und Achmed, der wieder auf die Knie gekommen war und erneut das Messer schwang, fühlte, wie ihm der Kolben der Waffe das

Gesicht aufriß. Er spuckte aus und sprang auf die Füße, das Blut schoß ihm aus dem Mund. Achmed wußte genau, daß Mac nicht schießen konnte, weil er sonst die Wachen auf dem Hals gehabt hätte. Also stürzte er sich mit hocherhobenem Messer auf den Amerikaner. Mac schmetterte ihm das Gewehr in die Hüfte, und das Messer flog quer durchs Zimmer. Macs Fuß schoß vor und hakte sich um Achmeds bloßes Bein. Der schwankte und drohte zu fallen, und McCafferty, der nun die Maschinenpistole mit beiden Händen gepackt hatte, warf dem Araber den Ledergurt der Waffe wie ein Lasso über den Kopf und drehte so lange, bis es sich um den Hals zusammengezogen hatte. Mac benutzte die Waffe wie einen Hebel beim chinesischen Würgegriff. Der Araber konnte den Kopf nicht mehr bewegen, und Mac rammte ihm, als das Gewehr quer vor seiner Kehle lag, das Knie ins Kreuz. Achmed Fayeed, der Möchtegernprinz von Bahrain, gab keinen Laut mehr von sich. Sekunden später war er tot. Sein Gesicht war blutüberströmt, die kleinen Blutgefäße in den Augen waren geplatzt, und die geschwollene Zunge hatte ihm den Mund verstopft.

XIV

Die Maschinenpistole geschultert und halb unter dem Anorak verborgen, um ihre verräterische amerikanische Herkunft zu kaschieren, begleitete McCafferty Sabrina im Schutz von Achmed Fayeeds Maschinenpistole nach unten. Er hatte einen mit Proviant beladenen weiteren Jeep im Innenhof erspäht. Drei Jeeps standen außerdem noch auf dem Parkplatz.

Das Schloß wirkte verlassen, aber Mac bewegte sich dennoch mit äußerster Vorsicht, falls sich der Doppelgänger irgendwo herumtreiben sollte. Denn unter den Passagieren hatte er ihn nicht entdecken können. Er konnte es sich auch nicht leisten, einem der Wächter zu begegnen, die vielleicht mit dem Doppelgänger auf vertrautem Fuß standen. Im Innenhof lud ein Bursche die letzten Vorräte auf den Jeep. Neugierig musterte er McCafferty und das Mädchen, sagte aber nichts.

Sabrina flüsterte: »Wo sind sie denn alle, um Himmels willen?«

»Fort«, erwiderte McCafferty kurz. »Man hat sie in einen Bus verfrachtet und weggefahren. Wohin weiß ich nicht. Ich wollte, ich wüßte es. Aber noch schlimmer ist, daß ich keine Ahnung habe, wie wir sie finden sollen.«

»Auch der Junge«, fragte Sabrina, »auch Feisal? War er bei den anderen? Ich muß es unbedingt wissen. Er ist krank, und ich bin die einzige, die ihm im Notfall helfen kann.« Mac gab ihr flüsternd zu verstehen, daß Feisal ebenfalls im Bus gewesen sei.

Sie gingen, vorbei an den drei noch verbliebenen Wächtern, über die Zugbrücke. Einer davon, der am Eingangstor lehnte, richtete sich beim Anblick McCaffertys plötzlich auf. »So schnell zurück?« fragte er in schwerfälligem Englisch mit einem schrecklichen Akzent.

»Befehl«, sagte Mac. Das runde, pockennarbige Gesicht des Wächters nahm einen erstaunten Ausdruck an, und er flüsterte auf Serbokroatisch mit einem anderen Wächter. Dann richtete er seine Augen wieder auf Mac und fragte bohrend: »Befehl von wem? Mister Smith ist schon lange weggefahren.«

McCafferty schaute zum Parkplatz hinüber. Dort standen nur noch zwei Jeeps. Mit dem dritten mußte der Doppelgänger inzwischen den anderen gefolgt sein, wohin man sie auch gebracht hatte. Er riß das Funksprechgerät vom Gürtel und sagte höhnisch: »Man kann seine Befehle auch noch auf andere Art kriegen, du Dussel. Sie müssen einem nicht direkt zugebrüllt werden. Aber wenn du's genau wissen willst, man hat mich zurückgeschickt, damit ich *sie* hole.« Er zeigte auf Sabrina.

»Kümmert sich um die nicht der Araber?« fragte der Wächter lauernd.

Mac grinste. »Hat er ja. Und jetzt erholt er sich davon.«
Der Wächter lachte und übersetzte für seine Freunde.
McCafferty erzählte, Smith habe ihm befohlen, Sabrina sofort zu ihm zu bringen. Achmed und die anderen Wächter sollten noch eine halbe Stunde abwarten und dann mit dem verbliebenen Jeep nachfolgen.
»Und der Versorgungswagen?« fragte der Wächter und deutete mit dem Gewehr in Richtung Innenhof.
»Soll abfahren, sobald er bereit ist«, befahl Mac.
»Zu den Höhlen?«
»Wohin denn sonst!«
Mac drängte Sabrina zu dem am nächsten stehenden Jeep. Sie übernahm das Steuer und chauffierte den Wagen aus dem Parkplatz heraus und auf die Straße. »Höhlen?« sagte sie nachdenklich.
»Sieht so aus. In jedem Fall ist das der einzige Hinweis, den wir haben. Wir müssen uns jetzt an den Proviantwagen anhängen. Dummerweise haben wir nur ein Fahrzeug, und das brauche ich selbst, um mich mit Philpott zu treffen. Keine Ahnung, wie wir das deichseln sollen.«
Als sie um eine Kurve fuhren, sah Mac in der Ferne den rotweißen Querbalken einer Straßensperre. Ein Guerilla lehnte lässig an der mit einem Gewicht beschwerten Schranke.
»Verdammt«, fluchte McCafferty, »genau das habe ich befürchtet. Wir müssen noch Bert Cooligan auflesen, und ich wollte alle im Schloß glauben machen, daß wir stracks zu den Höhlen durchfahren. Nun, mir bleibt nichts übrig als zu tun, was ich tun muß«, sagte er.
Er bat sie, an der Sperre anzuhalten und stieg genau in dem Moment aus dem Wagen, als der Wächter die mit einem Lot beschwerte Barriere hochhieven wollte. »Kannst du Englisch?« fragte Mac den Guerilla.
»Etwas«, erwiderte der Mann unsicher.
Mac deutete auf die Brust des Wächters und dann in Richtung Schloß. »*Du* gehst *dahin* zurück«, bedeutete er ihm.

Der Jugoslawe nickte dankbar, hängte sich das Gewehr über und wandte sich zum Gehen. Im selben Moment schlang Mac ihm einen Arm um die Kehle und stieß ihm Achmeds Messer in den Rücken. Lautlos fiel der Wächter zu Boden. Mac zerrte ihn zum Straßenrand und rollte den Toten ins Gebüsch.
»Und jetzt?« fragte Sabrina. McCafferty warf das Messer in hohem Bogen von sich und sagte: »Wir haben ja noch ein Fahrzeug, fällt mir gerade ein.«
»Klar«, fiel Sabrina ein. »Bert ist ja auf einem Motorrad abgehauen. Bloß, wo ist es?«
»Sie nehmen den Jeep, Sabrina«, befahl Mac, »und hängen sich an das Proviantauto dran, und ich versuche, das Motorrad zu finden. Schließlich bin ich mit Philpott verabredet.«
»Und warum nicht anders herum«, gab sie zurück. »Ich falle auf einem Motorrad und unter einem Sturzhelm bestimmt weniger auf als Sie, und Mr. Philpott hätte es im Jeep weit bequemer.«
Erstaunt schüttelte McCafferty den Kopf. »Ich hätte es wissen müssen. Vermutlich waren Sie schon auf der Highschool Champion im Rechthaben?«
Sabrina zwinkerte ihm zu. »Nicht ganz. Aber ich habe den Champion dazu gebracht, es mir beizubringen.«
Sie suchten die Gegend ab, wo Mac das Motorrad vermutete, und Sabrina fand es schließlich auch. Sturzhelm war allerdings keiner da. »Es ist noch ganz«, rief sie triumphierend, richtete es wieder auf und trat auf den Starter. »Und es läuft!«
Gemeinsam schoben sie die Honda auf die Straße und versteckten sich dann mitsamt der Maschine hinter einer Baumgruppe. Gleich darauf hörten sie, wie sich ein Fahrzeug näherte. Sabrina bestieg die Honda, die Mac festhielt, und ließ dann den Motor an.
Der Jeep, dessen schwankende Last mit Stricken befestigt war, fuhr an ihnen vorbei. Sabrina zählte bis zehn, gab dann Gas und fuhr mit aufheulendem Motor hinter dem Fahrzeug her. Sie hatte McCaffertys Funksprechgerät am Gürtel. Coo-

ligan, der sich im Gelände verborgen hielt, erwartete ihre Nachricht, sowie sie das neue Versteck der Geiseln ausgekundschaftet hatte.

McCafferty begab sich zu Bert Cooligan und machte ihn mit den Einzelheiten seines Plans vertraut. Bert sollte, sobald die Luft rein war, zum Schloß zurückkehren und dort warten, bis sich Sabrina meldete. McCafferty gab ihm die Maschinenpistole des toten Wächters mit.

»Und Sabrina?« fragte Bert, »hat sie auch ein Gewehr?«

Mac nickte zögernd. »Der Araber, dieser Achmed, wollte sie vergewaltigen. Ich konnte es gerade noch verhindern, aber ich mußte ihn umbringen. Sie hat seine Maschinenpistole. Sowie ich mit Philpott zusammentreffe, erhalte ich weitere Waffen. Wir werden eine richtige kleine Armee sein, was?«

Cooligan grinste und wünschte McCafferty Glück, als dieser sich verabschiedete. Mac setzte sich in den Jeep und fuhr ins Tal zurück. Der Secret Service Agent indessen ging in die Hokke, das Gewehr, Kolben voran, vor sich auf den Boden gestemmt. Unter ihm lag im violetten Licht der Nachmittagssonne das immer noch besetzte Schloß. Bert wartete.

Der Weg führte aus dem Gebirge heraus zur Stadt Knin. Dort trafen drei Hauptstraßen zusammen. Sabrina behielt den Jeep immer in Sichtweite, bis in der Küstenebene Kroatiens das Gelände flacher wurde. Sabrina hatte bislang geglaubt, daß der Jeep in Richtung des Ferienortes Šibenik fahre. Aber in Knin bog er in eine kleinere Straße ein, die nach Benkovac und zur Küste führte. Dann schlängelte er sich durch einen Irrgarten kleinerer Straßen, bis er endlich einen ihrer Meinung nach etwa zwanzig bis dreißig Kilometer vom Schloß entfernten und etwa zehn Kilometer landeinwärts gelegenen Ort erreichte. Das Gelände wurde wieder hügelig, wenn es auch bei weitem nicht so imposant wie die Dinarischen Alpen war.

Sabrina mußte jetzt höllisch aufpassen, daß sie vom Jeep aus nicht gesehen wurde, denn die beiden Fahrzeuge hatten die

Straße nun ganz für sich. Aber glücklicherweise war sie, wie der Weg vom Schloß herunter, kurvenreich, so daß Sabrina immer wieder zurückfallen konnte, um dann später wieder aufzuholen. Die Sonne war inzwischen nur noch ein verblassendes Segment im Westen, und Sabrina bekreuzigte sich im Geist und betete, daß sie noch vor der Dämmerung die Höhlen fänden.

Jetzt verlangsamte der Jeep die Fahrt. Sabrina bog vom Weg ab und lenkte die Honda zu einigen verstreut liegenden Felsblöcken hin. Der Jeep bog nach rechts ein und erklomm die schroffen Hügel. Hoch oben war vor einem riesigen Betonvorbau, der in die Flanke des Hügels gebaut worden war, ein vergittertes und jetzt geschlossenes Tor angebracht. Dort hielt der Jeep. Ein bewaffneter Wächter erschien, um die Besucher zu überprüfen. Sabrina erkannte gerade noch hinter dem Betonbau die dunkle Öffnung einer Höhle.

Sie lehnte die Honda an einen Felsen und kletterte so, daß sie nicht gesehen werden konnte, nach oben. Sie wollte über den Eingang der Höhle gelangen, um sich einen Überblick zu verschaffen. Oben angelangt lehnte sie sich gefährlich weit vor und sah, daß der Vorbau breit und tief genug war, um den Minibus und verschiedene andere Fahrzeuge aufzunehmen, und daß dann immer noch ausreichend Platz blieb. Sie veränderte ihre Lage und verrenkte sich den Hals, um in die Höhle selbst hineinschauen zu können. Ein zerschossener, herausgerissener Wegweiser lehnte verloren an der Eingangsmauer. Ein Totenkopf mit zwei gekreuzten Knochen und darunter in deutsch die Warnung »Achtung« waren darauf angebracht, außerdem ein Zeichen, das vor Sprengstoff warnte.

Vielleicht war dort im Krieg ein Munitionslager gewesen? Der Platz war ideal. Sie sah die Stalaktiten, die von der gewölbten Kuppel herunterhingen. Mehr ließ sich nicht ausmachen, auch wenn alles gut ausgeleuchtet war. Den Strom lieferte ein summender Generator im Hintergrund.

Sabrina verzog das Gesicht und trat den Rückzug an. Sie muß-

te sich genauer über die Höhle und ihre Lage informieren. Außerdem mußte sie herausfinden, wo genau sich die Gefangenen aufhielten.
Vorsichtig, denn der Wächter war noch immer auf seinem Posten, kletterte sie wieder zum Kamm des Hügels hinauf. Die Höhlen mußten viel tiefer in den Berg hineinreichen als sie zuerst angenommen hatte. Und sie mußten auch irgendwie durch einen natürlichen Einschnitt unterteilt sein, soviel war Sabrina inzwischen klar.
Von der großen Eingangshöhle, die sich zu einer tiefen Schlucht weitete, in der unsichtbar aber deutlich vernehmbar ein reißender Fluß tobte, zweigten andere Höhlen ab. Eine schmale Hängebrücke überspannte die Schlucht. Der Pfad, der auf der anderen Seite weiterführte, mündete in die Öffnung einer weiteren Höhle. Die Brücke war durch ein Geländer gesichert, das aber nicht allzu solide wirkte. Sabrina grinste. Sie war überzeugt, das Versteck der Geiseln gefunden zu haben, denn Smith würde sich eine so glänzende Möglichkeit nicht entgehen lassen, Rettung oder Flucht der Geiseln so gut wie auszuschließen.
Sie stellte das Funksprechgerät ein, wartete einige Sekunden und sprach dann heftig auf Bert Cooligan ein, der inzwischen wieder auf Schloß Windischgrätz gelandet war.
Als der Minibus vor der Höhle ankam, schloß Smith eigenhändig das Tor auf. Die Geiseln wurden ohne große Umstände aus dem Bus gezerrt, und Scheich Zeidan, an dessen Hand sich Feisal klammerte, wurde wieder in seinen Rollstuhl gehoben. Auch Dunkels war mit seiner Kamov zur Stelle, wie der Motorenlärm verriet. Einer von Smiths Guerillas stellte den Generator ein und drückte auf einen Schalter. Licht durchflutete die düstere Höhle. Der in vielen Farben schillernde Kalkstein an Decke und Boden entlockte Feisal einen bewundernden Schrei.
Wachen geleiteten die Gefangenen durch die große Höhle. Als sie die schwankende Brücke erreichten, wurde Scheich Zeidan

wieder aus dem Rollstuhl gehoben. Dr. Hamady war der erste, der einen zaghaften Schritt auf die Brücke wagte. Er klammerte sich ans Geländer und ließ sich mit geschlossenen Augen auf die andere Seite führen. Als nächster kam Zeidan dran, den zwei Wächter auf einem Stuhl herübertrugen, ängstlich beobachtet von Feisal, der sich angeschlossen hatte. Dann kamen Dorani und Arbeid, anschließend führten Fairman und Latimer die Crew der Air Force One an, die ihnen im Gänsemarsch folgte.

Smith bildete die Nachhut. Noch bevor er die Brücke betrat, befahl er Dunkels, Funkkontakt mit dem Schloß aufzunehmen. »Frag Jagger, ob sie Cooligan inzwischen wieder erwischt haben. Wenn nicht, steig sofort wieder mit dem Hubschrauber auf, um die Suche zu unterstützen. Sobald alles geregelt ist, möchte ich das Personal vom Schloß auch hier in der Höhle haben. Sag Fayeed, er soll sich die Carver vom Hals schaffen – egal wie, das überlasse ich ihm.«

Dunkels verschwand, und Smith überquerte die Schlucht, um sich zu den Geiseln zu begeben, die unter den wachsamen Augen zweier Guerillas wie die Hühner auf der Stange auf einem Felsvorsprung hockten, der auf drei Seiten mehr als dreißig Meter tief abfiel. Von der Höhle aus führten Treppenstufen hinunter, die in den Berg gehauen waren. Vorsichtig machte Smith sich an den Abstieg und bemerkte, als er dann vor den Geiseln stand: »Nicht gerade das Ritz. Aber Sie haben zumindest ein Dach über dem Kopf.«

Scheich Dorani musterte ihn drohend. »Wann gedenken Sie uns freizulassen?« wollte er wissen.

»Sobald ich das Lösegeld in Händen habe«, gab Smith leutselig zurück.

»Und wann wird das sein?« fragte Scheich Zeidan grollend.

Smith schaute auf seine Uhr. »Bei Einbruch der Nacht«, sagte er nachdenklich. »Fünfzig Millionen Dollar in Diamanten. Das höchste Lösegeld in der Geschichte, glaube ich.«

»Kidnapper«, hob Zeidan an, »sind nicht nur wegen der Höhe

ihrer ungesetzlichen Gewinne berüchtigt, sondern auch, weil ihre Verbrechen der pure Wahnsinn sind. Falls sich Ihrer überhaupt jemand entsinnen wird, Mister Smith, dann als des ganz und gar gewöhnlichen Verbrechers, der Sie zweifellos sind.«

Smith wandte dem alten Araber, der sich in seinen Rollstuhl zurücklehnte wie in einen goldenen Thron, sein Gesicht zu. Er betrachtete den Gefangenen mit Abscheu. Zeidan wußte, daß nur er von allen Geiseln Smith aus der Fassung bringen konnte und setzte diese Waffe äußerst sparsam, immer aber mit großem Erfolg ein. Jetzt rechnete er damit, daß Smith, rasend vor verletztem Stolz und gekränkter Eitelkeit, die Wahrheit ausspucken würde, die er hören wollte.

Doch Smith drohte mit seidenweicher Stimme. »Wäre es Ihnen, Exzellenz, lieber, wenn ich als Massenmörder in Erinnerung bliebe?«

»Das ist Ihr Privileg«, knurrte Zeidan, »und es könnte auch zu Ihrer Grabschrift werden.«

»Sollte es *meine* Grabschrift werden, Scheich Zeidan, dann wird es, ich verspreche es Ihnen, bestimmt auch die Ihre und die Ihres Enkels sein.«

Vom Rand des Felsvorsprungs her höhnte Latimer: »Sie sind ja reif für die Klapse, Smith, wenn Sie sich einbilden, daß Sie davonkämen, falls Sie uns alle umbringen. Und das müßten Sie schließlich tun, und außerdem noch das Lösegeld an sich bringen!«

Smith schaute zu ihm herüber. Seine gute Laune und sein Selbstbewußtsein waren zurückgekehrt. »Zu Ihrem Glück, Major, bin ich weder verrückt noch der geborene Killer. *Dennoch* . . . wenn Sie mich zu sehr provozieren, und das gilt für Sie alle, oder wenn Sie zu fliehen versuchen, dann werden Sie, das garantiere ich Ihnen, diesen Ort nicht lebend verlassen.« Er drehte sich um und stieg die Stufen wieder hoch – Stille, Zweifel und Angst hinter sich zurücklassend . . .

Kaum hatte McCafferty Sabrinas Honda in der Ferne auftauchen sehen, als er auch schon das Steuerrad des Jeeps herumdrehte, und zu seiner Verabredung mit Philpott fuhr. Ohne einem weiteren Fahrzeug begegnet zu sein, erreichte er das Dorf. Bei der Tochter des Posthalters holte er seinen Seesack wieder ab und stärkte sich mit einigen Bierchen, um sich die Zeit zu vertreiben. Er mußte nicht lange warten: Er sah den Hubschrauber schon, ehe ihn der Motorenlärm erreichte, und ging insgeheim mit sich selbst eine Wette ein – die er gewann –, daß der Pilot auf derselben Weide landen werde, auf der er seine UTVA abgestellt hatte.

Mac sah, wie Philpott sich unnötigerweise bückte, als er unter den Propellerblättern hindurchrannte und stellte, als der Hubschrauber sofort wieder abhob, erfreut fest, daß er und Philpott völlig alleine waren.

Philpott hörte sich McCaffertys Bericht an und befragte ihn dann noch ausführlich zu den wichtigsten Punkten. Als Mac geendet hatte, sagte Philpott grimmig: »Dann wissen wir also immer noch nicht genau, wo die Geiseln sind und können's auch nicht herausfinden, ehe wir nicht mit Cooligan Kontakt haben?«

»So ungefähr«, gab Mac zu.

»Und wir wissen auch nicht, was Sabrina tut und ob sie in Gefahr ist?«

»Das macht mir am meisten zu schaffen, muß ich zugeben«, erwiderte McCafferty.

Währenddessen schlitterte Sabrina, hauptsächlich auf dem Hintern, wieder den Hang hinunter. Ohne entdeckt zu werden, erreichte sie die Honda, ließ den Motor an und schob die Maschine auf den Weg, um auf der gleichen Route, die sie gekommen war, wieder zum Schloß zu gelangen. Plötzlich bemerkte sie den Hubschrauber, der auf sie zuhielt.

Dunkels war schon in der Luft gewesen, bevor Sabrina bei den Höhlen ankam. Er hatte per Funk aus dem Schloß erfahren, daß man Cooligan noch nicht wieder eingefangen und Ach-

med Fayeed stranguliert hatte. Außerdem vermißte man Sabrina Carver. Der Deutsche hatte versucht, aus den konfusen Berichten über das geheimnisvolle Wiedererscheinen Jaggers schlau zu werden, der im Schloß aufgetaucht war, als er eigentlich schon längst bei Smith in den Höhlen sein mußte. Dunkels erstattete Smith Bericht, und der brauchte nicht lange, um zu begreifen, daß der echte McCafferty zurückgekehrt war, um seinem *alter ego* wieder zu seiner wahren Natur zu verhelfen, indem er, McCafferty, als er selbst auftrat.
»Wie können Sie da so sicher sein?« erkundigte sich Dunkels.
Außer sich vor Wut fiel Smith über ihn her. »Jagger war *hier*!« brüllte er. »Also kann er nicht im Schloß gewesen sein, Idiot. Er ist *immer noch* hier. Steig sofort in den Hubschrauber. Bring mir die Carver, und zwar lebendig. Ich muß herausbringen, was Philpott vorhat. Halte nach einem Motorrad Ausschau. Sie werden den Jeep aufgegeben haben.
Bestimmt hat sich McCafferty inzwischen davongemacht, um sich mit Philpott und seinen Leuten zu treffen, aber die Carver muß noch hier in der Gegend sein, und zwar auf dem Motorrad, das Cooligan zur Flucht benutzte. *Bring* sie mir, Dunkels!«
»Woher können Sie denn wissen, daß sie sich noch hier herumtreibt«, fragte Dunkels unklugerweise, als er sich zum Gehen wandte.
»Weil sie dem Proviantjeep gefolgt sein wird«, brüllte Smith, jetzt rasend vor Wut. »Die Zeit stimmt genau, du Idiot. Steig mit dem Hubschrauber auf. Sofort! Und komm mir nicht ohne sie zurück!«

Sabrina duckte sich auf das Motorrad und verließ die Straße. Unter einer gewaltigen Buche kam die Maschine schlitternd zum Halten. Über ihr kreiste die Kamov, und Sabrina spähte durch die Zweige zu ihr hoch. Die Sonne war schon fast am Horizont verschwunden, aber die Luft war klar und durchsichtig in dieser Dämmerstunde. So konnte sie deutlich Dun-

kels am Steuer erkennen, der den Hubschrauber immer tiefer herunterzog, bis er fast die Baumkronen abrasierte.
Sie legte die Maschinenpistole an, zielte sorgfältig und feuerte dann durch die Zweige hindurch eine Salve auf den grauen, immer tiefer herabsinkenden Schatten. Eine verirrte Kugel traf den Rumpf der Kamov, und Dunkels warf das Steuer herum und stieg höher, um den Hubschrauber außer Reichweite der Schüsse zu bringen. Dann stürzte er erneut wie ein rasendes Insekt auf Sabrinas Versteck zu. Dabei sah er, daß links von ihm freies Gelände war. Also stieg er in einer Spirale wieder auf und brachte das Flugzeug dann in Schräglage, um Sabrina zu signalisieren, daß er landen wolle.
Sabrina schluckte den Köder. Als die Kamov nur noch einige Meter über dem Boden dahinfegte, stieg sie auf ihre Honda und verließ mit aufheulendem Motor den Schutz der Bäume. Erst als das Motorengeheul der Kamov wieder anstieg, kapierte sie, daß Dunkels sie ausgetrickst hatte. Er hatte nicht landen, er hatte sie nur aus ihrem Versteck locken wollen!
Sie fluchte in allen Tonlagen und umrundete einen buschbestandenen kleinen Hügel, durchbrach dann eine Hecke, die sie, wie sie hoffte, wieder in ein Gebüsch führen würde. Aber hinter der Hecke war freies Gelände, hinter dem allerdings wieder ein Wäldchen lag, auf das sie jetzt zusteuerte. Aber da hatte Dunkels sie bereits eingeholt. Die erste Salve aus seiner Maschinenpistole peitschte ganze Rasenstücke in die Luft.
Der Deutsche spielte Katz und Maus mit ihr. Sie konnte ihn in seiner Kanzel sehen, wie er lachend den Hubschrauber wieder herunterzog, um ihr den Weg zu blockieren und sie gefährlich ins Schleudern zu bringen. Dann drehte er bei und nahm seinen alten Kurs wieder auf, drückte aber gleich darauf die Maschine erneut so weit herunter, daß sie den Wind des Propellers im Gesicht spürte. Jetzt jagte Dunkels sie regelrecht, zwang sie zurück auf den Weg, den sie gekommen war, bis sie die Honda herumwarf und sich, tief in den Sattel geduckt, genau unter dem Hubschrauber befand.

Aber sie war weder schnell noch manövrierfähig genug, ihn abzuhängen. Das Ende schien unausweichlich, denn Dunkels hatte etwas bemerkt, was sie nicht sehen konnte: Zwischen dem freien Gelände und dem Gebüsch, auf das sie zuhielt, lag in einer Bodensenke ein kleiner Weiher.
Er trieb sie an wie der Schäferhund seine Schafe, und sie fegte davon wie das verängstigte Kaninchen, das den scharfen Zähnen des Hundes entgehen will, der es verfolgt – genau in die Richtung, in der er sie haben wollte. Sie schlingerte und fuhr im Zickzack, um dem Hubschrauber sowie dem Geschoßhagel zu entgehen. Schon als Kind hatte sie es gehaßt, in die Enge getrieben zu werden, geschah es aber, dann war ihre Entschlossenheit zu kämpfen geradezu in Hysterie ausgeartet. Jetzt schluchzte sie im Fahren und war der Panik nahe, als die Honda plötzlich vom Boden abhob und davonschnellte – mitten in den Weiher hinein.
Betäubt und halb ertrunken lag sie in dem trüben Wasser und kam erst wieder zu sich, als Dunkels sie am Kragen packte und ans morastige Ufer zog. Er stand einfach vor ihr und ließ sie in ihrem Elend daliegen, und es dauerte eine Weile, bis er sie an den Haaren hochzog und ihr seine Faust ins Gesicht schlug. Zum zweitenmal verlor sie das Bewußtsein, und als sie wieder zu sich kam und versuchte, sich durch den Nebel in ihrem Hirn zu kämpfen, war es das Motorengeräusch der Kamov, das sie vollends in Verwirrung stürzte. Sie riß sich zusammen und versuchte, Arme und Beine zu bewegen. Dunkels, der sie in den Hubschrauber gezerrt hatte, hatte es noch nicht einmal für nötig gehalten, sie zu fesseln.
Bert Cooligan vernahm durch den Motorenlärm hindurch gerade noch die wenigen Worte, die Sabrina ins Funksprechgerät rief, ehe Dunkels es in Stücke schoß.
»Bert«, schrie sie, »sie haben mich erwischt! Sie bringen mich zu den Höhlen.«
Sonja Kolschinsky fühlte sich seltsam getröstet durch die Anwesenheit von Brigadier Tomlin, der neben ihr am Bug der

Motorbarkasse stand, die vor der dalmatinischen Küste die Wasser der Adria durchschnitt. Seit man Philpott die Verantwortung für die Leitung der Operation übertragen hatte, war es auch Sonja gelungen, die Jugoslawen kraft der Autorität der UNACO soweit einzuschüchtern, daß sie ihr jede gewünschte Unterstützung gaben. Mit einem beachtlichen Einsatzkommando der Marine im Rücken hatte sie dann, auf die ganz harte Tour, den stellvertretenden Minister dazu gebracht, ihr einen NATO-Kommandanten zuzugestehen. Man hatte Tomlin nicht zweimal bitten müssen. Er war sofort von Neapel herübergejettet, kaum daß der Minister ausgeredet hatte.
Jetzt schaute er düster über die Schulter ins schwindende Tageslicht und knipste seine Taschenlampe an, um eine Seekarte zu studieren, auf der die Myriaden von Inseln verzeichnet waren, die wie Seetang zwischen Split, dem Hafen, wo sie an Bord gegangen waren, und dem Golf von Venedig verstreut lagen.
Sonja seufzte und schaute auf die Lichter von Šibenik. Die Lichter der nächsten größeren Küstenstadt Zadar lagen noch in weiter Ferne. Der Behelfsflugplatz, das Schloß, die Höhlen, sie alle ließen aufgrund ihrer geographischen Beziehung zueinander vermuten, daß Smiths Lösegeldinsel irgendwo zwischen Šibenik und Zadar liegen mußte. Auch die Karten bestätigten diesen Eindruck. Aber sie hatten das gesamte Gebiet schon einmal abgesucht, und es war inzwischen schon fast sieben Uhr abends, nur noch eine Stunde bis zu dem Zeitpunkt, zu dem die Diamanten am Galgen hängen mußten.
»Wir müssen sie beim erstenmal einfach übersehen haben«, erklärte Tomlin. »Auf ein Neues dann.«
»Aber es ist schon fast dunkel!« protestierte sie.
»Wir suchen trotzdem weiter«, sagte Tomlin streng. Zu seiner Flotille gehörten noch drei weitere Boote. Auf jedem der Boote hatte er einen englisch sprechenden Gewährsmann, mit dem er in ständiger Verbindung war. »Wir grasen das gesamte

Gebiet noch einmal ab«, befahl der Brigadier seinen Leuten. »Und bedenken Sie, daß die Insel verdammt viel kleiner sein könnte als wir bisher aufgrund der Fotografie angenommen haben. Vielleicht ist das, wonach wir suchen, nicht einmal eine Insel, sondern bloß ein Felsen.«

Tomlin wandte sich wieder seiner Karte zu. Sie hatten gerade die Insel Kakan umrundet. An Steuerbord wurde Kaprije und an Backbord die größere Insel Kornati sichtbar. Sie glitten an Murter und Put vorbei und sahen, der Küste von Pasman vorgelagert, ein weiteres kleines Inselchen, das Tomlin sofort erkannte. Er legte einen Finger auf seine Seekarte und sagte mit ungeheurer Befriedigung: »Ein Leuchtturm.« Und schon näherte sich von dort her ein Lichtstrahl und erhellte die See vor ihnen.

»Da ist sie!« stammelte Sonja, »da drüben!«

Als der Lichtstrahl erneut übers Meer strich, bestätigte sich der erste flüchtige Eindruck. Er beleuchtete die flache Erhebung der Untertassen-Insel, die wie ein umgedrehter Teller im Meer lag, von Brechern umtost. Und an der Steuerbordseite der Insel stand der Galgen!

Der Steuermann folgte mit seiner Barkasse der Richtung von Sonjas Zeigefinger, und sie durchpflügten die rauhe See bis zur Insel. Tomlin hielt das Polaroidfoto hoch und verglich es mit der kleinen Insel, die nun im Licht ihrer eigenen und der Scheinwerfer der beiden Begleitboote deutlich sichtbar vor ihnen lag. »Wir sind an Ort und Stelle«, sagte der Brigadier. »Gut gemacht, Mrs. Kolschinsky. Erstklassige Arbeit!«

Das Boot umrundete die Insel einmal, ehe es beidrehte und seine Position in der Nähe des merkwürdigen Pfostens mit dem horizontalen Querbalken einnahm.

»Nicht zu nah rangehen«, warnte Tomlin die Seeleute. »Und niemand, aber auch absolut niemand darf auch nur den Versuch machen, auf der Insel zu landen. Und daß keiner einen Angelhaken in der Nähe des Pfostens auswirft oder den Pfosten mit seinem Gewehr durchlöchert. Wir werden nur so nahe herangehen, daß ich diesen Lederbeutel über den Balken werfen kann, und das geht auch, wenn wir Fahrt machen. Sollte ich den Balken nicht erwischen, dann versuchen wir es so lange, bis es mir gelingt.«

Es stellte sich heraus, daß sie dreimal vor dem Balken kreuzen mußten, bis es Tomlin endlich gelang, den Ring darüberzuhängen. Zufrieden rieb er sich die Hände, und seine Zähne unter dem streichholzkurzen Schnurrbart blitzten, als er Sonja mit einem strahlenden Lächeln bedachte.

»Ausgezeichnet!« verkündete er feierlich. »Und jetzt legen wir ab und beziehen Posten.«

»Und wo, wenn ich fragen darf«, erkundigte sich Sonja.

Tomlin zeigte mit einer ruckartigen Kopfbewegung zur Nachbarinsel. »Sinnlos, hier draußen in der Kälte zu warten, wenn wir es uns bei einer Kanne mit heißem Kakao da drüben gemütlich machen können.«

»Kakao?« gab sie verblüfft zurück.

»Genau das«, erwiderte Tomlin. »Habe noch nie einen Leuchtturmwärter erlebt, der nicht einen verdammt guten Kakao macht. Wir werden da unser Hauptquartier aufschlagen, Ma'am, falls Sie einverstanden sind.«

Sonja grinste zustimmend und sagte: »Also los, Brigadier. Mit Ihnen auf allen Wegen. Diesmal zum Kakao!«

Tomlin bellte in sein Funkgerät: »An alle Einheiten. Rufe alle Einheiten. Vorwärts zum Bestimmungsort, sofort! Flaggschiff wird an der Insel dreißig Grad Steuerbord festmachen, Kommandoposten ist der Leuchtturm, der uns volle Sicht auf den Felsen gibt. Wenn verstanden, bitte Bestätigung.«

Drei Aldis-Lampen blinkten bestätigend auf, und Tomlin gab seiner Mannschaft den Befehl, in Richtung Leuchtturm abzudampfen, während die Flotille mit den bewaffneten Marinesoldaten die Inseln noch einmal umrundete und dann eine Viertelmeile entfernt Posten bezog, einem Haifisch gleich, der auf seine Beute lauert.

Smith empfing Sabrina mit eisiger Höflichkeit und äußerte die Vermutung, daß sich ihre Lage, gemessen an den Zusammenstößen mit Achmed und Dunkels, keineswegs verschlechtert habe.
»Nein, keineswegs«, sagte sie zuckersüß, »die beiden haben sich wirklich wie die perfekten Gentlemen benommen, die sie offensichtlich sind.«
»Oder waren, was Achmed anbelangt«, wies Smith sie zurecht. Sabrina versuchte, ihr Erschrecken zu verbergen. Er wußte also von Achmeds Tod!
Aber Smith ersparte ihr alle Lügen, die sie sich eventuell zurechtgelegt hätte: »Natürlich weiß ich, daß Achmed tot ist«, sagte er, »und ich weiß sogar, wer ihn umgebracht hat. Es war Colonel McCafferty – nicht unser ›Ersatz‹, wenn Sie mir folgen können, unser schon etwas abgewracktes Modell.«
Wieder wünschte sie sich sehnlichst, ein Pokergesicht aufsetzen zu können, aber was die Natur ihr versagt hatte, vermochte sie auch jetzt nicht herbeizuzaubern. Also erwiderte sie nur vage: »Was ja nur beweist, Mister Smith, daß Sie dabei sind zu verlieren, nicht wahr?«
»Ganz im Gegenteil«, sagte Smith strahlend. »Philpott wird nichts, aber auch gar nichts dagegen tun können, daß ich das Lösegeld kassiere, und ich habe zu meiner Rückendeckung noch eine kleine Überraschung in petto. Diese Araber gehen mir allmählich auf den Geist. Nein, Sabrina, ich habe keineswegs ausgespielt, und es wird auch nicht dazu kommen. Philpott tut ja nichts weiter, als vor meiner Insel zu lauern, und das mit einer ...«
»Wenn Sie *das* glauben ...« begann sie und biß sich gleich darauf wütend auf die Lippen.
»Nicht wirklich«, säuselte Smith. »Ich vermute, daß er meinem Schloß wesentlich näher ist als der Küste, denn Sie sind bestimmt so freundlich gewesen, ihn per Funk genau zu instruieren, wo die Höhlen zu finden sind. Und da hätte er kaum noch die Zeit gehabt, es bis hierher zu schaffen, oder? Ich bin über-

zeugt, daß er mit McCafferty und Bert Cooligan zusammengetroffen ist und die drei jetzt gemeinsam planen, wie sie die Festung am besten berennen können.«

Wieder versuchte sie, sich nichts von ihren Gefühlen anmerken zu lassen, und wieder mißlang es ihr. Smith lachte nun wirklich amüsiert.

»Meine liebe Sabrina«, kicherte er, »es lohnt sich wirklich nicht, an Sie noch Überredungskunst zu verschwenden. Man braucht einfach nur in Ihrem hübschen Gesicht zu lesen, und schon hat man alle Antworten, die man braucht. Ich bin mir inzwischen sicher, daß Philpott, und vermutlich auch McCafferty und Cooligan, im Schloß oder in dessen Nähe sind, und daß sie kaum über eine ganze Armee verfügen, um mich zu schlagen. Sie werden wahrscheinlich ganz allein agieren. Vielleicht unterstützt man sie von der See her, wo meiner Schätzung nach die hochachtbare Mrs. Kolschinsky die Stellung hält . . .«

Sabrina errötete und ihre Unterlippe zitterte. »Wieder ein Volltreffer!« kicherte Smith. »Und somit rundet sich das Bild.« Er wandte sich dem ebenfalls grinsenden Dunkels zu: »Siegfried, mach unserer schönen Brunhilde Dampf unterm Hintern und bring sie dann zu den anderen. Sie sollen alle gemeinsam ihrer *Götterdämmerung* entgegensehen.«

Er lachte aus vollem Hals und ging mit langen Schritten zur Haupthöhle . . .

Philpott stöhnte und fluchte, als Cooligan ihn und McCafferty von Sabrinas Gefangennahme unterrichtete.

»Wann haben Sie die Nachricht erhalten«, fragte er erregt.

»Vor noch nicht ganz zehn Minuten«, erwiderte Cooligan.

»Verdammt und zugenäht«, sagte Philpott mit Gefühl.

»Warum so düster, Chef?« fragte McCafferty. »Sabrina ist ja schließlich nicht auf den Kopf gefallen, oder? Sie wird vermutlich für sich selbst sorgen können.«

Philpott antwortete mit einem resignierten Seufzer. »Darum

handelt es sich nicht, Mac«, bekannte er. »Wir dürfen nur getrost annehmen, daß Smith über alles Bescheid weiß und sich entsprechend verhalten wird.«
»Wie das?« fragte Cooligan erschrocken und genauso verwirrt wie McCafferty.
Philpott grinste bedauernd. »Sabrina konnte noch nie jemand ins Gesicht lügen«, erklärte er. »Sie ist wie ein offenes Buch: Verdammt viel Mumm in den Knochen, Köpfchen mehr als genug, aber nicht die Spur von Verstellungskunst.
Nein, inzwischen wird Smith alles, was er wissen muß, herausgefunden haben. Ich wollte, um die Geiseln nicht unnötig zu gefährden, einstweilen noch nicht zu den Höhlen vordringen, bis er das Lösegeld hat. Aber das sieht jetzt anders aus. Wir müssen bei den Höhlen losschlagen, und zwar schnell. Ich habe den Verdacht, daß das Leben der Geiseln keinen roten Heller mehr wert ist, wenn Smith erst mal die Diamanten in der Hand hat.«
»Ich dachte, er sei nicht der geborene Mörder?« warf McCafferty ein.
Müde schüttelte Philpott den Kopf. »Ich weiß, Mac« erwiderte er, »aber bei dieser Operation verläuft offenbar alles anders. Er hat schon zugelassen, daß Hawley Hemmingsway umgebracht wurde, und da er inzwischen weiß, daß wir ihm auf den Fersen sind, wird er sich auch ernstlich bedroht fühlen. Und was tut eine Ratte, wenn man sie in die Enge getrieben hat? Ich fürchte, ich habe bisher in Mister Smith so etwas wie einen Gentleman-Verbrecher gesehen und seine andere Seite nicht wahrgenommen. Aber er ist böse, Mac. Wir müssen jetzt allen zuliebe, und dazu gehört auch Sabrina, sehr überlegt vorgehen.«
Als der »Stoßtrupp« den Jeep bestieg, der sie zu den Höhlen bringen sollte, stand Smith mit verschränkten Armen neben Jagger auf der Seite der Hängebrücke, wo die Gefangenen auf ihrem kalten, schmalen Felsvorsprung hockten.
Smith nickte beifällig bei ihrem Anblick, und Jagger grinste.

Das Licht seiner Taschenlampe traf den Guerilla, der eine Ladung mit Plastiksprengstoff in einem Spalt der Höhlenwand über dem Felsvorsprung anbrachte.
Die Geiseln unten konnten den Mann nicht sehen, der einen Sprengzünder an die Plastikbombe anschloß und dann eine Spule mit einem glänzenden gelben Kabel zu Jagger hinüberrollte. Der Doppelgänger wickelte das Kabel auf und verband das lose Ende mit einer Winde. Dann ging er rückwärts über die Brücke, wobei er das Kabel abrollen ließ, und Smith folgte ihm, peinlichst darauf bedacht, nicht auf das Kabel zu treten.

XV

Sabrina hockte auf einem Felsen und aß stark gpfeffertes Gulasch. Sie dachte über Smiths letzte Bemerkung nach. Und es war keineswegs tröstlich, was sich ihr beim Gedanken an Richard Wagner, an Siegfried und Brunhilde aus der *Götterdämmerung* aufdrängte, denn Götterdämmerung – das bedeutete praktisch die Vernichtung alles Lebendigen.
Dunkels hatte sie vor seiner Pistole her über die Brücke getrieben, wo sie Smith und Jagger hatte Platz machen müssen, die von den Geiseln kamen. Ihr Blick begegnete dem des Doppelgängers, und einen Augenblick lang hatte sie das Gefühl, ein kalter Stahl dringe ihr ins Herz.
Aber der flüchtige Moment, als sich Jaggers Augen in die ihren bohrten, hatte ihr unmißverständlich klargemacht, was sie bislang nur vermutet hatte: Egal welches Schicksal sich Smith für seine Gefangenen ausgedacht hatte, Jagger würde sie alle miteinander umbringen.
Die Botschaft hatte so unmißverständlich in den Augen des Doppelgängers gestanden, als habe er sie ausgesprochen. Und diese Augen hatten auch nicht das erbarmungslose Verlangen

nach ihr, Sabrina, verleugnet. Der Doppelgänger wußte, daß er sie nie wiedersehen würde!
Die Erkenntnis ließ sie mitten auf der schwankenden Brücke anhalten, bis sie den Kolben von Dunkels' Maschinenpistole im Rücken spürte. Wütend drehte sie sich nach ihm um, blickte hinunter auf die heftig schwankenden Holzplanken unter ihren Füßen und zurück zum Eingang der Haupthöhle – und stolperte, als sie weiterging. Aber Dunkels Arm schoß vor und fing sie halb im Fallen auf. Aber sie hatte, noch ehe er sie brutal weiterschob, das gelbe Kabel gesehen, das sich neben der Brücke hinzog.
Ihre Angst wich ohnmächtiger Wut. Sie wankte von der Brükke herunter und bemerkte kaum die Bombe, die deutlich sichtbar in einer Felsspalte angebracht war. Dunkels begleitete sie die Felsstufen hinunter. Unten rannte Feisal auf sie zu, und sie fing den Jungen mit den Armen auf.
»Laß sie nicht aus den Augen«, sagte Dunkels zum einzigen verbliebenen Wächter auf Serbokroatisch, »und halt sie dir vom Leib. Sie ist gefährlich. Sie sieht vielleicht nicht so aus, aber sie ist es.« Der Wächter nickte kurz, und Dunkels stieg die Stufen wieder hinauf und verschwand.
Sabrina löste sich aus der Umarmung des Jungen und ließ sich von ihm zu seinem Großvater führen. Vermutlich wußten weder Scheich Zeidan noch die anderen Geiseln, daß Jagger nun dank Smith in der Lage war, sie alle umbringen zu können. Sie zog es vor, zuerst mit Zeidan zu sprechen und seinen Rat einzuholen.
Stumm hörte der alte Araber sie an. Nur einmal ließ er seine Augen flüchtig zu der Stelle oben im Felsen gleiten, wo nach Sabrinas Aussage die Bombe angebracht war. Aber Feisal war seinem Blick gefolgt und ließ fortan die Augen nicht mehr von Sabrina.
»Wie Sie sich erinnern werden«, sagte er schließlich sanft, »bin ich sehr gut im Klettern. Sollte es Ihnen oder sonst irgend jemandem gelingen, die Wache dazu zu bringen, nicht herzu-

schauen, dann könnte ich, glaube ich, hinaufklettern und die Bombe entschärfen.«
Sabrina schüttelte leidenschaftlich den Kopf. »Nein«, flüsterte sie. »Nie!« Ich könnte es mir nie vergeben, wenn dir irgend etwas zustieße.«
Die Hand Scheich Zeidans sank auf die ihre, und er tätschelte sie freundlich. »Die Entscheidung, Miss Carver, liegt nicht bei Ihnen«, sagte er, »und sie würde Ihnen auch gar nicht zustehen. Feisal ist königlichen Geblüts, er ist von meinem Blut, das unzählige Jahrhunderte zurückreicht. Er ist tapfer wie der Löwe der Wüste und furchtlos wie ein jagender Falke. Wenn er versuchen will, die Bombe zu entschärfen, dann soll er es tun. Außerdem«, setzte Zeidan mit einem verschmitzten Lächeln hinzu, »versteht er etwas von Chemie.«
»Wirklich?«
»O ja«, sagte Feisal, »ich gehe nicht zum erstenmal mit Sprengstoff um.«

Philpott schnupperte noch einmal. »Für mich riecht's immer noch nach Gulasch«, sagte er.
»Egal, was es ist«, erwiderte McCafferty, »wir haben den Aufenthaltsort der Geiseln gefunden.«
Sie waren zusammen mit Cooligan dahin gefahren, wo sich nach Sabrinas Angaben die Höhlen befinden mußten, und hatten dann zwanzig Minuten lang vergebens die Gegend mit verdunkelten Taschenlampen abgesucht, bis endlich Philpott der Duft der deftigen Hausmannskost in die Nase gestiegen war.
»Sie bleiben hier, Chef«, ordnete Mac an. »Bert, Sie gehen rüber zur anderen Seite des Vorbaus; da ist offenbar der Eingang zu den Höhlen. Ich sehe zu, daß ich irgendwie über den Eingang gelange, damit ich dir von oben Lichtsignale geben kann. Einmal Blinken bedeutet ›Alles klar‹, zweimal heißt ›Wächter in Sicht‹. Und keinerlei Antwort von dir, verstanden?«

Sie hatten noch kaum ihre Positionen bezogen, als ihnen jeder Zweifel genommen wurde. Die Eingangshöhle lag plötzlich in strahlendem Licht, die beiden Wächter tauchten auf, und dann spazierte Mister Smith heraus und zu dem Parkplatz, den McCafferty jetzt deutlich erkennen konnte. Dort standen der Minibus, eine Anzahl Jeeps und Dunkels' Kamov-Hubschrauber.

Smith blieb vor dem Bus stehen und wandte sich dann nochmals zur Höhle um. Jagger kam herbeigeeilt.

Joe McCafferty und Malcolm Philpott sahen den Doppelgänger nun zum erstenmal in Fleisch und Blut, und jeder der beiden fühlte, wie ihm die Angst über den Rücken kroch bei dem Gedanken, wie fast unmöglich es für die Besatzung von Air Force One gewesen war, den Doppelgänger und den wirklichen McCafferty auseinanderzuhalten. Und das galt für jeden, der McCafferty gekannt hatte.

Smiths Stimme wurde bis zu Philpott getragen: »Sobald ich die Diamanten habe«, sagte er zu Jagger, »gebe ich dir ein Signal. Dann kannst du verschwinden und die Geiseln sich selbst überlassen. Ich werde dann dafür sorgen, daß Philpott erfährt, wo sie sind.«

»Und haben Sie irgendwelche Sicherheiten für den Notfall?« fragte Jagger.

Smith hob die Hand, in der er eine kleine Box mit Schalter und eingebauter Zeituhr hielt. »Das hier ist für den Notfall«, sagte er. »Irgendwelche Schwierigkeiten mit dem Lösegeld, und ich drücke auf den Knopf. Aber ich lasse dir vorher eine Warnung zukommen, damit du unsere Leute aus dem Weg schaffen kannst.«

»Wird das Ding auch stark genug sein, eine Bombe von irgendwo draußen auf See explodieren zu lassen?« erkundigte sich Jagger.

Smith grinste: »Mehr als stark genug. Schließlich habe ich es selbst gebaut.«

Zum Zeitpunkt dieses Gespräches hatte sich Philpott allmählich so weit vorgearbeitet, daß er sich unter dem Eingang zur Höhle befand. Er zog sich hoch, landete auf dem Parkplatz und kroch gerade hinter den Minibus, als Smith sich von dem Doppelgänger verabschiedete und den Bus bestieg. Smith sprach angelegentlich mit dem Fahrer, so daß ihm entging, was Jagger als nächstes tat. Aber Philpott sah es.

Der Doppelgänger zog eine Box aus der Tasche, die der von Smith täuschend ähnlich war. Er schaute sie an und stopfte sie dann wieder in die Tasche.

Stotternd kam der Motor des Minibus zum Leben, und als das Fahrzeug anfuhr, um den steilen Anstieg zur Straße zu nehmen, klammerte Philpott sich verzweifelt an den hinteren Gepäckträger . . .

Einer der Guerillas, die den Höhleneingang bewachten, lehnte sich nach Smiths Abfahrt erleichtert an den Felsen, rief einem seiner Kameraden auf Serbokroatisch irgend etwas Unverständliches zu und verschwand nach drinnen.

Der andere Wächter schloß das Tor, verriegelte es und ging auf seinen Posten zurück. In diesem Moment ließ McCafferty sich vom Felsen fallen. Er landete genau auf dem Rücken des Wächters, der unter McCaffertys Gewicht zu Boden fiel. Er stöhnte, und die Luft ging ihm aus. Mac schlug ihm mit der Handkante hinters rechte Ohr, dann pfiff er durch die Lippen, und Cooligan kam herbeigerannt. Sie packten den Guerilla an Armen und Beinen und schleiften ihn, nachdem sie ihn gebunden und geknebelt hatten, zum Parkplatz, wo sie ihn unter einen Lastwagen schoben.

»Jetzt auf zu Sabrina«, flüsterte Mac zum zweitenmal in dieser Nacht. Miss Carver, bemerkte er dann, wachse sich allmählich wirklich zu einem Problem aus.

»Yeah«, gab Cooligan zurück, »ich frage mich auch, was sie treibt.«

Sie bemühte sich gerade, einen der Guerillas zu verführen. Langsam schlenderte sie zu dem jugoslawischen Bewacher hinüber, der die Maschinenpistole von der Schulter nahm und auf sie anlegte, so daß sie geradewegs in die Mündung schaute. Sein Finger lag am Abzug, und er sagte etwas dem Tonfall nach äußerst Unfreundliches auf Serbokroatisch zu ihr.

»Höflich bist du ja nicht gerade«, murmelte sie. »Ich wollte bloß mit dir bekannt werden. Ausgesprochen langweilig hier, weißt du.«

Seine Augen zeigten, daß er kein Wort verstanden hatte. Also fuhr sie im gleichen Konversationston fort: »Feisal, los jetzt, hoch mit dir. Dieser Bursche hier ist so scharf drauf, mich zu bewachen, daß wir einen Trupp Zirkuselefanten hier reinschmuggeln könnten, und er würde es nicht merken.«

Feisal schlüpfte hinter dem Rollstuhl seines Großvaters hervor und begann dann, die anderen Araber als Deckung benutzend, sich langsam aus dem Gesichtsfeld des Guerillas zu schleichen. Fairman, der an der Felswand lehnte, hob Feisal hoch und hielt ihn so lange, bis seine Füße einen Halt gefunden hatten.

Sabrina rückte dem Wächter immer näher auf den Leib, bis schließlich die Mündung der Maschinenpistole genau im Tal zwischen ihren Brüsten stehenblieb. Sie fuhr sich mit der Zunge über die Lippen und gurrte: »Ist das alles, was du kannst?«

Der Wächter wurde puterrot und fuhr zurück, aber seine Augen waren noch immer unverwandt auf sie gerichtet, während Feisal flink und wortlos immer höher hinaufkletterte.

Der Jugoslawe bedeutete Sabrina ungeduldig mit dem Gewehr, auf Distanz zu gehen. Sabrina zog ihm eine Fratze und schlängelte sich zum Abhang hin. Sie neigte sich vor – und das Gewehr des Wächters folgte jeder ihrer Bewegungen. Sie schaute über die Schulter zurück und grinste ihn an, dann packte sie eine Handvoll Steinchen.

Sie stand am äußersten Ende des Felsvorsprungs und schaute in die dunkle Schlucht hinunter. Ihr Hinterteil schwang verführerisch hin und her, als sie ein Steinchen nach dem anderen ins Leere warf . . .

Von seinem luftigen Ausguck aus sah Philpott die Scheinwerfer des Minibusses nach links gleiten, und als der Bus die Straße verließ und anhielt, ließ er sich fallen und rollte hinter einen nahen Busch. Er versuchte, die Dunkelheit mit seinen Blicken zu durchdringen, hörte Wellen ans Ufer schlagen und roch die nahe See. Smith befahl dem Fahrer, den Bus nach Schloß Windischgrätz zurückzufahren und war kurz darauf allein mit den Geräuschen der Nacht, des Wassers und der seufzenden Meeresbrise – und mit Malcolm Philpott.
Philpott hob vorsichtig den Kopf und sah, wie ein einsamer Radfahrer an Smith vorbeifuhr und auf dessen freundlichen Gruß im örtlichen Dialekt ihm dankte und seinen Weg fortsetzte. Smith überquerte die Straße und hob sich einen Augenblick lang im hellen Mondlicht deutlich vom Horizont ab. Dann war er plötzlich verschwunden. Steif kam Philpott wieder auf die Füße und nahm die Verfolgung auf. Er hörte, wie Smith auf der anderen Straßenseite einen Abhang hinunterkletterte. Philpott wartete, bis Smith unten angekommen war und folgt ihm dann.
Eine Laterne flackerte auf. In ihrem Licht sah Philpott, wie Smith aus einem Versteck unter einem Felsen ein Avon-Dingi mit einem Außenbordmotor hervorzerrte. Gewissenhaft säuberte er das Boot von Unkraut und Sand, schraubte dann den Deckel des Benzintanks auf und füllte Treibstoff ein. Er schob den Ärmel seines neuen Anoraks hoch und schaute auf das erleuchtete Zifferblatt seiner Uhr. Die Frist für die Ablieferung des Lösegeldes war schon um eine gute halbe Stunde überschritten, aber Mister Smith schien es keinesweges übertrieben eilig zu haben. Er lächelte ausgesprochen zufrieden in sich hinein und schaute gelassen auf die See hinaus.
Zehn Minuten vergingen, und Philpott zappelte schon ungeduldig hin und her, denn er hatte einen Krampf im Bein. Er hielt das Gewehr in der Linken, und mit dem rechten Arm umklammerte er einen Baumstamm. Aber die erzwungene Hockstellung setzte ihm zu.

Dann bewegte sich Smith. Er bückte sich, hob ein Seil hoch, das Philpott bisher nicht bemerkt hatte, und zog daran. Philpott sah, wie sich, ausgehend von der Küste, in gerader Linie Blasen hoben und auf der Wasseroberfläche explodierten.
Philpott richtete sich halb auf und beugte sich vor, um besser zu sehen. Der Schiefer unter seinen Füßen bröckelte ab, und Philpott rutschte mit einem lauten Schrei die Düne hinunter und landete genau vor Smiths Füßen.
Das Gewehr rutschte ihm aus der Hand, und er kroch wie eine Krabbe auf allen Vieren, um es wieder an sich zu ziehen, bis Smith entschlossen einen Fuß auf seine Hand setzte.

Sabrina warf den letzten Stein in den Abgrund und wandte sich um, dem Jugoslawen zuzuzwinkern, der die Augen nicht von ihr lassen konnte. Und genau diesen Augenblick einer sexuellen Begegnung zweiter Art suchte Feisal sich für seinen Sturz aus. Seine Hand war an einem Steinbrocken abgeglitten, und er rutschte mit einem lauten Schrei den Felsen hinunter, bis er etwa drei Meter über dem Kopf des Wächters liegenblieb.
Dieser schaute erschrocken zu dem Jungen hoch, Sabrina packte ihn im gleichen Moment an den Beinen. Er taumelte nach rückwärts und fiel hin, die Finger noch immer um den Griff der Maschinenpistole geklammert. Als Sabrina sich duckte, um nach dem Gewehr zu greifen, spannte der Wächter den Abzug.
Ein Geschoßhagel splitterte gegen den Fels, und die Kugeln prallten in der Höhle von Wand zu Wand wie eine Schar irrer Leuchtkäfer. Scheich Dorani heulte auf, als ein Querschläger ihm den Schulterknochen durchschlug, und Sabrina kämpfte heldenhaft, um dem Wächter die Hand, mit der er die Pistole hielt, zurückzubiegen. Die Finger ihrer anderen Hand krallte sie dem Mann ins Gesicht, bis das Blut hervorschoß, und er schloß die Augen, um noch Schlimmeres zu verhüten. Sein Knie stieß zwischen ihre Beine. Sie stöhnte und keuchte, und

die Männer von Air Force One mußten hilflos zuschauen, denn solange der Mann seine Maschinenpistole in der Hand hatte, konnten sie nichts unternehmen.
Der Wächter brachte es fertig, Sabrina mit ungeheurer Wut seinen Ellbogen ins Gesicht zu knallen und sich zugleich auf die Füße zu stellen, während Sabrina noch immer sein Gewehr umklammerte.
Wieder schlug der Guerilla wütend auf sie ein, entriß ihr die Pistole und heulte auf vor Schmerz und Schreck, als Feisal schwer auf seinem Rücken landete.
Der Mann und der Junge stürzten gemeinsam zu Boden, und im gleichen Moment stotterte und keuchte auch die Maschinenpistole wieder. Aber es war Feisal, der sich, Blut an den Händen und mit blutdurchtränktem Hemd, erhob. Der Jugoslawe lag auf dem Rücken. Gesicht, Kehle und Brust waren weggeschossen, und ein totes Auge starrte zu den kristallenen Tropfsteingebilden an der Decke hoch.
Sabrina legte die Arme um das schluchzende Kind und küßte es auf die Wangen. Dann übergab sie ihn Dr. Hamady und befahl Fairman, auf die Knie zu gehen. Sie stellte sich auf seinen Rücken und machte sich zähneknirschend daran, den Felsen hinaufzuklettern. Denn die Bombe war noch immer nicht entschärft . . .

Jagger und Dunkels überwachten in der Haupthöhle den Rückzug der Guerillas, als sie den ersten Feuerstoß hörten. Die meisten Guerillas waren schon zu ihrem geheimen Versteck in den Bergen aufgebrochen. Jagger fluchte, griff nach seiner Maschinenpistole und befahl Dunkels, ihm auf dem Weg zur Brücke Rückendeckung zu geben. Dann rannte er los, um zu erkunden, was geschehen war.
Cooligan und McCafferty duckten sich in der Eingangshöhle und überlegten sich die nächsten Schritte, als sie die Schießerei hörten. Cooligan zog sofort den falschen Schluß. »Er hat's *getan,* der Hund!« rief er und wollte zum Tunnel rennen, der zur

Brücke führte. McCafferty packte ihn am Arm und zog ihn zurück. Der Doppelgänger würde wohl kaum ein blutiges Massaker mit eigener Hand veranstalten, wenn er nur eine Bombe zu zünden brauchte.
Die beiden Agenten schlichen sich im Schutz der Felsen zum Tunnel, und es war schieres Mißgeschick, daß sich Dunkels genau in dem Moment umdrehte, als ein Lichtstrahl auf McCaffertys Gewehrlauf fiel . . .

Lang und gründlich schaute Sabrina sich die Bombe an. Der Zünder war sorgfältig in eine Felsspalte geschoben worden, und die in einer porösen rosa Plastikmasse verborgenen Drähte würden vermutlich so raffiniert verteilt sein, daß sie sich nur schwer entschärfen ließ. Sie konnte es aber auch nicht wagen, den Sprengstoff einfach zur Explosion zu bringen, also versuchte sie, das Kabel an einer scharfen Felskante zu durchsägen. Sie war ganz in die Arbeit vertieft, als Jaggers Pistole die Härchen hinter ihrem linken Ohr kitzelte und seine Stimme sagte: »Laß das Kabel fallen.«
Sie erstarrte. Das Kabel entglitt ihren Händen. Der Doppelgänger zog ihr die Maschinenpistole aus dem Gürtel und dirigierte sie zurück ins Innere der Höhle.
Dann aber erstarrte auch Jagger, als ein weiterer Geschoßhagel neben ihm einschlug. Er drehte sich hastig um und sah Siegfried Dunkels aus dem Tunnel zur Brücke taumeln, die Hände auf den aufgerissenen Leib gepreßt. Langsam wie in Zeitlupe sank Dunkels zusammen und fiel über das Seil der Hängebrücke. Er versuchte, sich wieder aufzurichten, aber sein Kopf fiel im Sterben nach vorn, und sein Körper stürzte in den Abgrund.
McCafferty sprang über die Leiche des Guerillas hinweg, der mit derselben Salve getötet worden war, und stand nun endlich seinem anderen Selbst von Angesicht zu Angesicht gegenüber. Sieben Meter schwankender Brücke lagen zwischen ihnen.

Mac hob die Maschinenpistole, nahm aber gerade noch rechtzeitig den Finger vom Abzug, als er sah, daß der Doppelgänger Sabrina Carver als Schutzschild benutzte.
»Zurück, McCafferty!« schrie Jagger, »oder sie kriegt die ganze Ladung. Und Sie auch, Cooligan.«
Mac bedeutete Bert zu verschwinden und zog sich selbst, ohne den Doppelgänger aus den Augen zu lassen, zurück. Irgendwie ahnte Jagger, daß sich das Blatt gewendet hatte, und er spielte verzweifelt seine letzte Karte aus. Die Angst vor den Russen, vor Karilian, vor dem, was sie mit ihm anstellen würden, wenn er ihre Befehle nicht erfolgreich zu Ende führte, bestimmte bis zuletzt sein Leben. Er wühlte in seinen Taschen und brachte den Zünder zutage.
»Noch drei Minuten«, keuchte er und drückte auf den Schalter der Zeituhr, »drei Minuten, und ihr seid alle tot.«
Er schob Sabrina vor sich her, um mit ihr gemeinsam über die Brücke zu gehen, und sah, wie McCafferty und Cooligan sich in den Tunnel zurückzogen. Sicher erreichten Sabrina und Jagger die andere Seite. Sowie sie wieder sicheren Boden unter den Füßen hatte, schrie Sabrina wütend auf Jagger ein: »Das *können* Sie nicht tun. Sie *dürfen* das nicht. Diese Leute haben Ihnen nichts getan. Was sind Sie bloß für ein Stück Vieh, Mister Namenlos?«
Bei dem Doppelgänger brannten die Sicherungen durch. Er schlug ihr ins Gesicht, und sie sackte zu Boden und schlug mit dem Kopf auf einem Felsen auf. »Mein Name ist Cody Jagger, hast du *gehört*!« brüllte er auf das bewußtlose Mädchen ein. »Und *Sie* auch, McCafferty? Ich bin Cody Jagger, und ich werde euch beide und alle anderen umbringen.«
Mac antwortete mit einer Salve aus seiner Maschinenpistole, und Jagger versuchte, sich in der Dunkelheit der Brücke der Gefahr zu entziehen. Er fluchte, als ihm der Zünder aus der Hand fiel und kurz vor Sabrinas Kopf liegenblieb. Die Zeituhr zeigte zwei Minuten vor der Explosion.
Jagger kroch auf den Zünder zu, aber McCafferty hatte ihn

nun deutlich im Schußfeld. »Ich hab dich, Jagger«, schrie er. »Laß die Kanone fallen!«

Cody erhob sich und feuerte eine zweite Salve, bis der Mechanismus ans leere Magazin klickte.

Die Zeituhr des Zünders rückte voran. Noch eine Minute.

Jagger warf das nutzlose Gewehr weg und zog mit einem Ruck die Maschinenpistole heraus, die er Sabrina abgenommen hatte. Er kam nicht mehr dazu, den Abzug zu ziehen. McCafferty schoß ihm zweimal in die Hand, und das Gewehr schlitterte auf die Brücke.

Mac tastete sich vor, seine Augen glitten zum tickenden Zeitzünder und dann wieder zurück zu Jaggers Gesicht ... seinem eigenen Gesicht, von Haß verzerrt ...

»Du Hurensohn, McCafferty, ich hätte dich schon in Bahrein umbringen sollen, aber die Russen wollten dich lebendig ...«

»Die Russen«, schrie McCafferty, »du arbeitest für ...«

Das war der Moment, in dem Sabrina wieder aufwachte und sich bewegte. McCafferty hatte nur einen Augenblick zu ihr hingesehen, einen Augenblick zu lang. Cody warf sich auf den Amerikaner und trat ihn in die Leiste.

Die Zeituhr tickte. Noch zweiunddreißig Sekunden, einunddreißig, dreißig ...

Der Tritt traf Mac mit voller Wucht. Er kippte nach hinten, Jagger nahm die Maschinenpistole in die verwundete Hand und stieß die andere Mac ins Gesicht. Aber er konnte die Waffe nicht mehr halten. Blut quoll aus seiner Hand, und seine Finger gaben nach. Er versuchte, sich mit einer Hand zu verteidigen, aber McCafferty bekam ihn zu fassen und zersplitterte ihm mit dem Gewehrkolben den Backenknochen.

Noch einmal hob Cody den Kopf, seine Lippen glitten von den Zähnen, seine Augen wurden glasig. Mac schlug erneut mit dem Gewehrkolben zu, und Jagger fiel seitlich übers Geländer. Es brach unter seinem Gewicht zusammen, Jagger stürzte, und sein Todesschrei hallte nach, bis sein Körper unten auf den Felsen im Flußbett aufschlug.

Sabrina schrie auf, als sich Mac nun ihr zuwandte. Verzweifelt versuchte sie, sich klarzuwerden, wer nun vor ihr stand. Wer war es? Wer hatte den Kampf gewonnen? Sie griff nach der Maschinenpistole, und McCafferty brüllte: »Du dämliches Weib, ich bin's, Mac!«

Sie ließ die Waffe fallen! In der anschließenden Stille hörte man das gleichmäßige, mechanische Ticken des Zeitzünders. Sie versuchten beide zugleich, ihn zu erreichen. Sabrina war näher daran.

Als sie den Zünder ausschaltete und das Kabel durchtrennte, zeigte das Zifferblatt der Uhr zwei Sekunden vor der Explosion an.

»Fast habe ich Sie erwartet, Philpott«, bemerkte Smith großzügig, »aber ich hätte doch nicht gedacht, daß Sie auf diese ganz gewöhnliche Art einfach vom Baum fallen würden.«

Er nahm seinen Schuh von Philpotts Hand und kickte das Gewehr ins Meer. »Stehen Sie auf«, kommandierte er. Philpott versuchte es, fiel aber mit schmerzverzerrtem Gesicht wieder zurück.

»Ich glaube, ich habe mir den Fuß verrenkt«, sagte er.

Geschieht Ihnen ganz recht«, sagte Smith, »auch wenn Ihre Fahrt hierher nicht gerade gemütlich gewesen sein dürfte, habe ich recht? Ich nehme an, daß Sie auf dem Dach des Busses gefahren sind?«

»So ähnlich« gab Philpott zu.

Smiths Augen funkelten, und er lächelte breit. »Dann dürften Sie allein gekommen sein. Wie angenehm – für mich. Ich würde Ihnen raten, es sich auf dem Sand bequem zu machen. Sie werden nicht lange zu warten brauchen. Und ich verspreche Ihnen, daß Sie etwas zu sehen bekommen, das für Sie von höchstem Interesse ist.«

Philpott stöhnte und legte sich, die Arme hinter dem Kopf verschränkt, zurück. »Und was machten Sie eben, als ich mich Ihnen so rüde aufdrängte?« fragte er.

Smith legte einen Finger auf die Lippen. »Nur Geduld«, sagte er, »und alles wird enthüllt werden.« Er nahm eine kleine flache Metallbox aus der Tasche seines Anoraks.
Philpott prallte entsetzt zurück. »Tun Sie das nicht, Smith«, bat er, »tun Sie's um Himmels willen nicht. Diese Leute sind unschuldig. Sie werden Ihr Lösegeld bekommen. Sie verdienen es nicht zu sterben.«
Smith lächelte und manipulierte geschickt an der Box herum. »Dachte ich mir's doch«, sagte er nachdenklich. »Sie wissen weit mehr, als gut für Sie ist. Aber diesmal, Philpott, sitzen Sie auf dem falschen Dampfer. *Diese* Box«, er zeigte auf die in seiner Hand, »ist *nicht* der Zünder für die Bombe in der Höhle.«
Er zog eine andere anscheinend gleiche Box aus derselben Tasche. »*Diese* ist es.«
Erstaunt betrachtete Philpott ihn. »Zwei Zünder für ein und dieselbe Sache? Oder vielmehr drei?«
»Drei?« wiederholte Smith. »Wovon reden Sie?«
Jetzt war es an Philpott zu lächeln.
»Es gibt eben doch noch etwas, das Sie nicht wissen, Mister Smith. Ihr hochgeschätzter Doppelgänger hat eine Box, die dieser hier verdammt ähnlich sieht«, sagte er .
Smith sah besorgt aus – und beeindruckt. »Wie clever von Ihnen, das herauszubringen, Mr. Philpott«, murmelte er. »Also hat unser Colonel McCafferty – dessen Name übrigens Cody Jagger ist – offenbar ebenfalls Absichten auf die Geiseln.«
Fast eine Minute lang verharrte er in Gedanken, dann wandte er seine leeren grauen Augen dem UNACO-Chef zu.
»Ich hätte nur im äußersten Notfall die Tötung der Geiseln in Erwägung gezogen, Philpott. Ich nehme an, Sie glauben mir. Jagger allerdings . . . Jagger ist ein Stück Vieh. Ich darf keine Zeit mehr verlieren.«
Er schob den Zeitzünder für den Sprengstoff wieder in die Tasche und drückte einen Knopf an der zweiten Vorrichtung. »Schauen Sie«, sagte er zu Philpott und zeigte mit einer dramatischen Geste aufs Meer hinaus.

Philpott folgte der Richtung seines Armes. In einem feurigen Funkenregen hob sich auf der Untertassen-Insel eine Rakete zum Himmel und zog ihren Kometenschweif in die Nacht.

XVI

Brigadier Tomlin stakste zum dreibeinigen Stativ im Turmzimmer und legte seine Augen zum hundertstenmal ans Teleskop. »Es wird allmählich schon lächerlich«, bellte er, »nichts, aber auch gar nichts tut sich.«
»Es ist noch nicht ganz eine Stunde seit dem festgesetzten Zeitpunkt vergangen«, sagte Sonja beruhigend, »und Smith hat ja keineswegs versprochen, daß er sofort handeln wird. Außerdem könnte es ja auch sein, daß wir mit all dem Metall rundum nichts anderes erreicht haben, als ihn zu vergraulen. Er weiß ja schließlich nicht, daß wir bloß hier sind, um uns die Sache anzusehen.«
Tomlin richtete sich auf und fuhr sie giftig an: »Es ist nicht mein Job, Ma'am, einem Kerl wie Smith das Leben zu erleichtern.«
Sie überlegte eine passende Antwort, als der Leuchtturmwärter sie auf eine Rakete hinwies, die sie beide nicht gesehen hatten, weil sie viel zu sehr mit sich selbst beschäftigt waren.
»Verdammt und zugenäht«, brüllte Tomlin, »*so* macht er das also.«
Er schnappte sich sein Sprechfunkgerät vom Tisch und bellte: »An alle Einheiten, wiederhole, an alle Einheiten. Raketenspur verfolgen. Nicht aus der Sicht verlieren. Markieren, wo sie runtergeht und dann auffinden. Vorwärts.«

Smith betrachtete die Vorstellung durch ein starkes Fernglas und kicherte. »Wirklich herrlich, das Militär, man kann alles,

was sie tun, so schön vorhersagen. Finden Sie nicht auch, Mr. Philpott?«
»Ich nehme an, daß dieses kleine Extrafeuerwerk nichts mit der Lösegeldübergabe zu tun hat?« bemerkte Philpott.
Smith wiegte den Kopf, sagte »ts, ts, ts« und »hier irren Sie gewaltig, mein lieber Freund. Es war natürlich ein hübsches Schauspiel, aber im Grunde dient es einem ganz anderen Zweck, und der ist wichtig, sogar entscheidend für meinen Plan, an die Diamanten zu gelangen.«

Sonja Kolschinsky war nicht so leicht hereinzulegen.
»Wir fahren zur Insel, Brigadier«, kündigte sie streng an.
»Das tun wir nicht, Mrs. Kolschinsky« sagte Tomlin stur.
Sonja hielt sich zurück. »Sie haben wirklich genug Einheiten hinter dieser Römischen Kerze hergeschickt, Tomlin«, sagte sie. »Wir nehmen jetzt das Kommandoboot, Ihr sogenanntes Flaggschiff, und machen uns auf zur Insel.«
»Und warum, wenn ich bitten darf?«
»In erster Linie, weil ich es befehle. Oder sollte ich Sie daran erinnern müssen, Brigadier, daß Sie unter meinem Kommando stehen? Ich glaube nicht einen Augenblick, daß die Rakete ausgeschickt wurde, um durch reine Magie den Beutel mit den Diamanten zum Bestimmungsort zu bringen, wo unser lieber Mister Smith sie in Empfang nimmt. Nein, wir werden der Sache nachgehen, Brigadier.«
Tomlin seufzte theatralisch und brummte: »Wie Sie wünschen, Ma'am.«
Kurz vor der Insel und nahe dem Galgen verlangsamte das Boot seine Fahrt. Tomlin wies mit der Hand zu der Stelle hin, wo sich zuvor der Pfosten befunden hatte, und sagte: »Da, sehen Sie, er ist weg, wie ich Ihnen gesagt hatte.«
Sonja runzelte die Stirn. Die starken Bootsscheinwerfer glitten über das Wasser. »Er ist nicht weg, Brigadier«, rief sie, »er ist noch da.«
Ehe Tomlin es verhindern konnte, sprang sie von Deck und

watete durch das Wasser zur Insel. Tomlin schrie: »Sie ist vermint! Um Himmels willen, seien Sie vorsichtig!«
Sonja drehte sich um und winkte ihm zu. »Seien Sie nicht albern, natürlich ist sie nicht vermint«, rief sie.
Sie lief bis zur Mitte des Felsplateaus und fand den winzigen Tunnel, von dem aus die Rakete losgegangen war. Ein Stück versengter Schnur schaute aus der Öffnung heraus, und sie untersuchte es neugierig. Dann machte sie sich auf die Suche nach dem Pfosten. Und er war da, wie sie vermutet hatte. Nur schwamm er jetzt, Querbalken senkrecht nach unten, horizontal im Wasser.
Tomlin folgte ihrem Blick. »Allmächtiger«, murmelte er ungläubig, »der Beutel ist noch dran. Soll ich ihn rausholen?«
»Bitte, Brigadier«, erwiderte Sonja.
Als sich aber einer der Seeleute mit einem Bootshaken vorbeugte, um nach dem Lederbeutel zu angeln, durchschnitt ein dunkler, geisterhafter Schatten die See längsseits des Kutters. Er spießte sich den fünfzehn Zentimeter großen Metallring aufs Maul, den man laut Smiths Befehl am Verschluß des Beutels hatte anbringen müssen, und schwamm davon. Und mit ihm fünfzig Millionen Dollar in geschliffenen Diamanten.
Tomlin sprangen fast die Augen aus dem Kopf. »Was, zum Himmeldonnerwetter, war denn das?« sprudelte er hervor.
Fast wie im Traum und halb zu sich selbst murmelte Sonja Kolschinsky: »Allmächtiger Gott, *du* sollst es Smith überbringen, nicht wahr?«
»*Was war das*?« verlangte Tomlin zu wissen. Im grellen Scheinwerferlicht hatte seine rotbraune Haut nun einen Stich ins Purpurne angenommen.
Sonja riß sich zusammen. »Was das war, Brigadier? Ein Delphin natürlich. Was um alle Welt dachten denn Sie? Ein Unterseeboot etwa?«

Als McCafferty Sabrinas Kopfverletzung versorgt hatte, bemerkte er ungerührt: »Du wirst es überleben, denke ich.«

»Oh, vielen Dank«, erwiderte sie schnippisch. »Dann sind wir also bereit?«
McCafferty verbeugte sich und half ihr auf einen der engen Sitze des Hubschraubers. »Die Kutsche steht bereit, Mylady«, ulkte er.
Sie hatten die Geiseln unter Cooligans Aufsicht zum Flugplatz von Kosgo zurückgeschickt, den die jugoslawische Luftwaffe ihnen zur Verfügung gestellt hatte. Mac hatte vorgeschlagen, daß die Mannschaft von Air Force One ihr Flugzeug wieder übernehmen und startbereit machen sollte. Ging alles gut und würde man Smith gefangennehmen oder zumindest davon abhalten können, die Diamanten zu kassieren, würden Philpott und seine Leute später mit nach Genf zurückfliegen. »Ich werde Sie in jedem Fall auf dem laufenden halten, Bert«, versprach er, als der kleine Konvoi den Parkplatz bei den Höhlen verließ und talabwärts fuhr.
»Wohin jetzt?« fragte Sabrina, als der Hubschrauber abgehoben hatte.
»Zur Küste«, erwiderte McCafferty entschlossen.
»Garantiert wird das Lösegeld da übergeben.« Sie stiegen zum sternbesäten Himmel auf. Sofort ging Mac mit der Kamov in Schräglage, um dann im Steilflug geradeswegs die Adria anzufliegen . . .

»Ein was?« fragte Philpott erschöpft.
»Ein Delphin«, sagte Smith. »Als ich eben an dem Kabel zog, habe ich die Tür des Delphinkäfigs geöffnet und damit dem Delphinweibchen das Signal zum Losschwimmen gegeben.
Das Tier braucht nur drei oder vier Minuten einem Ultraschallsignal und dann dem Leuchtsignal zu folgen, das in den Pfosten Ihres sogenannten Galgens eingebaut ist, den Ihre beachtliche Armee nicht zu untersuchen wagte, weil er und vielleicht auch die ganze Insel vermint sein konnte.«
»Was natürlich nicht der Fall war«, ergänzte Philpott trocken.
»Was nicht der Fall war«, bestätigte Smith. Dann ließ er sich

des langen und breiten darüber aus, wie er den Delphin erworben und in einem Delphinarium in Amerika trainiert hatte, bis er die Übernahme des Beutels im Schlaf beherrschte. Und die Rakete, erzählte er, habe einen Mechanismus ausgelöst, der das Befestigungstau des Pfostens herausgerissen und so den Galgen zum Umstürzen gebracht hatte. Der sei dann einfach ins Meer gekippt, erklärte Smith.

Stumm hörte Philpott ihm zu, atmete dann tief ein und mit einem resignierten Seufzer wieder aus und sagte: »Ich gebe es äußerst ungern zu, Mister Smith, aber es ist unmöglich, Ihren Stil nicht zu bewundern, wenn auch nicht Ihre Absichten und Ihre Methoden.«

»Oh, vielen Dank«, sagte Smith stolz und verbeugte sich spöttisch vor dem UNACO-Direktor. Er schaute wieder auf die See hinaus, als Philpott bemerkte: »Das begabte Weibchen ist zu Daddy heimgekehrt.« Wieder stiegen Blasen auf, lebhafter als zuvor.

Smith packte erneut das Seil und watete ins Wasser hinaus. Er zog an der Leine, und langsam tauchte der Delphin mitsamt seinem Käfig aus dem Wasser. »Gut gemacht, mein Engel«, brummte Smith, tätschelte dem Delphin das Maul und nahm mit schnellem Griff den Beutel mit den Diamanten an sich. »Vielleicht werde ich dich nie wiedersehen, aber glaube mir, ich werde dir ewig dankbar sein.«

Er drehte sich um und watete aus dem Wasser heraus, den Beutel aus Gamsleder über der Schulter. »Ich werde Sie jetzt verlassen, Philpott«, verkündete er, »aber lassen Sie mich Ihnen vorsorglich noch einen wohlgemeinten Rat geben: Sollten Sie annehmen, Sie könnten mich von der Flucht abhalten, dann denken Sie daran, daß ich *noch* einen Fernzünder habe. *Diesen* hier!«

Er zog eine Metallbox aus seinem Anorak, und Philpott hatte nicht die Spur eines Zweifels, daß es der Zünder für die in der Höhle angebrachte Bombe war, die die Araber und amerikanischen Gefangenen gemeinsam in die Luft sprengen konnte –

vorausgesetzt, daß Jagger sie nicht schon zuvor umgebracht hatte.
Stumm und verdrossen beobachtete Philpott, wie das Dingi von der Küste ablegte. Er bohrte die Hände in den Sand und zog sie mit einer ganzen Ladung wäßriger Körner wieder heraus, die er hinter Smith herwarf, als könnte er ihn noch zurückhalten, wenn er ihm nur zeigte, wie verdammt wütend er war ...

Die Kamov flog über die Küstenlinie hinaus auf die Kette winziger Inseln zu. McCafferty und Sabrina beobachteten aus der Kanzel die hektische Aktivität an Deck der drei Marinekutter, die nach dem Verbleib der längst erloschenen Rakete suchten. Sie sahen auch Sonja, die auf einen großen, rotgesichtigen (bestimmt englischen, dachte Sabrina) Soldaten einredete, und zwar auf einem Boot, das vor einer Insel lag, die kaum mehr als ein Felsplateau war.
»Vielleicht ist Smith schon abgehauen?« rief Sabrina durch den Motorenlärm hindurch.
McCafferty nickte und zeigte mit dem Finger auf die Insel. »Sollen wir landen und herausfinden, was da vor sich geht?« fragte er und wiederholte das Ganze noch einmal mit beredten Gesten für den Fall, daß sie nicht verstanden hatte.
»Was meinst du denn?« brüllte Sabrina zurück. Mac überlegte und schüttelte den Kopf. Er gab ihr durch Gebärden zu verstehen, daß sie besser umkehren und nach Philpott suchen sollten. »Vielleicht ist er ja hinter irgend etwas her?« rief er.
Sie drosselten die Maschine, bis sie so dicht über die Wellenkämme jagte, daß sie die Gischt zu spüren glaubten. Sie rechneten zwar nicht damit, etwas zu sehen, suchten aber die Bucht, jeden vielversprechenden Schlupfwinkel und jedes Riff ab. Überall Fehlanzeige. Bis Sabrina endlich eine Feuerstelle sah.
Mac stieß ein Triumphgeheul aus und ging in Schräglage. »Er ist es!« brüllte Sonja, als sie über den Strand fegten, »und er

wirft immer noch Holz ins Feuer, und neben ihm liegt ein Benzinkanister, den Smith zurückgelassen haben muß.«
McCafferty manövrierte die Kamov auf das am zuverlässigsten aussehende Stück Strand und brachte es fertig, in der kleinen Bucht dicht bei Philpotts Feuerstelle zu landen. Mac und Sabrina stiegen aus. Bei Philpott angekommen, erfuhren sie sofort, daß der UNACO-Chef sowohl unter seinem gekränkten Stolz als auch einem verstauchten Knöchel litt. Sabrina tröstete ihn mit einer Zusammenfassung der letzten Ereignisse und einer kalten Kompresse.
Philpott hatte sich mit McCaffertys Unterstützung mühsam erhoben, während Sabrina berichtete, wie Jagger getötet und die Bombe entschärft worden war. Philpott schwankte und wäre fast wieder gefallen. Aber als Sabrina zu Hilfe kam, hatte Mac ihn schon aufgefangen und stützte ihn.
»Was tut ihr beiden noch hier?« rief Philpott aufgeregt.
»Heftet euch Smith an die Fersen. Das einzige, was mich davon abgehalten hat, ihn selbst zu verfolgen, war dieser verdammte Fernzünder und dieser dreimal verdammte Knöchel. Ich konnte ja nicht riskieren, daß euch allen was zustößt, obwohl ich aufgrund eurer Flucht schon ahnte, daß Mac was aus dem Hut gezaubert hat.
Aber jetzt dürfen wir nicht eine einzige Sekunde mehr verlieren. Er ist hier irgendwo mitsamt seinem verfluchten Dingi. Ich weiß nicht, wo er hin will, aber ich vermute, er steuert auf ein größeres Boot zu, das ihn aufnehmen wird. Oder er landet mitsamt seiner Beute küstenaufwärts. Vielleicht hat er auch irgendwo ein Fahrzeug versteckt. Auf jeden Fall ist er in dieser Richtung aufgebrochen. Los, beeilt euch, hinter ihm her! Ich kann selbst für mich sorgen.«
Sie rannten zum Hubschrauber, nachdem sie versprochen hatten, daß Sabrina per Funk Philpotts Aufenthaltsort an Sonja durchgeben würde. McCafferty erspähte das Dingi schon nach weniger als zwanzig Meilen. Es pflügte um die Insel Pag herum und war im Begriff, in den Velebitski-Kanal

einzubiegen, ein gefährliches, trügerisches Küstengewässer mit halb unter Wasser verborgenen Klippen und allen möglichen anderen Fallen für den unerfahrenen Seefahrer.
Wieder brachte Mac den Hubschrauber in Schräglage und bedeutete Sabrina, die beiden Maschinenpistolen an sich zu nehmen. »Knall ihn ab«, brüllte er so laut er konnte. »Um das Lösegeld werden wir uns später kümmern.«
Smith war ungefähr noch fünfhundert Meter von der Küste entfernt. Mit einer Hand umklammerte er das Steuer des Dingi, während die andere locker auf dem Beutel mit den Diamanten lag. Ein glückliches, ja geradezu wahnsinniges Lächeln stand auf seinem Gesicht. Gischt überschwemmte das Boot, und der Wind zerrte an seinen Haaren. Aber all das kümmerte Mister Smith nicht mehr. Er hatte gewonnen, er hatte es immer gewußt! Er war wahrhaft unbesiegbar, unverletzlich. Niemand kam gegen ihn auf, auch nicht der große Philpott, hinter dem die allmächtige UNACO stand!
»Ich versuche, ihn an die Küste oder auf eine Klippe zu treiben«, schrie McCafferty. »Sobald ich nahe genug an ihm dran bin, ballerst du los. Leg ihn um, wenn's sein muß. Aber am liebsten hätte ich ihn noch heil und schlotternd vor Angst.«
Sabrina zitterte, als sie die Maschinenpistolen überprüfte. Zu sehr saß ihr noch diese andere Hubschrauberjagd in den Knochen, bei der sie die Gejagte gewesen war. Nie würde sie das Entsetzen und die Verzweiflung vergessen, die sie erfaßt hatten, als dieser schnelle Riesenvogel sie gejagt hatte, weit cleverer und unbarmherziger als ein wirklicher Raubvogel. Fast bedauerte sie Smith. Als sie ihn aber im Visier hatte und das halbe Magazin mit Leuchtspurmunition auf das schnell dahingleitende Boot abfeuerte, war auch ihr Haß wieder da, und sie war wieder die eiskalt kalkulierende Spezialagentin.
Das idiotische Grinsen verschwand aus Smiths Gesicht, als die Geschosse das Wasser zu beiden Seiten des Dingi aufpeitschten. Er schaute über die Schulter zurück und sah die Kamov. Dunkels, vermutete er zuerst. Er mußte sich eingebildet ha-

ben, daß man ihn beschossen hatte. Aber dann eröffnete Sabrina erneut das Feuer, und im Licht der Suchscheinwerfer des Hubschraubers erkannte er sogar flüchtig ihr Gesicht und die gewaltige braune Haarmähne, die ihr über die Schultern fiel.

McCafferty tauchte so weit zum Dingi herunter wie er es riskieren konnte. Er drosselte die Geschwindigkeit, sauste dicht über Smiths Kopf hinweg. Aber noch ehe Sabrina wieder feuern konnte, hatte Smith seinen Kurs schon gewechselt und brauste mit Vollgas davon. Der Helikopter drehte bei und setzte zu einem gefährlich niedrigen Überflug an. Diesmal war Smith gezwungen, das Ruder nach Steuerbord herumzureißen und mit dem Boot auf die Küste zuzuhalten.

Mac gab ein Triumphgeheul von sich und heftete sich Smith an die Fersen. »Schnapp ihn dir, solange er geradeaus hält«, rief er Sabrina zu, die den im Boot kauernden Mann schon im Visier hatte. Aber irgendein Instinkt warnte Smith, und er setzte, als sie den Finger schon am Abzug hatte, seine Gegner matt, indem er mit seinem Boot zu einer verzweifelten Rechtswendung ansetzte.

Erneut schoß der Hubschrauber über sein Ziel hinaus, und Smith nahm seinen Kurs parallel zur Küste wieder auf. Zum drittenmal drehte Mac mit der Kamov bei und griff Smith vom Bug her an. Wasser und Gischt spritzten auf, Smith schloß die Augen, kauerte sich noch tiefer ins Boot hinein, schützte sein Gesicht mit dem Ärmel seines Anoraks und hielt störrisch seinen Kurs. Er gab Gas, nahm es wieder weg und ließ das Dingi wie ein wahrer Meister übers Wasser tanzen, nur um den verfluchten Hubschrauber abzuschütteln. Und um McCafferty zu einem fatalen Irrtum zu verleiten.

Sabrina gab Mac durch Gebärden zu verstehen, er solle sich genau über dem Dingi halten und sich Smiths Geschwindigkeit anpassen, um ihr eine gute Schußposition zu ermöglichen. Folgsam hielt Mac die Maschine über dem Boot, während Sabrina die Bootswände mit Geschossen durchlöcherte.

Aber Smith, der nun flach auf dem Boden seines Bootes lag und blind steuerte, blieb unverletzt.
Sabrina bestand darauf, daß Mac seine Position hielt, was er gleich darauf bedauerte, denn Smith, das Steuer in der einen Hand, die Tasche mit den Diamanten zwischen den Knien, feuerte mit der anderen Hand aus der Hüfte heraus. Als die Geschosse im Hubschrauber einschlugen, drosselte McCafferty den Motor, gab sofort wieder Gas und donnerte davon.
»Du hast ihn gereizt, mein Täubchen«, brüllte er Sabrina zu, die zurückschrie: »Und wenn schon!«
»Überlaß ihn mir«, schrie McCafferty beschwörend. »Ich hab eine Idee, die gar nicht schiefgehen kann. Du schießt erst wieder, wenn ich dir's sage.«
Er hielt mit der Kamov wieder auf die Steuerbordseite des Bootes zu, gab Gas und ging plötzlich auf der zur See gewandten Seite tiefer, brüllte »jetzt«, Sabrina drückte auf den Abzug der Maschinenpistole und ließ den Finger so lange dran, bis das Gewehr nur noch heiße Luft ausspuckte.
Irritiert riß Smith das Steuer herum und durchpflügte das Meer in Richtung Küste. Er feuerte über die Schulter zurück, täuschte aber nur, und McCafferty, der sich hätte zurückziehen müssen, fiel darauf herein. Er rückte Smith mit fünf Knoten Geschwindigkeit so dicht auf die Pelle, daß er direkt über dem Boot und im gleichen Tempo flog.
So sehr er es darauf anlegte, Smith konnte die Kamov einfach nicht loswerden, die jetzt nur noch einige Meter über seinem Kopf stand und immer tiefer ging, so daß Smith schon den Wind des Propellers spürte.
Das Wasser ergoß sich in riesigen Wogen über das Boot, so daß sein Steuermann völlig durchnäßt war und nichts mehr sah. Auch von der Waffe konnte Smith keinen Gebrauch mehr machen, denn er sah sein Ziel nicht mehr. Er ließ das Dingi blindlings treiben, riß und zerrte dann wieder am Steuer, drehte zur einen und dann wieder zur anderen Seite bei, geriet völlig außer Kurs und fand ihn doch irgendwie wieder. Er

war zwar ein erfahrener Seemann, aber dies war schlimmer als der schlimmste Taifun, den er je erlebt hatte. Er brüllte Wind und Wellen seine Wut entgegen und kam dabei, ohne es zu merken, der felsigen Küste immer näher.
McCafferty sah durch den Gischt hindurch den Strand vor sich auftauchen, weniger als fünfzig Meter entfernt. Erbarmungslos hielt er die Kamov auf Kurs, die ebenfalls wie ein Korken auf dem Wasser hin und her geschüttelt wurde, wenn auch vom eigenen Sog. Im letztmöglichen Moment zog er die Maschine wieder hoch – und Smith hatte wieder Sicht. Aber es war zu spät. Er drehte verzweifelt am Steuer, um die Klippen zu vermeiden, lief aber statt dessen einige Meter vor dem Strand auf ein riesiges Stück Treibholz.
Das durchweichte, zersplitternde Holz wirkte wie eine Abschußrampe. Smiths Dingi schoß in die Luft und flog wie ein Speer weiter, bis es sich in den Strand bohrte. Smith wurde durch die Frontscheibe katapultiert und landete wie eine Holzpuppe auf dem feuchten Sand. Vor seinen Augen explodierten Funken, und er war froh, daß die Tortur vorbei war.
McCafferty breitete achselzuckend die Hände aus, und Sabrina kapierte, daß er hier nicht landen konnte. Sie deutete mit dem Finger auf den Mann, der zusammengekrümmt im Sand lag, und Mac nickte bestätigend. Sabrina vergewisserte sich, daß noch ein voller Ladestreifen im Magazin der Maschinenpistole war, schlang sie sich über die Schulter und schob sich aus der Kamov. Ihre Füße fanden auf den Kufen Halt, und locker schwang sie sich zu Boden. Mac entschwand mit einem tröstlichen Wink, um einen anderen Landeplatz zu suchen.
Sie beugte sich über Smith. Er kam allmählich wieder zu sich. Boshaft nahm Sabrina den Beutel mit den Diamanten und legte ihn als Stützkissen unter Smiths Kopf. Dann durchsuchte sie das gestrandete Avon-Dingi, nahm Smiths Maschinenpistole an sich, entlud sie und warf das Magazin fort. Die Laterne, die er mitgenommen hatte, war unbeschädigt. Sie zündete sie an und stellte sie auf einen Felsen.

Smith öffnete die Augen und sah über sich im Licht des Vollmonds Sabrinas bleiches Gesicht, von der Aureole ihres Haares umgeben. Dann fiel sein Blick auf das Gewehr im Anschlag. Sie kniete einen Meter vor ihm und entspannte sich erst, als er sich mühsam aufgerichtet und auf die Ellbogen gestützt hatte.

»Das Spiel ist aus, Mister Smith«, sagte sie lakonisch. »Zu schade. Auf ihre perverse, unheimliche Art sind Sie im Grund wirklich ein toller Hecht.«

Sein Kopf ruckte auf der Suche nach dem Beutel mit den Diamanten wie der einer Kobra von einer Seite zur anderen. Sabrina grinste und bemerkte: »Aber vielleicht sind Sie doch nicht ganz so smart, oder?«

»Was haben Sie damit gemacht?« fragte Smith. »Zurück zu Philpott gebracht? Ich kann mir nicht vorstellen, daß Sie das fertigbringen, Sabrina . . . Ausgerechnet Sie! Wo doch Ihr Luxuskörper mit all den Steinchen erst richtig exquisit aussähe!«

Sabrina kicherte nur ironisch. »Mister«, sagte sie, »ich habe mehr Diamanten geklaut als Sie je Hummer verzehren konnten. Was soll an diesen hier so Besonderes sein?«

»Daß sie *mir* gehören«, erwiderte Smith, »ich habe den Coup ausgeheckt, geplant und superb ausgeführt, also gehören sie *mir,* und ich will sie haben . . . Aber ich werde mit Ihnen teilen. Fifty-fifty?«

Sie schüttelte den Kopf. »Auf die Art wäre kein Spaß mehr dabei. Mich törnt es an, Diamanten zu *stehlen* und nicht, sie geschenkt zu kriegen. Und außerdem, wo könnte ich sie denn zu Geld machen? Ich habe nicht Ihre Kontakte, Mister Smith, und Mr. Philpott würde sehr ungehalten sein.«

Smith setzte sich auf und schüttelte die überstandenen Schrecknisse von sich. »Dann kommen Sie doch mit mir«, drängte er. »Ich werde alles mit Ihnen teilen, Sabrina, und . . . Ich habe unendlich viel. Große Häuser, Schlösser, eine Ranch, eine Insel in Mikronesien . . .«

»Nur eine?«

Smith grinste. »Ich weiß, Sie machen sich über mich lustig, aber strengen Sie doch mal Ihr schlaues Köpfchen an und denken Sie nach. Sie sind noch jung und ausgesprochen schön. Wollen Sie sich denn kaputtmachen, indem Sie vor der Polizei von ein paar Dutzend Ländern davonlaufen oder einem Malcolm Philpott und seinem schäbigen Lohn zuliebe Ihr Leben riskieren?

Sie sind eine verrückte Type, ich weiß, ausgesprochen verrückt. Einerseits sind Sie herrlich amoralisch, und ich bewundere Sie zutiefst wegen Ihrer bemerkenswerten Vollkommenheit als Juwelendiebin. Auf der anderen Seite haben Sie aber auch eine geradezu grotesk puritanische Ader, die Sie vermutlich dazu bringt, anderen Leuten eben das Vergnügen zu versagen, das Sie selbst, liebe Sabrina, aus Ihrer kriminellen Tätigkeit ziehen. Eine irritierende Mischung, zugegeben, und ich bin mir nicht sicher, ob ich mich ohne weiteres daran gewöhnen könnte.«

»Damit wäre der Fall ja dann erledigt«, gab Sabrina brüsk zurück. »Habe ich Ihnen nicht schon gesagt, daß wir uns nie einigen würden. Und davon ganz abgesehen, was weiß ich denn wirklich über Sie, Mister Smith? Was wissen die Leute? Und Sie selbst? Woher kommen Sie, wer sind Sie, wie sehen Sie wirklich aus? Oh, ich kenne das Gesicht, das Sie mir jetzt präsentieren, aber Sie hatten es noch nicht, als wir uns zum letztenmal begegneten. Nein, auch nach einigem Nachdenken, nein, Mister Smith, ich glaube kaum, daß ich mich, wie Sie es ausdrücken, *gewöhnen* könnte an jemanden, der so verzweifelt anonym ist wie Sie. Sie mögen ein Superverbrecher sein, ein Mensch im üblichen Sinn sind Sie nicht. Sie sind so eine Art Kaleidoskop. Und Farbmuster langweilen mich. Ich liebe kalte, glitzernde Funken – je mehr, desto besser.«

Smith beobachtete sie mit einem sardonischen Grinsen: »Zu dumm. Aber sagen Sie mir wenigstens, was Sie mit den Diamanten gemacht haben.«

Sie deutete auf eine Stelle neben ihm. »Der Metallring, auf

dem Sie so bestanden haben, befindet sich momentan etwa dreißig und einen halben Zentimter von ihrem rechten Handrücken entfernt.«
Smith senkte die Augen und murmelte: »Entzückend, meine Liebe. Sie sind wirklich kapriziös. Ich mag das.«
Sie hob drohend das Gewehr. »Und näher werden Sie den Diamanten auch nicht kommen, Teuerster. Sowie McCafferty zurückkommt, landen Sie, Mister Smith, wieder im Knast, und die Klunker, leider, bei der Amsterdamer Diamantenbörse. Aber ich glaube, daß ich die Maschine schon höre.«
Smith lauschte und sagte, daß sie vermutlich recht habe. Dann ließ er einen Strom endlosen Geredes über sie niedergehen, beschäftigte sich mit den winzigsten Belanglosigkeiten, lobte sie, lobte Philpott, McCafferty, die UNACO, den Grill Room im Savoy Hotel . . . und als der Verdacht, den er hatte zerstreuen wollen, bei Sabrina schon zur Gewißheit wurde, tauchte ein Boot an der Küste auf. Ein Mann in einem feuchten schwarzen Anzug stand hinter ihr, in der einen Hand eine große Stabtaschenlampe und in der anderen eine Knarre.
»Sie«, sagte der Mann in gutturalem Englisch. »Sie Mädchen aufstehen.« Sabrina streckte sich, drehte sich, auf den Knien sitzend, um – und schaute direkt in die Mündung einer Pistole. Und sieben weitere waren auf sie gerichtet. Ein stummer Kreis von Männern, in feuchten Anzügen und anonym, gab ihr eindeutig zu verstehen, daß sie sterben würde, falls sie zu kämpfen versuchte.
Sie erhob sich und warf die Maschinenpistole in einen Busch.
»Gut«, sagte der Mann und wandte sich Smith zu. »Du ins Boot.«
»Mein Freund«, schrie Smith, »ich weiß nicht, wer Sie sind, aber Sie sind im richtigen Moment gekommen. Ich möchte . . .«
Er beugte sich schnell zurück, als der Leiter der Gruppe ihn hart auf den Mund schlug. Blut tropfte von seiner aufgerissenen Lippe, seine Augen weiteten sich vor Angst.

»Ins Boot. Keine Zeit zum Sprechen.«
Smith gewann wieder Haltung. »Natürlich, natürlich«, sagte er beschwichtigend. »Ich verstehe Sie völlig.« Triumphierend beugte er sich zu Sabrina herüber. »Nun, meine Süße«, krähte er, »es sieht so aus, als ob am Ende Sie verloren und ich gewonnen hätte. Ewig schade, daß Sie mein Angebot nicht angenommen haben. Es läßt sich natürlich nicht wiederholen.«
»Mit dieser Enttäuschung werde ich leben können«, sagte Sabrina trocken, wenn sie auch innerlich vor Wut und Enttäuschung kochte. Wie *hatte* sie nur so töricht sein können, die Bootsmotoren mit denen von McCaffertys Hubschrauber zu verwechseln. Und wo zum Teufel *war* Mac?
Smith verbeugte sich höflich – aber gleich darauf glitzerten seine Augen wieder böse, als die beiden Männer ihn roh am Arm packten und zum Boot zerrten. Er protestierte laut, aber sie hoben ihn einfach hoch und warfen ihn ins Boot, wobei er den Beutel mit den Diamanten fest umklammert hielt.
Der Motor des Bootes sprang an, die See tobte im Kielwasser des Schiffs, und der Wind heulte. Und über allem klang die Stimme von Smith an Sabrinas Ohr, schreiend, bittend, drohend, befehlend . . .
Als das Boot mit seinem Passagier und den stummen Wächtern abgelegt hatte, flog in elegantem Bogen ein dunkles Etwas durch die Luft und landete direkt vor Sabrinas Füßen.
Sie hob es am metallenen Ring auf und öffnete den Lederbeutel.
Fünfzig Millionen Dollar in geschliffenen Diamanten glitzerten ihr verheißungsvoll entgegen.

Philpott hatte sich eine provisorische Krücke gesucht und stocherte jetzt damit im Feuer, das er mehr der kühlen Nachtluft und weniger seiner Signalwirkung wegen in Gang hielt. Er war zwar ganz versunken in seine Tätigkeit, dennoch spürte er mehr als er sie hörte die leichten Schritte, die sich von hinten näherten. Sofort waren all seine Instinkte wach. Er suchte nach der Maschinenpistole, die McCafferty ihm zurückgelassen hatte. Sie lag neben der Feuerstelle, wo er sie zuvor als Schürhaken benutzt hatte.

»Sie werden die Waffe nicht brauchen, Mr. Philpott«, sagte Myshkins sanfte, dunkle Stimme hinter ihm. »Ich sehe mit Bedauern, daß Sie verletzt sind. Ich hoffe, es ist nichts Ernstes . . .«

Philpott wandte sich um, den Besucher zu grüßen. Hinter seinem Kopf flackerte lustig das Feuer. »Nicht allzu ernst, General«, erwiderte er. »Was verschafft mir das Vergnügen Ihrer Gesellschaft?«

Myshkins Lippen verzogen sich zu einem Lächeln. »Ich wollte Sie bloß beglückwünschen, Mr. Philpott. Sie haben zumindest die halbe Schlacht gewonnen.«

»Gewonnen? Wovon sprechen Sie?« erkundigte sich Philpott.

Myshkins verkniffener Mund entspannte sich zusehends. »Ich bin sicher, das werden Sie in Kürze erfahren. Im Moment mag es genügen, Ihnen mitzuteilen, daß Ihre charmante Mitarbeiterin, die Agentin Miss Carver, im Besitz des Lösegeldes ist. Des vollständigen. Keinerlei Abzüge für die Auslagen.«

Mit offenem Mund starrte Philpott ihn an. »Und Smith?«

Myshkin zuckte die Achseln und breitete entschuldigend die Arme aus. »Das, fürchte ich, ist die Hälfte der Schlacht, die Sie verloren haben. Mister Smith wurde, sagen wir einmal, für eine Weile aus dem Verkehr gezogen. Hätten ihn Ihre Leute gefangengenommen, dann hätten Sie ihn gleich wieder ins Gefängnis gesteckt, und das, mein lieber Philpott, wäre wirklich eine geradezu verbrecherische Vergeudung eines außerordentlichen kriminellen Hirns gewesen.«

Philpott ließ ein Kichern hören. »Sie meinen, daß *Sie* ihn haben, General, und daß Sie sichergehen wollen, daß er über Ihre eigene fragwürdige Rolle in dieser Affäre den Mund hält.«

Wieder zuckte Myshkin die Achseln und bemerkte, Smith sei vermutlich für eine angemessene Frist außer Gefecht gesetzt. »Aber dann . . . Wer weiß?«

»In der Tat, wer?« gab Philpott zurück. »Und wann, bitte, haben sich all diese Wunder zugetragen, Myshkin?«
Der KGB-Mann blickte auf seine Uhr und sagte: »Ich denke, Sie werden feststellen können, daß meine Auskünfte stimmen, Mr. Philpott.«
Philpott neigte bestätigend den Kopf. »Es ist gut zu wissen, daß Sie als Vertreter eines loyalen und aufrechten Mitgliedstaates der UNACO handeln, General.«
Myshkin gestattete sich erneut ein öliges Grinsen.
»Ich dachte mir, daß auch Sie sich zu dieser Ansicht durchringen würden, Mr. Philpott. Darf ich Ihnen eine Zigarre anbieten?«
»Sie dürfen.«
Myshkin zog ein hübsches ledernes Zigarrenetui hervor, auf das in goldenen Buchstaben geprägt war: »Mit Zuneigung und Hochachtung: Warren G. Wheeler«. Philpott nahm sich eine Havanna-Havanna heraus, ließ sich Feuer geben und sog den Rauch in tiefen Zügen ein.
»Ist das nicht das Flugzeug, das Sie abholen soll?« fragte Myshkin plötzlich und zeigte zum Himmel. Philpott schaute hoch und sah die flimmernden Lichter eines Hubschraubers.
»Ja«, bestätigte er, »und Mac kommt mit einem unserer Boote hierher. Ich werde also bequem zurückkehren können.«
Er wandte sich um und begann: »Nun, ich muß schon sagen, General, ich bin äußerst beeindruckt . . .«
Aber mitten im Satz hielt er inne. Myshkin war in der Nacht verschwunden . . .

Philpott saß, den verstauchten Fuß auf einem Polster, an einem Tisch der Air Force One und strahlte übers ganze Gesicht, als Dr. Hamady sagte: »Selbstverständlich kann ich nur für den souveränen Staat Saudi-Arabien sprechen, ich halte es aber durchaus für möglich, daß wir, wenn auch nur, um unserem dahingegangenen und betrauerten Kollegen Hawley Hemmingsway den gebührenden Tribut zu zollen, erwägen,

die Ölabmachungen zu einem erfolgreichen Abschluß zu bringen. Was sagen Sie dazu, Exzellenz?« fragte er Scheich Arbeid.
Der Iraker brummte zustimmend, Scheich Dorani, der Libyer, schloß sich ihm an, und Scheich Zeidan lächelte würdevoll, während Feisal begeistert nickte.
»Ich bin überzeugt, daß die amerikanische Regierung Ihnen äußerst dankbar sein wird, Gentlemen«, strahlte Philpott.
»*Ihnen* sollte sie dankbar sein«, warf Zeidan ein, »und natürlich auch der UNACO und ihren Agenten. Ohne Sie wären wir nicht gerettet worden, und auch das Lösegeld wäre dahin, was allerdings nicht so wichtig ist.«
»Oh, wirklich?« sagte Philpott gelassen.
Zeidan lehnte sich vor und flüsterte Philpott ins Ohr: »Sollten wir unsere Dankbarkeit nicht auch in anderer Richtung äußern?«
»Was meinen Sie damit?« flüsterte Philpott zurück.
Zeidan lächelte wissend. »Sie dürfen bitte nicht einen Augenblick lang glauben, daß ich etwa annehme, Mister Smith hätte eine Operation dieses Ausmaßes ohne eine, sagen wir, wohlwollende Unterstützung durchführen können. Seine bloße Anwesenheit in Jugoslawien, die Beschaffung von Leuten, Waffen und Maschinen, all das wäre nicht möglich gewesen, wenn nicht . . .«
»Wenn nicht?«
»Wenn er nicht die Hilfe eines – goßen Bruders gehabt hätte. Eines großen roten Bruders. Aber wo ist denn, nebenbei bemerkt, Smith? Haben Sie ihn? Werden wir ihn je wiedersehen, Mr. Philpott?«
»Ich fürchte ja, Euer Exzellenz«, antwortete Philpott düster und zwinkerte Scheich Zeidan zu.
Sabrina Carver erschien mit einer Teekanne voll Scotch – und der Aussicht auf eine interessante Nacht mit McCafferty in Genf – am Tisch.
»Nun, Exzellenz«, sagte sie zu Scheich Arbeid, »darf es Tee mit

Zucker und Milch oder Kaffee mit Sahne ohne Zucker oder Tee mit Sahne . . .«

Chief Steward Pete Wynanski neben ihr stöhnte. »Diese Dame«, sagte er vertraulich zu McCafferty, »wird nie zu etwas zu gebrauchen sein!«

Spannungsromane von Alistair MacLean

Geiseldrama in Paris

240 Seiten

Alles, was in der Welt des internationalen Verbrechens Rang und Namen hat, ist in Paris zu einem gigantischen Coup versammelt. Als die Mutter des amerikanischen Präsidenten, die zu Besuch in der französischen Hauptstadt weilt, das Restaurant des Eiffelturms betritt, tauchen die illustren Gangster auf und halten die alte Dame als Geisel fest. Der Turm wird besetzt und durch eine neuartige Waffe für Polizei und Militär uneinnehmbar gemacht. Das geforderte Lösegeld scheint schon sicher. Da taucht Malcolm Philpott auf, Direktor einer UN-Organisation zur Bekämpfung internationaler Verbrechen . . .

Golden Gate

296 Seiten

Schauplatz des größten Verbrechens in der Geschichte der Kriminalität: die Golden-Gate-Brücke. Anlaß des spektakulären Coups: das größte Ölgeschäft in der Geschichte des Welthandels. Dies ist einer der kühnsten Thriller, die MacLean geschrieben hat, die Hauptfigur ohne Zweifel seine eindrucksvollste Gestalt.

Goodbye Kalifornien

348 Seiten

Zwei Super-Ängste bestimmen diesen Thriller: Die permanente Furcht der Kalifornier vor einem gewaltigen Erdbeben und die Greuel, die Atom-Gangster anrichten können. Was MacLean hier inszenierte, wirkt so bestürzend, weil es Realität werden kann: Eine Handvoll Verbrecher genügt, eine Weltmacht zu erpressen.

Die Insel

304 Seiten

Die Bäreninsel in der arktischen Hölle wird zum Schauplatz eines entnervenden Puzzles um Leben und Tod, das mit lautloser, unheimlicher Präzision abläuft. In einer Landschaft voll tückischer Feindseligkeit findet ein erbarmungsloser Kampf gegen einen unsichtbaren Gegner statt, der in der Finsternis der polaren Nacht seine aberwitzigen Mordinstinkte austobt.

Spannungsromane von Alistair MacLean

Die Kanonen von Navarone

352 Seiten

Vier mutige Männer im Kampf gegen erdrückende feindliche Übermacht und eine heimtückische Natur... Die Geschichte dieses Sonderkommandos verarbeitet MacLean in eine prägnant konstruierte, straff komponierte Handlung von atemberaubender Spannung. Dieser dramatische Kriegsroman wurde weltberühmt.

Die Hölle von Athabasca

276 Seiten

Was tut man, wenn die beiden größten Ölfelder der Welt plötzlich gleichzeitig eine Sabotagedrohung bekommen? Zunächst ist man geneigt, durchzudrehen, denn man weiß, daß man die fraglichen Gebiete nicht wirksam gegen Anschläge schützen kann. Aber dann ruft man die »Jim Brady Enterprises« zu Hilfe, Fachleute auf dem Gebiet der Sabotage-Abwehr. Außerdem mischen Polizei, das FBI und die Armee auch noch tatkräftig mit und nach hochdramatischen Vor- und Zwischenfällen wird den Gaunern endlich das Handwerk gelegt.

Nevada Pass

204 Seiten

Die Geschichte einer Zugreise durch eine trostlose, menschenleere Schneelandschaft. Eine Handvoll Menschen muß sich in einer extremen Ausnahmesituation angesichts unsäglicher Gefahren und Strapazen bewähren.

Der Satanskäfer

280 Seiten

Im britischen Forschungsinstitut für biologische Vernichtungswaffen geschieht plötzlich ein Mord. Ein zweiter Wissenschaftler ist spurlos verschwunden und mit ihm drei Ampullen eines neu entwickelten Virus, die ausreichen, die Menschheit in die Luft zu jagen! Was haben die Unbekannten damit vor?

Souvenirs

224 Seiten

Rauschgiftschmuggel führt den Chef des Londoner Rauschgiftdezernats mit einem ungewöhnlichen Auftrag nach Amsterdam. Ungewöhnlich nicht nur, weil Interpol erwartet, daß er einen ganzen Schmuggelring auffliegen läßt, nicht nur, weil diese Aufgabe die gefährlichste seines Lebens zu werden verspricht . . .

Spannungsromane

Robert McCrum

Der programmierte Verrat

312 Seiten

»Robert McCrums Erstlingswerk ist ein überaus spannender Thriller mit einer ganz ungewöhnlichen Geschichte. Frank Strange, frühzeitig pensioniertes Mitglied der Abteilung C der staatlichen Sicherheitsbehörde, geht als Privatmann einem zwielichtigen Selbstmordfall nach, der noch in seine Amtszeit hineinreicht. Durch die Nachforschungen erkennt er die korrupten Machenschaften gewisser Agenten seiner Abteilung und wird dadurch für jene gefährlich. Das Ende ist entsprechend dramatisch.« Weltwoche Zürich

John Saul

Wehe, wenn sie wiederkehren

392 Seiten

»Für Liebhaber von schierem Horror genau die richtige Einschlaf-Lektüre. Der Autor, Meister seines Fachs, hat nichts vergessen, was zwischen Skeletten und Totenschädeln angesiedelt werden muß, um ein idyllisches Städtchen am Meer in Angst und Schrecken zu versetzen.« Hörzu

Michael M. Thomas

Heißer Montag

540 Seiten

Ein faszinierendes Finanzabenteuer droht die Weltwirtschaft aus den Angeln zu heben: ausgeklügelt von einem genialen Außenseiter, bezahlt von Männern, die im dunkeln bleiben möchten. Wenn Michael M. Thomas (ein Insider der Finanzszene) über Börsen- und Bankgeschäfte, Poolabsprachen und Computertricks schreibt, liest sich das atemberaubend bis zur letzten Seite.

Stefan Murr

Affäre Nachtfrost

330 Seiten

Ort der Handlung: Deutschland West. Zeit der Handlung: heute. Das Geheimnis des Panzers Leopard II steht auf dem Spiel. Und damit die einzige effektive Bodenabwehr, die der Westen im Ernstfall den sowjetischen Verbänden entgegenzusetzen hätte.